数据库应用理论系列图书

不完全信息下XML数据库基础

郝忠孝　著

科学出版社

北　京

内 容 简 介

本书系统论述和分析了不完全信息 XML 数据库和概率 XML 数据库等若干新的技术和理论。

本书共 8 章。主要内容包括：有关 XML 数据库的一些基本概念、基于编码的 XML 数据库存储方法；以语义型不完全信息下 XML、逻辑型不完全信息-概率 XML 数据为主线，讨论了不完全信息下 XML 的强函数依赖推理规则、不完全信息下 XML 数据依赖规范化、存在 XSFD 的 XML Schema 规范化、概率数据模型分析和数据的转换、概率 XML 查询代数系统和 EXQuery、概率 XML 树的结点概率查询算法等。

本书可作为计算机科学与技术学科、数据库领域、Agent 技术、软件设计元素的交换、网络服务领域、EDI、电子商务等领域相关专业的高年级本科生或硕士生选修课教材，也可供从事上述领域研究的博士生、科研人员及工程技术人员等参考。

图书在版编目(CIP)数据

不完全信息下 XML 数据库基础/郝忠孝著. —北京：科学出版社，2011
（数据库应用理论系列图书）
ISBN 978-7-03-031564-9

Ⅰ. ① 不… Ⅱ. ① 郝… Ⅲ. ① 可扩充语言，XML-程序设计
Ⅳ. ①TP312

中国版本图书馆 CIP 数据核字(2011)第 113198 号

责任编辑：耿建业 / 责任校对：陈玉凤
责任印制：赵 博 / 封面设计：耕者设计工作室

科 学 出 版 社 出版
北京东黄城根北街 16 号
邮政编码：100717
http://www.sciencep.com

骏 杰 印 刷 厂 印刷
科学出版社发行 各地新华书店经销

*

2011 年 6 月第 一 版 开本：B5(720×1000)
2011 年 6 月第一次印刷 印张：13
印数：1—2 500 字数：246 000

定价：55.00 元
（如有印装质量问题，我社负责调换）

作 者 简 介

郝忠孝,教授,山东蓬莱人,1940年12月生,中共党员,曾任原东北重型机械学院副校长,齐齐哈尔大学副校长,哈尔滨理工大学学术委员会主席。现任哈尔滨工业大学博士生导师(兼)、哈尔滨理工大学博士生导师。原机械电子工业部有突出贡献专家、享受国务院政府特殊津贴、全国优秀教师、黑龙江省共享人才专家、黑龙江省级学科带头人、黑龙江省计算机学会副理事长。

主要研究领域:①空值数据库理论。在国内外首次提出了空值数据库数据模型,完成一系列相关研究,形成了比较完整的理论体系,著有国内外第一部该领域的论著《空值环境下数据库导论》。②数据库 NP-完全问题的求解问题。首次基本解决了求全部候选关键字、主属性,基数为 M 的候选关键字,最小候选关键字等问题,著有《关系数据库数据理论新进展》一书。③数据库数据组织的无环性理论研究。在无 α 环、无 β 环、无 γ 环的分解条件与规范化理论研究方面有了突破性进展,著有《数据库数据组织无环性理论》。④时态数据库理论研究。系统提出并完成了时态数据库中基于全序、偏序、多粒度环境下的各种时态理论问题研究,著有《时态数据库设计理论》的论著。⑤主动数据库理论研究。著有国内外第一部该方面的论著《主动数据库系统理论基础》。⑥空间、时空数据库理论研究。首次解决了空间数据库线段最近邻查询的问题,著有《时空数据库查询与推理》。⑦不完全信息下 XML、概率 XML 数据库理论研究。首次解决了不完全信息下 XML 数据库部分理论研究问题,著有《不完全信息下 XML 数据库基础》。

发表学术论文 230 余篇,其中,国家一级论文 160 余篇、在《计算机研究与发展》上发表个人学术论文专辑两部,被 SCI、EI 等检索 140 余篇。1991 年发表学术论文数居中国科技界第 5 位(并列)。著书 7 部。

前　言

数据库技术和计算机网络技术已成为当今世界计算机应用中两个最重要的基础领域。可扩展标识语言 XML，目前已经成为 Internet 上信息表示和数据交换的一个重要标准。XML 具有良好的格式以及严格的验证机制，数据编码为 XML 格式的应用将使信息能够以一种简单可用的方式加以表达，这些信息的提供者也能非常简便地提供互操作性；将内容与其表示相分离使得 XML 更能专注于表示数据的语义信息；用户自定义标签和无限嵌套的能力赋予 XML 无限的可扩展性，这使得 XML 能够清晰自然地表示各行业的数据。XML 解析器和访问接口实现简单，各种平台都很容易获取稳定的 XML 解析器和访问接口，这使得开发基于 XML 的应用变得简单高效。

XML 数据库系统是 Web 技术和数据库技术相结合的产物。XML 有利于信息的表达和结构化组织，从而使数据搜索更有效。XML 能够使 Web 的维护更方便，也使 Web 的应用更稳定。

建立数据库系统的目的是模拟现实客观世界，在现实世界中常常存在大量不完全信息，所以数据库必须考虑不完全信息的表示和处理，而且能够表示和处理不完全信息的数据库系统更具有现实意义，也更具有应用价值。现有的 XML 数据库都不具备这种能力。

概率 XML 数据作为一种特殊的 XML 数据，XML 数据管理理论的建立为概率 XML 数据的管理理论奠定了基础。概率 XML 数据管理理论的研究开始于 2002 年，研究内容集中在概率 XML 数据中不确定信息的表示方法、概率 XML 代数、概率 XML 数据库查询优化方法、原型系统的设计等几个方面。概率 XML 数据是一种特殊的半结构数据，先有数据后有模式，信息的不确定性含义与关系型数据的含义是不同的，概率关系数据库理论不完全适用于概率 XML 数据的管理。

作者出版此书的目的之一是因为目前国内、外不完全信息环境下 XML 数据库规范化理论有些问题刚刚起步，远未达到解决实际问题的程度；概率 XML 数据库理论的研究不系统，还未达到满意程度；尚未有有关不完全信息下 XML 数据库理论研究的著作问世，使作者有抛砖引玉的想法。

另一个目的是作者从事数据库理论研究工作三十余年，作为一种责任想把研究的一些结果留给年轻同志，使有兴趣的同行和读者深入到这一领域。

本书共 8 章。为了使读者更好地读懂本书，作者在第 1 章中概略介绍有关 XML 数据库的一些基本概念；第 2 章讨论基于编码的 XML 数据库存储方法；第 3

章讨论不完全信息下 XML 强函数依赖推理规则;第 4 章讨论不完全信息下 XML 数据依赖规范化;第 5 章讨论存在 XSFD 的 XML Schema 规范化;第 6 章讨论概率数据模型分析和数据的转换;第 7 章讨论概率 XML XQuery 和 XML EXQuery;第 8 章讨论概率 XML 树的结点概率查询算法。

本书以语义型不完全信息下 XML、逻辑型不完全信息-概率 XML 数据为主线,力求用通俗易懂的语言全面、系统地进行讨论,做到条理清晰、逻辑性强、易于理解。

本书可作为计算机科学与技术学科、数据库领域、Agent 技术、软件设计元素的交换、网络服务领域、EDI、电子商务等领域相关专业的高年级本科生或硕士生选修课教材,也可供从事上述领域研究的博士生、科研人员及工程技术人员等参考。

本书的出版得到了哈尔滨理工大学领导的鼓励和支持,科学出版社林鹏和耿建业同志的大力支持与帮助,在此表示衷心感谢。

我的学生殷丽凤、王建卫、路燕、张丽平等博士做了大量富有成效的工作。本书所有图表的绘制分别由张丽平、王建卫、郝晓红、李松等完成。在此书出版之际,对他们给予的帮助表示诚挚的感谢。

由于作者水平有限,书中难免会有各种纰漏和疏忽,敬请读者批评指正。

作　者

2011 年 4 月于哈尔滨

目　　录

第 1 章 XML 概 述

1.1 XML 和 DTD 简介

XML(xtensible Markup Language)是标准通用标记语言(SGML)的一种变体,它采用了优化浏览器显示文档视图的严格的规则集合。从 SGML 中经过精心修剪而来的 XML,既保持了 SGML 的功能,又减少了 SGML 的复杂性。与 HTML 不同,XML 允许文档开发人员创建描述数据的标记,并使开发人员可以创建被称为文档类型定义(Document Type Description,DTD)的规则集合。任何标准的 XML 语法分析器都可以读取、解码和检验这种基于文本的自描述文档,并以独立于平台的方式提取数据元素,因此,使应用程序可以通过另一种名为文档对象模型(DOM)的标准访问数据对象。

一个 XML 文档包含了从根元素开始的嵌套元素结构。每个元素有一个标签(Tag)与之相对应,除了字符串数据,它还可以包含属性值对和嵌套子元素。同时包含字符串数据和嵌套子元素的元素被称为具有混合内容。XML 中的元素标签必须良好嵌套,这样的 XML 文档是良构的。

DTD 规定了 XML 文档的结构,可视为 XML 文档的模式。DTD 通过描述子元素和属性的名字及类型来定义 XML 元素的结构。嵌套子元素的出现次数用类似正则表达式的如下符号规定:＊(包含零或多个元素的集合),＋(至少包含一个元素的集合),？(包含零或一个元素)和没有修饰(包含且仅包含一个元素)。同时 DTD 也严格规定了 XML 文档中元素的子元素的出现顺序,即按照元素定义的正则表达式顺次展开。元素允许包含至多一个类型为 ID 的属性,由该属性在文档域内唯一标识该元素,同时其他元素也可以通过类型为 IDREF 的属性对其加以引用。IDREF 属性并没有指明该属性所指向的元素类型,在这一意义上说,IDREF 属性是没有类型的。属性定义中可以用 ♯ REQUIED 和 ♯ IMPLIED 等修饰符类似描述其在出现次数上的约束,同时属性的取值范围也可在 DTD 中定义。一个良构且满足 DTD 的定义的 XML 文档被视为是有效的。

很多学者也提出了各种 XML 存储模型,根据存储方式的不同,处理 XML 数据的基本方式可分为三类:

(1) 文件系统。HTML 的存储管理都是基于这种平面的文件系统。但 XML 和 HTML 有着很大的区别,XML 是层次结构的,而 HTML 不是。主要方法是将

XML 数据以 BLOB 的形式进行存储,然后在每一次使用时将它进行解析。这存在着很大缺陷,为了提高查询效率可以建立索引,索引的维护是需要解决的关键问题。

(2) 数据库管理系统。这是一种基于层次数据库的存储管理技术。由于 XML 本身是层次结构的,所以可以将 XML 数据存储在层次数据库中。在层次数据库中,可以利用:①pseudo query 的语法来编写查询语句对数据进行查询。但层次数据库技术非常的不成熟,而且操作非常复杂,因此不是一种很有效的方法。②基于关系数据库的存储管理技术。关系数据库是目前最成熟的数据库技术,可以将 XML 的模式映射到关系数据库中。例如,将 DTD(文档类型定义)映射到关系数据库中,这种基于关系数据库的存储管理技术被应用的非常广泛。③基于面向对象数据库的存储管理技术。面向对象数据库用自身的方法、关系和语义来管理分层 XML 树,同时提供了强大的导航和链接的功能。虽然面向对象数据库的体系结构非常适合存储 XML 数据,但它本身技术还不成熟,从而限制了它的应用。

(3) XML 数据库。XML 数据库是一个 XML 文档的集合,这些文档是持久的并且是可以操作的。XML 文档趋向于面向文档处理或趋向于面向数据处理。面向文档处理的文档是使用 XML 来获取自然语言的那些文档,侧重于给用户提供信息的最终表示。面向数据处理的文档是 XML 主要用于数据传送的文档,侧重于它被应用程序的使用和交换。

XML 数据是一个面向数据处理的文档的集合。XML 在数据库与应用程序之间,以及在多对应用程序之间进行数据交换是很有用的。在数据交换中,被交换的数据可能需要被保留在一个存档文件中。一个可搜索的 XML 数据库可以作为数据交换的中心部件,并且它也可以与其他使用 XML 的应用程序进行交互,或者获取 Web 服务的摘要信息。

如果数据库把数据保存为 XML,那么在存储粒度上存在几个选择。XML 数据可以被保存为一个文档、被分割为更小的部分并被保存为片段,或者被分解为单独的元素。即使数据不保存为 XML,它也可以作为 XML 被输出,提供给其他应用程序或用户。通过解析文档,并把数据保存在数据库结构(如关系)中。数据可以作为 XML 被添加到数据库中。

XML 数据库比传统数据库更具有表现力,能够对半结构化数据进行有效的存储和管理,提供了对标签名称的操作,并且包括了对路径的操作,显示丰富多样。但 XML 数据库检索速度和修改效率较低,解析手段有缺陷(基于文件解析的 SAX 方式速度慢,而基于内存解析的 DOM 资源消耗较大),且安全性和并发操作机制也是需要重点解决的问题之一。

其中,经过了 40 多年发展的关系数据库,具有管理方便、存储容量小、检索速度快、修改效率高、安全性好等特点,技术已十分成熟,利用其管理 XML 数据能够保障 XML 数据的可移植性和完整性;另一方面,目前大量的 Web 数据主要存放在关系数据库中,所以,不少的研究人员都致力于 XML 的关系数据库存储方法的研究。

基于关系数据库的 XML 存储方法的研究重点是 XML 文档的模式到关系模式的映射。近几年所提出的模式映射方法,主要分为两类:

(1) 映射产生的关系模式依赖于 XML 模式。它要求预先确定 XML 文档的结构,对 DTD(或 Schema)进行简化、分解等预处理,再将 DTD 中的元素、属性映射成关系数据库中的表或表的属性,即根据 DTD(或 Schema)产生存放 XML 文档数据的一个或几个关系表。这种方法在存储特定的 XML 文档的情况下,具有较高的存储和查询效率,但是,如果需要存放的是海量的、具有不同结构的 XML 数据,如 Internet 上得到的各种数据,则具有很大的局限性:①不同的 DTD(或 Schema)会产生大量的不同模式的关系表;②如果 XML 文档的结构发生了变化,那么相应的关系表必须适应这种变化,修改模式定义,重新对 XML 数据进行存储,更新粒度较大。

(2) 映射方法产生的关系模式独立于 XML 模式。这类方法通常是将 XML 文档解析成树或图结构,然后提供相应的关系模式来储存这些图结构,关系数据库中不但保存了 XML 数据,且同时保存了 XML 文档的结构。能够有效地解决第一类映射方法中出现的部分问题,但对于 XML 路径查询,它通常需要遍历整个数据库,进行多次连接操作才能确定路径的正确性完成查询工作,因而效率相对第一类方法要差些。

1.2　XML 的优势与特点

1.2.1　XML 的优势

可扩展标识语言 XML 由万维网联盟 W3C 于 1998 年 2 月发布为 W3C 的 1.0 版本标准,是一种用于网络信息描述、组织和显示的语言,是 Internet 的"世界语",目前它已经成为 Internet 上信息表示和数据交换的一个重要标准。它在当今世界的网络信息表示和数据交换上如此重要是因为它具有如下优势:

(1) XML 具有良好的格式以及严格的验证机制,数据编码为 XML 格式的应用将使信息能够以一种简单可用的方式加以表达,这些信息的提供者也能非常简便的提供互操作性。

(2) 将内容与其表示相分离使得 XML 更能专注于表示数据的语义信息。

(3) 用户自定义标签和无限嵌套的能力赋予 XML 无限的可扩展性,这使得

XML 能够清晰自然的表示各行业的数据。

（4）XML 解析器和访问接口实现简单，各种平台都很容易获取稳定的 XML 解析器和访问接口，这使得开发基于 XML 的应用变得简单高效。

鉴于 XML 的上述优势，XML 具有广阔的应用前景。基于 XML 的行业标记语言目前较多，如数学领域的 MathML、化学领域的 CML 以及音乐领域的 Music-ML 等；在电子商务等领域中逐渐代换传统的电子数据交换（EDI）技术，成为数据交换的新标准；业界领先的软件提供商提供面向 XML 的工具和产品；众多企业和研究者以 XML 格式发布它们的数据。种种现象表明，XML 数据及面向 XML 数据的应用将持续快速发展，使 XML 迅速成为数据交换的唯一公共语言。

1.2.2　XML 的特点

XML 有以下几个特点。

（1）开放的标准。

XML 是基于 W3C 定制的开放的标准，从而使得基于 XML 的应用越来越广泛。

（2）具有良好的格式。

XML 标记大都是成双成对的，极少数不在此列的情况也需要遵守特殊格式定义起始。

（3）XML 支持对文档内容进行验证，或称文档有效性保证。

目前，DTD 和 XML Schema 已经成为 XML 两种主流模式。DTD 是一个专门的文件，用来定义和检验 XML 文档中的标记。XML Schema 用 XML 语法描述，它比 DTD 优越，多个 Schema 可以满足使用 XML 名称空间，可以详细定义元素的内容和属性值的数据类型。

（4）面向对象的特性。

XML 文件是树状结构，也有属性，这非常符合面向对象的编程，而且也体现出对象方式的存储，XML 是信息的对象化语言。

（5）选择性更新。

通过 XML，数据可以在选择的局部小范围内更新，提高服务器的性能。

（6）支持高级搜索。

在 Internet 上若 Web 页是 XML 格式的，不仅可以搜索数据，而且还可以在搜索中加入与数据相关的上下文信息，形成更精确的搜索机制。

（7）XML 是电子数据交换的格式。

XML 是为互联网的数据交换而设计的，能够应用于电子商务、电子政务等各个领域的数据交换。

(8) XML 具有一套完整的方案。

XML 是一个技术大家族,有一系列相关技术,包括文件数据验证、显示输出、文件转换、文档对象和链接等。XML 文档是对象实例,DTD 和 Schema 是界面或类,XSL 是方法和实现,XML 的资源描述框架是信息导航、浏览、搜索的用户接口标准。

1.2.3　XML 应用概述

XML 是一个网络信息描述、组织和显示的语言,它的开放性、严谨性、结构性和灵活性备受网络开发者的青睐。在以下领域,XML 有广阔的应用前景。

1) 数据库领域

关系型数据库行业的三大巨头——Oracle 公司、IBM 公司和 Microsoft 公司都在它们的数据库产品中提供了对 XML 的支持。从本质来看,XML 文档就是数据库,是数据的集合,每个文件都含有某种类型的数据。在许多方面它和其他文件没什么区别,但作为一种“数据库”格式,XML 有一些优点,例如,它是可交换的、自描述的,能够以树状或图形结构描述数据。

2) Agent

若把 XML 结构化的数据送到 Agent(智能体),Agent 就能很容易地理解这些数据的含义,很容易理解这些数据与已有知识的关系。基于 XML 的数据交换对于解决 Agent 的交互性问题起着重要的作用,XML 及相关技术必将促进 Agent 技术的发展。

3) 软件设计元素的交换

XML 能够描述软件设计中有关的设计元素,如对象模型,甚至能够描述最终设计出来的软件。这些基于 XML 的设计元素可以借助 Web 在开发组内进行交换,在不同的开发工具之间交换。

4) 网络服务领域

XML 有利于信息的表达和结构化组织,从而使数据搜索更有效。XML 能够使用 URL 别名使 Web 的维护更方便,也使 Web 的应用更稳定;XML 还能够使用数字签名使 Web 的应用更广阔。信息发布在企业的竞争发展中起着重要的作用,服务器只需发出一份 XML 文档,客户就可根据自己的需求选择和制作不同的应用程序以处理数据。加上 XSL 的帮助,能够实现广泛的、通用的分布式计算。

5) EDI

传统的 EDI(电子数据交换)标准缺乏可扩展性和灵活性。使用 XML,程序能够理解在交换数据中所表示的商务数据及概念,根据明确的商务规则来进行数据处理。

6) 电子商务领域

XML 的丰富置标能够描述不同类型的单据,如保险单、信用证、索赔单以及各种发票等。结构化的 XML 文档发送至 Web 的数据可以被加密,并且很容易附加上数字签名。

1.3　基于编码的 XML 数据库存储方法

由于逐渐广泛的应用,XML 正逐步将 Web 转化为一个巨大的数据库,但将数据表示为 XML 只是对 Web 这一巨大数据库进行有效处理的第一步。如何对大量的 XML 数据进行有效的管理已经成为数据库研究领域的一个重要的研究问题。同时,对传统数据库管理技术提出了巨大的挑战,也为数据库研究提供了良好的机遇。

目前大多数商业化的关系数据库支持 XML,关系数据库和对象关系数据库系统也提供了各种 XML 数据的扩展和插件。同时,为 XML 数据管理量身打造的 XML 原生数据库系统也不断涌现,也出现了 XML 数据管理的标准。XML 数据库系统是 Web 技术和数据库技术相结合的产物。很多学者对 XML 数据库管理技术进行了系统深入的研究,取得了很多有意义的理论研究成果,XML 数据库的规范化理论是其中研究成果之一。

XML 作为一种数据交换的标准和半结构化数据的表示模型,人们关注的问题是:用 XML 表示的数据之间有什么联系以及有什么约束? 因此,研究 XML 文档中普遍存在的关键字约束问题就非常重要,随着 XML 成为 Web 上一种通用的数据格式,将关键字(简称为键)的概念引入到 XML 领域。键也在不变的数据上构成了一个重要的约束类,特别的,键与地址或者内部对象标识符相比,它在现实世界中的一个对象与它在数据库所表示的事物之间提供了一个不变的连接。这种连接在更改数据库作为世界模型的改变中是非常关键的。随着 XML 越来越多地应用在数据管理中,很自然就需要一个基于值的方法来确定一个 XML 文档中元素的位置。XML 数据通常也是来自数据库,而在数据库中关键字通常被用来传达数据的语义的最本质的部分,为了使用 XML 来表示当前驻留在数据库中的数据,我们必须能够表示数据的原始语义,特别是键。键对索引、XML 数据的存档以及设计关系存储都是不可或缺的。为了获得更加有效的应用,键所给出的约束和结构经常在这样的系统中得到开发。XML 关键字在 XML Query 的数据模型中也起到了非常重要的作用。因为索引通常建立在键之上,键为数据的结构提供了信息,所以,XML 键在研究队列优化的过程中也是非常重要的。这也是进行其他 XML 相关研究的基础,如 XML 模式的规范化、查询优化、结构优化、路径约束等。

目前常见的 XML 文档模式定义规范主要包括 DTD 和 XML Schema。这些模式定义方法对数据约束提供了有限支持,其所能表述的内容主要集中在键和外键上,其他方面的数据约束没有给予清晰完整的表达。

DTD 定义了 XML 文档的语法和整体结构,具有简洁的文档规则、参数实体和拥有众多的可用工具等优点。

遵守 XML 语法规则并遵守相应 DTD 文件规范的 XML 文档,称为有效的 XML 文档。一个语法正确的 DTD 是一致的,当且仅当至少存在一个有效的 XML 文档满足该 DTD;如果不存在任何有效的 XML 文档满足该 DTD,则该 DTD 是不一致的。不一致的 DTD 没有实际用途,应当尽可能地避免。DTD 的一致性已经成为 XML 研究中的一个重要问题。

1.4　不完全信息下 XML

1.4.1　不完全信息下关系数据库数值理论

在客观世界中,常存在:某些学生因故缺考而暂时无成绩;历史档案中有时出现"生日不详";会议发言人有时会宣布议事日程"有待公布";警方记录常出现"嫌疑人下落不明"等信息。这些不确定的信息在经典数据库中是无法描述和处理的,这些信息称为不完全信息。

客观世界中的不完全信息有很多语义,为了对不完全信息的描述更接近现实世界,本书作者在文献[1]中,根据不完全信息本身所固有的重要语义信息(即不完全信息是否可用实值来取代该不完全信息的完全信息)把不完全信息分成了三大类:不存在型不完全信息、存在型不完全信息以及占位型不完全信息。不存在型不完全信息表示在数据库中不存在任何实值,但应该给出某种表征指示信息不存在。存在型不完全信息表示信息的真正缺失,体现在取值当前未知,只是取值范围已知。它与不存在型不完全信息之间的根本区别在于它将来可被一个已知实值替代,且该实值一定是语义范围内的常规值。占位型不完全信息是最不确定的一类,可能是不存在型不完全信息,也可能是存在型不完全信息,要随着时间的推移才能知道,是最不确定的一类。

由于存在型不完全信息在客观世界中存在的比例最大,把该类不完全信息引入关系模型中,对关系模型进行了扩展,研究不完全信息下关系数据库的规范化理论。

1.4.2　不完全信息下 XML 数值理论

建立数据库系统的目的是模拟客观世界,又由于客观世界存在大量不完全信息,所以数据库必须考虑不完全信息的表示和处理,而且能够表示和处理不完全信息的数据库系统更具有现实意义,也更具有应用价值。XML 语言本身能够更好地描述客观世界,允许出现不完全信息,但 XML 文档引入不完全信息后,XML 文档的数据约束,如函数依赖、键、闭包依赖以及多值依赖都会失去原来的意义,从而需要重新定义数据约束,也就是说不完全信息下的 XML 数据库规范化理论不能直接应用完全信息环境下的相应理论解决问题。不完全信息下 XML 数据库规范化理论是 XML 数据库领域亟待解决的问题。

随着 XML 的发展和广泛的应用,W3C 针对 DTD 存在的一些缺陷,如不支持数据类型、较差的约束定义能力和扩展性等,设计了 XML 另一种模式 XML Schema,2001 年 5 月 W3C 正式推荐 XML Schema 成为 XML 模式的标准。XML Schema 满足 XML 规范,所以 XML Schema 可以直接用 XML 的 API (如 DOM,SAX)进行解析。目前常见的 XML 文档模式定义规范主要包括 DTD 和 XML Schema,在这些模式定义方法中,它们对数据约束提供了有限支持,其所能表述的内容主要集中在键和外键上,其他方面的数据约束没有给予清晰完整的表达。DTD 没有声明可以表示不完全信息,DTD 与 XML 文档之间存在不一致性,在应用中有的 XML 文档可以没有模式 DTD。为了选择 XML 文档模式具有通用性以及克服 DTD 的缺点,本章所使用的不完全数据 XML 文档是树型结构,可以把它的模式看成是路径的集合,基于路径分析不完全数据 XML 文档中一对一、多对一以及一对多的数据约束,不完全数据 XML 文档之间数据包含的约束,提出 XML 强函数依赖、XML 强多值依赖和 XML 强闭包依赖的概念,对已有的数据约束进行扩展。不完全信息环境下 XML 数据库中的冗余数据会带来操作异常,考虑到现有 Internet 上的海量文档个数,所以有必要提供消除不完全数据 XML 文档中数据冗余的技术。不完全数据 XML 文档中的冗余数据主要是由 XML 强函数依赖、XML 强闭包依赖和 XML 强多值依赖的存在产生的,所以针对它们的存在应提出相应的范式和规范化算法。

因为客观世界存在大量不完全信息,而 XML Schema 能够支持不完全信息,所以 XML Schema 能够更好地描述客观世界。本书把存在型不完全信息引入XML Schema 中,基于上述同样的理由,把存在型不完全信息引入后的不完全信息下 XML Schema 的规范化理论也是需要亟待解决的问题。

传统的关系数据库关于如何避免数据的不一致性、存储异常(插入异常、删除异常、修改异常)以及减少存储空间等相关的规范化理论目前已经很成熟。在客观世界中,如何表示和处理不完全信息一直是人们所关注的一个问题,能够表示和处理不完全信息的数据库更具有现实应用意义和价值。

XML 规范已经成为 Internet 上数据表示、传输和交换的事实上的一个重要标准,对满足 XML 规范的数据有效管理也随之成为当前数据库领域研究的热点。为了避免 XML 数据的不一致性所带来的更新异常、减少 XML 数据所占用的存储空间、查询优化,必须对 XML 进行规范化研究。

1.5　概率 XML 数据

客观世界中不仅存在语义型不完全信息,而且还存在逻辑型不完全信息,即概率信息。

概率数据的普遍存在性是研究概率数据管理的必然要求。传统的关系数据库理论是建立在数据确定的基础上的,不允许不完全信息的存在,这和早期的数据库管理系统的处理能力是相适应的。由于客观世界是复杂的,数据获取的方法和技术的不同,如由于物理仪器采集的数据的准确度、网络传输过程和传感器网络应用与 RFID 应用等造成原始数据不准确、采用了粗粒度的数据集合并转换到细粒度数据集合、满足特殊应用目的、处理缺失值或者不同数据源的数据集成等,不确定数据和概率数据的普遍存在是必然的,而概率数据也是不确定数据的一种重要的表示形式,因此概率数据的管理已经成为数据管理理论研究和应用领域不得不面对的问题。

与确定的数据类似,概率数据按照信息的结构化程度也可以分为三类:第一类是完全结构化的概率数据,如关系型数据和面向对象的数据;第二类是无结构的概率数据,如文本、声音数据等;第三类是拥有不规则、可变的数据结构的半结构化的概率数据,如 XML 数据等。半结构化的概率数据是介于严格结构化的概率数据和完全无结构的概率数据之间的数据形式,具有三个主要特点:隐含的模式信息、不规则的结构和没有严格的类型约束。

概率关系数据管理理论的研究已经是概率数据管理的一个研究分支。概率 XML 数据已成为半结构化的概率数据的主要形式之一。随着网络应用的快速发展,满足 XML 规范的数据(称为 XML 数据)已大量存在于当前的信息社会,使得 XML 类型的数据成为当前主流的数据形式,已经成为 Internet 中进行数据交换和表示事实上的标准。因此,研究概率 XML 数据的管理理论是必要的。

概率 XML 数据作为一种特殊的 XML 数据,XML 数据管理理论的建立和日渐成熟也为概率 XML 数据的管理理论奠定了坚实的基础。随着网络技术和半结构化数据的研究深入,XML 数据管理理论也取得了丰硕的研究成果,具体的研究方法有两种:第一种是在已有的关系数据库系统或面向对象数据库系统的基础上扩充相应的功能,这种数据库称为 XML 使能数据库,目前 XML 使能数据库的研究主要是基于关系数据库。第二种方法是纯 XML 数据库,是结构化数据和半结构化数据的存储库,是各种 XML 数据及其部件的集合,充分考虑了 XML 数据的特点,以自然的方式处理 XML 数据,能够很好地支持 XML 的存储和查询,能达到较好的效果。因此,概率 XML 数据的管理技术也对应着上述的两种研究方法。概率 XML 使能数据库的实现比较简单,只需在概率关系数据库中增加概率 XML

文档的解析模块、输入数据转换为关系表模块和输出结果转换为 XML 数据模块等，充分利用了已基本成熟的概率关系数据库理论。但纯 XML 数据库不经过一系列转换，查询效率较高，将成为 XML 数据库的主流，研究纯概率 XML 数据库更具有实际意义，概率 XML 数据的管理理论也将成为纯 XML 数据库理论研究的重要方向之一。因此，本书中主要讨论纯概率 XML 数据库中概率数据的管理理论。

概率 XML 数据库研究内容的分析是研究概率 XML 数据管理的前提。概率 XML 数据管理理论的研究开始于 2002 年，研究内容集中在概率 XML 数据中不确定信息的表示方法、概率 XML 代数、概率 XML 数据库查询优化方法、原型系统的设计等几个方面。具体内容为：在概率 XML 数据模型方面，研究者们分别从概率 XML 树和概率 XML 图的方法表示 XML 数据中的不确定信息；概率 XML 代数方面，研究者们定义了基于概率 XML 图的投影、选择和笛卡儿积三种代数运算；概率 XML 数据库查询优化方法方面，根据查询的执行方式的不同或者返回结果的情况定义了三种查询的语义：布尔查询、完全语义查询和不完全信息下语义查询。

研究比较具体的查询优化过程，具体的查询方案的研究可以分为两个方向：一是在概率 XML 数据对应的所有随机数据上执行查询，二是直接在概率 XML 数据上执行查询。研究者们设计了概率 XML 数据库的原型系统，并在原型系统上做了一系列的查询工作，主要的设计方法是在原 XML 数据库系统的基础上增加关于概率数据的操作。

1.6　本章小结

本章对 XML 和 DTD 做了简单的概述，并对 XML 的优势、特点、应用概述做了简要的说明。随着 XML 成为 Web 上一种通用的数据格式，将关键字（简称为键）的概念引入到 XML 领域。键也在不变的数据上构成了一个重要的约束类，特别地，键与地址或者内部对象标识符相比，在现实世界中的一个对象与它在数据库所表示的事物之间提供了一个不变的连接。这种连接在更改数据库作为世界模型的改变中是非常关键的。XML 数据通常也来自数据库，而在数据库中关键字通常被用来传达数据语义最本质的部分。键对索引、XML 数据的存档以及设计关系存储都是不可缺的。键为数据的结构提供了信息。遵守 XML 语法规则并遵守相应 DTD 文件规范的 XML 文档，称为有效的 XML 文档。一个语法正确的 DTD 是一致的，当且仅当至少存在一个有效的 XML 文档满足该 DTD；如果不存在任何有效的 XML 文档满足该 DTD，则该 DTD 是不一致的。不一致的 DTD 没有实际用途，应当尽可能地避免。DTD 的一致性已经成为 XML 研究中的一个重要问题。

　　本章把不完全信息引入 XML 文档中,引入后子树信息之间的关系不能只用相等来描述,为此,本书给出子树信息等价和子树信息相容的定义。为了描述不完全信息下 XML 文档中的一对一、多对一的数据约束,给出 XML 强函数依赖的定义,进一步研究了 XML 强函数依赖的性质,提出了相应的推理规则集,对推理规则集的有效性和完备性进行了证明。通过对 XML 强函数依赖推理规则的研究,对 XML 文档中的不确定性数据进行了约束,使维持 XML 数据库的完整性约束更加容易,也为不完全信息下 XML 数据库的规范化奠定了基础。

　　概率 XML 数据是一种特殊的半结构数据,先有数据后有模式,信息的不确定性含义与关系型数据的含义是不同的,概率关系数据库理论不完全适用于概率 XML 数据的管理。概率 XML 数据,也可以看做是普通 XML 数据的特例,XML 数据库理论当然也不完全适用于概率 XML 数据。概率 XML 数据管理理论的研究为概率数据管理开辟了新的数据管理平台,即从关系数据管理到 XML 数据管理的过渡;概率 XML 数据管理理论的研究是网络数据库的形式之一,也为网络化的不确定数据管理提供了理论支持;概率 XML 数据管理理论的研究也为不确定推理在半结构化数据方面的延伸提供了理论支持。因此,研究概率 XML 数据的管理技术具有非常重要的理论价值和现实意义。

第 2 章　基于编码的 XML 数据库存储方法

2.1　DTD 完全一致性判定的相关定理和算法

为了很好地掌握 DTD,为本书后面的讨论打下有力的基础,本章讨论完全信息下 DTD 的相关问题,且这些讨论大多数是新的成果。

在实际应用中,小型的 DTD 可以根据常识进行检查以保证其一致性,但对于大型的或者由其他数据模型(如 ER 模型)转换的 DTD,则需要一种能够实现自动检测的机制。现在已经提出了多种 DTD 一致性的判断方法,其中 Lu 算法[28]是较具代表性的一种。

本书所讨论的方法仅考虑只有一个根元素的 DTD 的情况,因为具有 $n(n{\geqslant}1)$ 个根元素的 DTD D 可以分割成 n 个具有一个根结点的 DTD$(D_1,\cdots,D_n)$。如果存在 $D_k \in (D_1,\cdots,D_n)$ 是一致的,则 D 是一致的;否则 D 是不一致的。本节中的定义、引理均出自参考文献[39]。

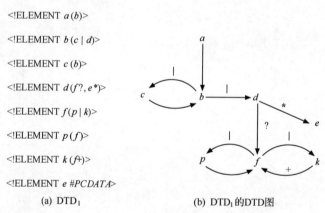

<!ELEMENT $a(b)$>	
<!ELEMENT $b(c\mid d)$>	
<!ELEMENT $c(b)$>	
<!ELEMENT $d(f?,e*)$>	
<!ELEMENT $f(p\mid k)$>	
<!ELEMENT $p(f)$>	
<!ELEMENT $k(f+)$>	
<!ELEMENT e #PCDATA>	

(a) DTD$_1$　　　　　(b) DTD$_1$ 的 DTD 图

图 2.1　DTD 示例

定义 2.1　(有效的 XML 文档)遵守 XML 语法规则并遵守相应 DTD 文件规范的 XML 文档称为有效的 XML 文档。

定义 2.2　(DTD 图)DTD 图中,结点为元素名,边包括:$\longrightarrow$、$\overset{*}{\longrightarrow}$、$\overset{+}{\longrightarrow}$、$\overset{\mid}{\longrightarrow}$ 以及 $\overset{?}{\longrightarrow}$,表示父元素和子元素之间的关系,这样的图称为 DTD 图。

一个语法上完全正确的 DTD,可能并不存在任何相对应的有效的 XML 文档。例如图 2.2 所示的 DTD_2,因为每个元素 a 至少存在一个子元素 b,而每个元素 b 也至少存在一个子元素 a,所以,不可能存在一个有限的 XML 文档满足该 DTD。这就引出了 DTD 的一致性的概念。

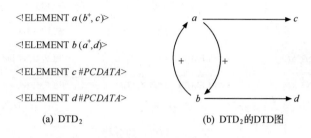

<!ELEMENT $a(b^+,c)$>

<!ELEMENT $b(a^+,d)$>

<!ELEMENT c #PCDATA>

<!ELEMENT d #PCDATA>

(a) DTD_2 (b) DTD_2 的DTD图

图 2.2 不一致的 DTD 及其对应的 DTD 图

定义 2.3 （DTD 的一致性）一个 DTD 是一致的,当且仅当至少存在一个有效的 XML 文档满足该 DTD;如果不存在任何有效的 XML 文档满足该 DTD,则称该 DTD 是不一致的。

定义 2.4 （强路径(hard edge)）在 DTD 图中,边 $\longrightarrow$ 和 $\overset{+}{\longrightarrow}$ 称为强边;如果路径(或环) $p = e_1 \longrightarrow \cdots \longrightarrow e_n$ 中每条边都是强边,则路径(或环) p 称为强路径(或环);如果元素 $e = f$ 或者从 e 到 f 存在一条强路径,称元素 e 通向元素 f;如果元素 e 通向环 C 中的任意元素,称 e 通向 C。

定义 2.5 （DTD 的分裂(split)）一个 DTD 表达式的分裂满足如下规则:

(1) $\text{split}(\text{string}) = \{\text{string}\}$;

(2) $\text{split}(n) = \{n\}$;

(3) $\text{split}(e+) = \{g+ | g \in \text{split}(e)\}$;

(4) $\text{split}(e*) = \{g* | g \in \text{split}(e)\}$;

(5) $\text{split}(e?) = \{g? | g \in \text{split}(e)\}$;

(6) $\text{split}(e_1, e_2, \cdots, e_n) = \{(g_1, g_2, \cdots, g_n) | g_i \in \text{split}(e_i), i \in (1, \cdots, n)\}$;

(7) $\text{split}(e_1 | e_2 | \cdots | e_n) = \{\text{split}(e_1) \bigcup \text{split}(e_2) \bigcup \cdots \bigcup \text{split}(e_n)\}$。

DTD 的分裂过程,实际上就是消除 DTD 中"|"的过程。

例如图 2.1 所示 DTD_1 分裂后,$\text{split}(DTD_1)$ 包含图 2.3 所示三个不包含"|"的 DTDs。

本节中的引理均出自参考文献[29],证明过程均省略。

引理 2.1 DTD D 是一致的,当且仅当 $\text{split}(D)$ 中至少存在一个 DTD 是一致的。

引理 2.2 根元素为 r 的不包含"|"的 DTD 是一致的,当且仅当 r 不通向任何强环。

	`<!ELEMENT a(b)>`	`<!ELEMENT a(b)>`
	`<!ELEMENT b(d)>`	`<!ELEMENT b(d)>`
	`<!ELEMENT d(f?, e*)>`	`<!ELEMENT d(f?, e*)>`
`<!ELEMENT a(b)>`	`<!ELEMENT f(k)>`	`<!ELEMENT f(p)>`
`<!ELEMENT b(c)>`	`<!ELEMENT k(f+)>`	`<!ELEMENT p(f)>`
`<!ELEMENT c(b)>`	`<!ELEMENT e #PCDATA>`	`<!ELEMENT e #PCDATA>`
(a) DTD_{11}	(b) DTD_{12}	(c) DTD_{13}

图 2.3 DTD_1 的分裂

引理 2.3 判断不包含"|"的 DTD 是否一致的时间复杂度为 $O(n)$,其中 n 为 DTD 中元素个数。

为了提高效率,仅讨论只有一个根元素的 DTD 的情况;也将元素的属性作为元素的一个子元素对待。

定义 2.6 (原子元素)DTD D 中元素$<!$ ELEMENT $n \# PCDATA>$称为 D 的原子元素。

定义 2.7 (元素或元素组合的一致性)DTD D 中,D_n 是以元素或元素组合 n 为根元素的 D 的子集,如果由元素$<!$ ELEMENT $n_{newRoot}(n)>$和 D_n 组成的 DTD 是一致的,称元素(或元素组合)n 在 D 中是一致的;如果由元素$<!$ ELEMENT $n_{newRoot}(n)>$和 D_n 组成的 DTD 是不一致的,称元素或元素组合 n 在 D 中是不一致的。

根据元素一致性的定义,可以得到 DTD 的一致性判断方法。

定理 2.1 DTD D 是一致的,当且仅当 D 的根元素在 D 中是一致的。

证明 对于以 r 为根元素的 DTD D 和以 r 为根元素的 D 的子集 D_r,因为 D 只有一个根元素,所以 $D=D_r$。

(1) 如果 D 是一致的,则必然存在结构为$<r>$Doc$</r>$的有效 XML 文档满足 D,那么可以构造结构为$<n_{newRoot}><r>$Doc$</r></n_{newRoot}>$的有效 XML 文档满足由 D_r 和元素$<!$ ELEMENT $n_{newRoot}(r)>$组成的 DTD,所以 r 在 D 中是一致的。

(2) 如果 r 在 D 中是一致的,则必然存在为$<n_{newRoot}><r>$Doc$</r></n_{newRoot}>$的有效 XML 文档满足由 D_r 和元素$<!$ ELEMENT $n_{newRoot}(r)>$组成的 DTD,那么存在结构为$<r>$Doc$</r>$的 XML 文档满足 D_r,即满足 D,所以 D 是一致的。由(1)(2)可得定理 2.1 成立。证毕。

下面给出判断 DTD 中元素的一致性的定理。

定理 2.2　DTD D 中：

(1) 原子元素在 D 中一致性成立；

(2) 元素组合 $(n_1|\cdots|n_m)$ 在 D 中一致性成立，当且仅当存在元素 $n_i (i \in (1,\cdots,m))$ 在 D 中一致性成立；

(3) 元素组合 $(n_1,\cdots,n_m)$ 在 D 中一致性成立，当且仅当任意元素 $n_i (i \in (1,\cdots,m))$ 在 D 中一致性都成立；

(4) 元素组合 $(n+)$ 在 D 中一致性成立，当且仅当元素 n 在 D 中一致性成立；

(5) 元素组合 $(n?)$ 在 D 中一致性成立；

(6) 元素组合 $(n*)$ 在 D 中一致性成立；

(7) 元素 $<!\ \mathrm{ELEMENT}\ n\ (n_1)>$ 在 D 中一致性成立，当且仅当元素 n_1 在 D 中一致性成立。

证明　(1) 对原子元素 n 来说，可以构造结构为 $<n_{newRoot}><n>\mathrm{String}</n></n_{newRoot}>$（其中，String 是字符串）的有效 XML 文档满足由 $<!\ \mathrm{ELEMENT}\ n_{newRoot}\ (n)>$ 和 $<!\ \mathrm{ELEMENT}\ n\ \#PCDATA>$ 组成的 DTD，所以，根据定义 2.7，原子元素在 D 中是一致。

(2) 对元素组合 $(n_1|\cdots|n_m)$，如果存在 $n_i (i \in (1,\cdots,m))$ 在 D 中是一致的，则必然存在结构为 $<n_{newRoot}><n_i>\mathrm{Doc}</n_i></n_{newRoot}>$（其中，Doc 是一个 XML 文档片断）的有效 XML 文档满足由 $<!\ \mathrm{ELEMENT}\ n_{newRoot}\ (n_i)>$ 和以 n_i 为根元素的 D 的子集组成的 DTD，那么 XML 文档 $<n_{newRoot}><n_i>\mathrm{Doc}</n_i></n_{newRoot}>$ 同样满足由 $<!\ \mathrm{ELEMENT}\ n_{newRoot}\ (n_1|\cdots|n_m)>$ 和分别以 $n_1,\cdots,n_m$ 为根元素的 D 的子集组成的 DTD，所以元素组合 $(n_1|\cdots|n_m)$ 在 D 中是一致的。

如果元素组合 $(n_1|\cdots|n_m)$ 在 D 中是一致的，则必然存在 $n_i (i \in (1,\cdots,m))$，使得结构为 $<n_{newRoot}><n_i>\mathrm{Doc}</n_i></n_{newRoot}>$ 的 XML 文档满足由 $<!\ \mathrm{ELEMENT}\ n_{newRoot}\ (n_1|\cdots|n_m)>$ 和分别以 $n_1,\cdots,n_m$ 为根元素的 D 的子集组成的 DTD，那么该文档同样满足由 $<!\ \mathrm{ELEMENT}\ n_{newRoot}\ (n_i)>$ 和以 n_i 为根元素的 D 的子集组成的 DTD。所以，元素 n_i 在 D 中的一致性成立。

(3) 对元素组合 $(n_1,\cdots,n_m)$，首先，如果任意 $n_i (i \in (1,\cdots,m))$ 在 D 中的一致性都成立，则必然存在结构为 $<n_{newRoot}><n_i>\mathrm{Doc}_i</n_i></n_{newRoot}>$（$n_i (i=1,2,\cdots,m)$ 的有效 XML 文档满足由 $<!\ \mathrm{ELEMENT}n_{newRoot}\ (n_i)>$ 和以 n_i 为根元素的 D 的子集组成的 DTD，那么可以构造结构为 $<n_{newRoot}><n_1>\mathrm{Doc}_1</n_1>\cdots<n_m>\mathrm{Doc}_m</n_m></n_{newRoot}>$ 的有效 XML 文档满足 $<!\ \mathrm{ELEMENT}n_{newRoot}\ (n_1,\cdots,n_m)>$ 和分别以 $n_1,\cdots,n_m$ 为根元素的 D 的子集组成的 DTD，所以元素组合 $(n_1,\cdots,n_m)$ 在 D 中是一致的；反之如果元素组合 $(n_1,\cdots,n_m)$ 在 D 中是一致的，则必然存在 $<n_{newRoot}><n_1>\mathrm{Doc}_1</n_1>\cdots<n_m>\mathrm{Doc}_m</n_m></n_{newRoot}>$ 的有效 XML 文档满足由 $<!\ \mathrm{ELEMENT}\ n_{newRoot}\ (n_1,\cdots,n_m)>$ 和分别以 $n_1,\cdots,n_m$

为根元素的 D 的子集组成的 DTD,所以可以构造 m 个结构为 $<n_{newRoot}><n_1>$ $\mathrm{Doc}_1</n_1></n_{newRoot}>,\cdots,<n_{newRoot}><n_m>\mathrm{Doc}_m</n_m></n_{newRoot}>$ 的有效 XML 文档分别满足由 $<!\ \mathrm{ELEMENT}\ n_{newRoot}(n_1)>$ 和以 n_1 为根元素的 D 的子集组成的 DTD,$\cdots$, 由 $<!\ \mathrm{ELEMENT}\ n_{newRoot}(n_m)>$ 和以 n_m 为根元素的 D 的子集组成的 DTD,所以元素 $n_1,\cdots,n_m$ 在 D 中的一致性都成立。

(4) 同理可证。

(5) 可以构造结构为 $<n_{newRoot}></n_{newRoot}>$ 的有效 XML 文档满足由 $<!\ \mathrm{ELEMENT}\ n_{newRoot}(n?)>$ 和以 n 为根元素的 D 的子集 D_n 组成的 DTD,所以元素组合 $n?$ 在 D 中是一致的。

(6) 同理可证。

(7) 如果元素 n_1 在 D 中的一致性成立,则必然存在结构为 $<n_{newRoot}><n_1>$ $\mathrm{Doc}</n_1></n_{newRoot}>$ 的有效 XML 文档满足由 $<!\ \mathrm{ELEMENT}\ n_{newRoot}(n_1)>$ 和以 n_1 为根元素的 D 的子集组成的 DTD,则可以构造结构为 $<n_{newRoot}><n>$ $<n_1>\mathrm{Doc}</n_1></n></n_{newRoot}>$ 的有效 XML 文档满足由 $<!\ \mathrm{ELEMENT}$ $n_{newRoot}(n)>$ 和以 n 为根元素的 D 的子集组成的 DTD,所以元素 $<!\ \mathrm{ELEMENT}\ n$ $(n_1)>$ 在 D 中的一致性成立。

如果元素 n 在 D 中的一致性成立,则必然存在结构为 $<n_{newRoot}><n><n_1>$ $\mathrm{Doc}</n_1></n></n_{newRoot}>$ 的有效 XML 文档满足由 $<!\ \mathrm{ELEMENT}\ n_{newRoot}$ $(n)>$ 和以 n 为根元素的 D 的子集组成的 DTD,那么文档 $<n_{newRoot}><n_1>\mathrm{Doc}$ $</n_1></n_{newRoot}>$ 满足由 $<!\ \mathrm{ELEMENT}\ n_{newRoot}(n_1)>$ 和 D 的以 n_1 为根元素的子集组成的 DTD,所以元素 n_1 在 D 中的一致性成立。证毕。

推论 2.1 DTD D 中,元素集合 $(N-N_{con})$ 中的所有元素在 D 中的一致性都不成立。其中,N 是 D 中所有元素的集合,N_{con} 是根据定理 2.2 判定在 D 中一致性成立的元素的集合。

证明 对于任意元素 $n\in(N-N_{con})$,因为 n 不能由定理 2.2 判定为一致性成立,所以,根据定理 2.2 (1),定理 2.2 (5),定理 2.2 (6),元素 n 既不可能是原子元素,也不可能形如 $<!\ \mathrm{Element}\ n(n_1*)>$ 或 $<!\ \mathrm{Element}\ n(n_1?)>$。由于 DTD 元素表达式 $e::=string\mid n\mid e*\mid e+\mid e?\mid(e_1,\cdots,e_i)\mid(e_1\mid\cdots\mid e_i)$,因此 n 只可能是如下几种形式之一:

(1) $<!\ \mathrm{Element}\ n(n_1)>$;

(2) $<!\ \mathrm{Element}\ n(n_1+)>$;

(3) $<!\ \mathrm{Element}\ n(n_1,\cdots,n_m)>$; (4) $<!\ \mathrm{Element}\ n(n_1\mid\cdots\mid n_m)>$。

对于(1),如果 n_1 在 D 中一致性成立,那么根据定理 2.2 (7),则元素 n 在 D 中一致性成立,与 $n\in(N-N_{con})$ 矛盾,所以必然存在 n_1 在 DTD 中的一致性不成立,即不存在有效的 XML 文档满足由 $<!\ \mathrm{ELEMENT}\ n_{newRoot}(n_1)>$ 和以 n_1 为根

元素的 D 的子集组成的 DTD,自然也不存在有效的 XML 文档满足由$<$! ELE-MENT $n_{newRoot}(n)>$,$<$! ELEMENT $n(n_1)>$和以 n_1 为根元素的 D 的子集组成的 DTD,所以元素 n 在 DTD 中的一致性不成立;同理可证(2)、(3)、(4)。证毕。

定义 2.8　(子项)元素$<$! ELEMENT $n(n_1,\cdots,n_m)>$中$(n_1,\cdots,n_m)$称为元素 n 的子项,$n_i(i\in(1,\cdots,m))$称为子项$(n_1,\cdots,n_m)$的并子项;元素$<$! ELE-MENT$n(n_1|\cdots|n_m)>$中 $n_i(i\in(1,\cdots,m))$ 称为子项$(n_1|\cdots|n_m)$的或子项。

例如,$<$! ELEMENT $d(f?,e*)>$的子项为$(f?,e*)$,子项$(f?,e*)$的并子项为 $f?$ 和 $e*$;$<$! ELEMENT $f(p|k)$ 的子项为$(p|k)$,子项$(p|k)$的或子项是 p 和 k。

定义 2.9　(一致性元素组合)由元素(或元素组合)和?(或 $*$)组合而成的元素组合,称为一致性元素组合。

例如,元素$<$! ELEMENT $d(f?,e*)>$中 $f?$ 和 $e*$ 都是确定一致性元素组合。根据定理 3.2(5),定理 3.2(6),确定一致性元素组合在 DTD 中的一致性成立。

定义 2.10　(子项的一致性元素(或元素组合)消除)如果元素(或元素组合)e 在 DTD 中的一致性成立,则子项的一致性元素(或元素组合)e 按如下过程操作,称作子项的一致性元素(或元素组合)消除。

(1) 如果子项中存在某并子项为 e,消除该并子项;

(2) 如果某或子项为 e,消除包含该或子项的上一层并子项。

例如,元素$<$! ELEMENT $n((b*|(c?,d)|e,f)+)>$中确定一致性元素组合 $b*$ 和 $c?$ 都是一致的。对元素 n 的子项进行确定一致性元素组合消除包含两步:①消除或子项$(c?,d)$的并子项$(c?)$,即$((b*|(c?,d)|e,f)+)\rightarrow((b*|d|e,f)+)$;②消除包含或子项$(b*)$的上一层并子项$(b*|d|e)$,即$((b*|d|e,f)+)\rightarrow(f+)$。这样,判断元素 n 是否一致,仅需判断并子项$(f+)$即可。

推论 2.2　对 DTD 中元素 n 的子项进行一致性元素(或元素组合)消除,不影响元素 n 在 DTD 中的一致性。

证明　(1)如果存在某并子项为一致性成立的元素(或元素组合)e,消除该并子项不影响 n 的一致性:根据定理 2.2(3)和定理 2.2(7)可知,元素在 DTD 中的一致性成立,当且仅当子项的所有并子项都是一致的。如果元素 n 在 DTD 中的一致性不成立,那么必然存在 n 的某个并子项是不一致的,那么消除一致性成立的并子项 e,元素 n 在 DTD 中的一致性仍然不成立;如果元素 n 在 DTD 中的一致性成立,那么 n 的所有并子项都是一致的,消除一致性成立的并子项 e,元素 n 仍然一致。

(2) 如果某或子项为一致性成立的元素(或元素组合)e,消除包含该或子项的上一层并子项不影响 n 的一致性:根据定理 2.2(2)和定理 2.2(7)可知,如果某或子项是一致性成立的元素(或元素组合)e,那么包含该或子项的上一层并子项也是一致的,由(1)可知,去掉该并子项也不影响 n 在 DTD 中的一致性。证毕。

算法 2.1　Test_Consistency(n, e_0)(DTD 的一致性判定算法)

　　输入: DTD D(D 包含 $n(n \geqslant 1)$ 个元素,根元素为 e_0);

　　输出: D 的一致性判断结果 C;

　　begin

　　(1) C:=false;

　　　　　　U:=$\varnothing$; /*表名为子树的根结点*/

　　　　　　/*全局集合变量 U 记录 D 中一致性尚未确定的元素*/

　　(2) for　i=0　to　n　do

　　　　　　if　e_i 是原子元素 then　/*根据定理 2.2(1),原子元素是一致的*/

　　　　　　　　Eliminating_1(e_i);

　　　　　　　　/*对集合 U 中各元素的子项进行 e_i 消除*/

　　　　　　else

　　　　　　　　对 e_i 的子项进行确定一致性元素组合消除;

　　　　　　　　/*根据推论 2.2,不影响 e_i 的一致性*/

　　　　　　　　if　消除后的 e_i 的子项=$\varnothing$　then

　　　　　　　　/* e_i 子项的所有并子项都是一致的, 所以 e_i 是一致的*/

　　　　　　　　　　Eliminating_1(e_i);

　　　　　　　　else　/*尚不能判断 e_i 的一致性,放入 U 中*/

　　　　　　　　　　U:=$U \bigcup \{e_i\}$;

　　　　　　　　　　if ($e_0 \notin U$) then　/*已经确定了根元素是一致的*/

　　　　　　　　　　　　C:=true;

　　　　　　　　　　　　break;　/*中断 For 循环*/

　　(3) return $\{C\}$;

　　end.

　　函数 Eliminating_1 (一致性成立的元素 e)

　　　　　/*对集合 U 中元素的子项进行 e 消除*/

　　　for for　i=0　to　$|U|$　do /* $|U|$ 表示集合 U 中元素个数*/

　　　　　　对 e_i 的子项进行 e 消除;　/*根据推论 2.2,不影响 e_i 的一致性*/

　　　　　if　e_i 的子项=$\varnothing$　then

　　　　　　　U:=$U - \{e_i\}$; /*子项的所有并子项都是一致的,所以 e_i 也是一致的*/

　　　　　　　if　$e_0 \notin U$　then

　　　　　　　break;　/*已经确定了根元素是一致的,中断 for 循环*/

　　　　　else

　　　　　　　Eliminating _1(e_i); /*对集合 U 中元素的子项进行 e_i 消除*/

定理 2.3　算法 Test_Consistency 正确的、可终止的,时间复杂度是 $O(n)$。

其中, n 是 DTD 中元素的个数。

证明　(正确性)由定理 2.1 可知, DTD D 是一致的, 当且仅当 D 的根元素在 D 中是一致的。算法 Test_Consistency 执行步骤(2)依次读取 DTD 的元素并处理, 读取到的元素 $e_i(1 \leqslant i \leqslant m)$, 如果 e_i 是原子元素, 根据定理 2.2(1), e_i 在 DTD 中是一致的, 调用函数 Eliminating_1(e_i)对集合 U 中元素的子项进行 e_i 消除, 根据推论 2.2, 这一过程不影响元素的一致性, 所以不会影响集合 U 中 DTD 的根元素的一致性; 如果 e_i 不是原子元素, 则对 e_i 的子项进行确定一致性元素组合消除, 以判断 e_i 是否一致, 根据推论 2.2, 这一过程也不会影响元素 e_i 的一致性。如果消除后的 e_i 子项为空, 根据定理 2.2(3)和(7)则 e_i 是一致的, 需要从集合 U 中消除元素 e_i(因为集合 U 记录的是 DTD 中尚不能判定是否一致的元素)并对集合 U 中元素的子项进行元素 e_i 消除, 这一过程同样不影响根元素的一致性; 在对当前 DTD 元素进行处理后, 检查根元素是否已经被判定为一致, 如果是一致的, 则算法不必再继续读取 DTD 其余的元素, 即可根据定理 2.1 断定 DTD 是一致的。如果读取并处理了所有 DTD 元素后, 集合 U 中仍包含根元素, 根据推论 2.1 可知根元素是不一致的。综上所述, 算法 Test_Consistency 能正确判定 DTD 的一致性。

(可终止性)算法 Test_Consistency 中最多需要循环 n 次, 因为输入 DTD 的元素个数 n 是有限的, 所以如果函数 Eliminating_1 能够终止, 则算法终止。对于函数 Eliminating_1(e), 不妨设集合 U 中有 $m(m<n)$ 个一致性待定的元素($e_1, \cdots, e_m$), 由算法看到, 最快的情况是调用 Eliminating_1(e)后不能确定 U 中任何元素是一致的, 此时, Eliminating_1(e)仅需遍历集合 U 一次即可终止; 最坏的情况是能够确定 U 中所有元素都是一致的, 那么需要 m 次对集合 U 的遍历, 所以函数 Eliminating_1(e)需要遍历 U $k(1 \leqslant k \leqslant m)$ 次即可终止。所以算法 Test_Consistency 能够终止。

(时间复杂度分析)算法 Test_Consistency 执行步骤(2)依次读取并处理 DTD 的元素: 处理单个 DTD 元素的过程中, 不需要额外的对 DTD 的遍历; for 循环有被中断可能, 即执行步骤(2)有可能只需读取并处理部分 DTD 元素, 所以执行步骤(2)的最坏时间复杂度是 $O(n)$。综上所述, 算法总的时间复杂度是 $O(n)$。证毕。

现在已经提出了多种 DTDs 一致性的判断方法, 但这些方法考虑的都是如何判断整个 DTDs 是否存在有效的 XML 文档相对应, 忽略了对 DTDs 结构中子结构的一致性判断, 因此一致性成立的 DTDs 中有不存在相对应的有效 XML 数据的子结构的可能。例如图 2.4 (a)(b)(c)所示的 DTDs 都是一致的, 但都存在部分结构是不一致的(图 2.4 中各 DTD 的 DTD 图见图 2.5): DTD_3 中的环结构 $(b \longrightarrow c \longrightarrow b)$; DTD_4 中的环结构 $(b \overset{+}{\longrightarrow} c \longrightarrow b)$; DTD_5 中的环结构 $(b \overset{|}{\longrightarrow}$

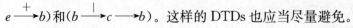$e \xrightarrow{+} b$)和($b \xrightarrow{|} c \longrightarrow b$)。这样的 DTDs 也应当尽量避免。

<!ELEMENT a (#PCDATA)>	<!ELEMENT a (e, b*)>	<!ELEMENT a (#PCDATA, b?)>
<!ELEMENT b (c)>	<!ELEMENT b (c⁺)>	<!ELEMENT b (c|e)>
<!ELEMENT c (b, e?)>	<!ELEMENT c (b)>	<!ELEMENT c (b)>
<!ELEMENT e #PCDATA>	<!ELEMENT e #PCDATA>	<!ELEMENT e (b⁺)>
(a) DTD₃	(b) DTD₄	(c) DTD₅

图 2.4　　一致但不完全一致的 DTDs

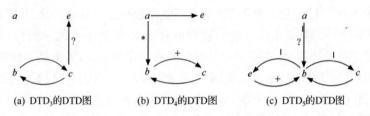

(a) DTD₃的DTD图	(b) DTD₄的DTD图	(c) DTD₅的DTD图

图 2.5　　一致但不完全一致的 DTD 的 DTD 图

　　不一致的 DTD 是没有用的,应该尽量避免,但也并不是说如果一个 DTD 是一致的,那么它包含的所有结构都是合理的,都存在相对应的有效的 XML 数据。例如图 2.4 所示的 DTDs 都是一致的,但都包含部分结构不可能存在有效的 XML 数据相对应。仅用概念"DTD 的一致性"已经不能准确描述这种情形,因此必须给出一个新的定义"DTD 的完全一致性"。完全一致的 DTD 中不存在不一致的子结构。

　　定义 2.11　(DTD 的完全一致性)一个 DTD 是完全一致的,如果该 DTD 中的任一元素/属性至少一次出现在某一满足该 DTD 的有效的 XML 文档中。

　　一个完全一致的 DTD,由定义 2.11 可知,必然是一致的;但一个一致性成立的 DTD,却未必是完全一致的,因为它很可能包含部分结构不存在任何有效的 XML 数据相对应,所以完全一致的 DTD 具有更优的结构。本节对能够引起 DTDs 不完全一致性的各种因素进行分析,从而给出 DTDs 完全一致性的判断算法。

　　如果 DTD 中没有环,完全可以设计一个或几个 XML 文档满足该 DTD 且包含该 DTD 中所有的元素/属性。

　　定理 2.4　如果 DTD 中没有环结构,则该 DTD 必然是完全一致的。

　　证明　即证明没有环结构的 DTD 必然存在一个或几个 XML 文档满足该 DTD,且 DTD 中的任一元素/属性至少一次出现在一个或几个 XML 文档中。取 $\xrightarrow{?}$、$\xrightarrow{*}$ 和 $\xrightarrow{+}$ 中子元素出现一次的情况,将 $\xrightarrow{?}$、$\xrightarrow{*}$ 和 $\xrightarrow{+}$ 简化成 $\longrightarrow$,如果

该 DTD 中没有元素的定义中存在选择性子元素(即形如 $n(\cdots,(n_1|\cdots|n_i),\cdots)$ 的元素定义,其中 $i\geqslant 2$),那么完全可以构造一个 XML 文档满足该 DTD 且包含 DTD 中的所有元素和属性;如果 DTD 中有 $m(m\geqslant 0)$ 个元素的定义中存在选择性子元素,且这 m 个元素定义中的选择性子元素的个数分别为 $n_1,\cdots,n_m$。则每次分别选择这 m 个元素的选择性子元素中的一个,可以根据 DTD 结构构造一个 XML 文档,使构造的 XML 文档满足该 DTD,也就是说,构造 $n_1,\cdots,n_m$ 个 XML 文档,必然包含该 DTD 中所有出现过的元素和属性。因此如果 DTD 中没有环结构,则该 DTD 必然是完全一致的。证毕。

推论 2.3 如果 DTD 不是完全一致的,则 DTD 中一定存在环结构。

证明 (反证法)设 DTD 中不存在环结构,由定理 2.4 可知,该 DTD 必然是完全一致的,与题假设矛盾。因此如果 DTD 不是完全一致的,则 DTD 中必然存在环结构。证毕。DTD 必然是完全一致的,同题设矛盾。因此如果 DTD 不是完全一致的,则 DTD 中必然存在环结构。证毕。

DTD 的不完全一致性,是由环结构引起的。但并不是所有环结构都能引起 DTD 的不完全一致性。图 2.6(a)所示的 DTD_6,它对应的 DTD 图中包含环结构,但存在 XML 文档满足该 DTD 且包含该 DTD 中的所有元素和属性,如图 2.6(c)所示 XML 文档。因此,该 DTD 是完全一致的。我们把 DTD 图中的环分为三类:有限环、无限环和待定环。

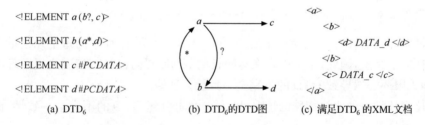

图 2.6 有环但完全一致的 DTD

定义 2.12 (有限环、无限环和待定环)DTD 图中,如果环 C 中存在边 Edge$=$ $\{e|e\in(\xrightarrow{*},\xrightarrow{?})\}$,则称环 C 为有限环;如果环 C 中的任意边 Edge$=\{e|e\in$ $(\xrightarrow{+},\longrightarrow)\}$,则称环 C 为无限环;如果环 C 包含 $\xrightarrow{|}$ 边且对于任意边 Edge$=\{e|e$ $\in(\xrightarrow{+},\longrightarrow,\xrightarrow{|})\}$,则称环 C 为待定环。

DTD 图中只可能有 $\longrightarrow$、$\xrightarrow{*}$、$\xrightarrow{+}$、$\xrightarrow{|}$ 以及 $\xrightarrow{?}$ 五种边,由定义 2.12 可知,有限环、无限环和待定环涵盖了 DTD 图中所有可能出现的环,且这三类环之间不存在任何交集。

定理 2.5 有限环不会引起 DTD 的不完全一致性。

证明　只需证明存在相应的 XML 文档(或片断)包含有限环 C 中所有出现过的元素且满足环 C 的结构。$\xrightarrow{+}$ 表示子元素出现一次或多次,取出现一次的情况,将 $\xrightarrow{+}$ 简化为 $\longrightarrow$,则简化后的环有三种情况:

(1) 仅包含 $\longrightarrow$ 和 $\xrightarrow{*}$ 边,形如 $n_0 \longrightarrow \cdots \longrightarrow n_i \xrightarrow{*} n_j$ $\longrightarrow \cdots \longrightarrow n_0$,我们可以设计结构为 $n_0(\cdots(n_i(n_j(\cdots(n_0(\cdots(n_i)\cdots))\cdots)))\cdots)$ 的 XML 文档(其中,$n(m)$ 表示元素 m 为元素 n 的子元素),满足环 C 的结构且包含环 C 中出现过的所有元素;

(2) 仅包含 $\longrightarrow$ 和 $\xrightarrow{?}$ 边,形如 $n_0 \longrightarrow \cdots \longrightarrow n_i \xrightarrow{?} n_j \longrightarrow \cdots \longrightarrow n_0$,同样可以设计结构为 $n_0(\cdots(n_i(n_j(\cdots(n_0(\cdots(n_i)\cdots))\cdots))))\cdots)$ 的文档,满足环 C 的结构且包含环 C 中出现过的所有元素;

(3) 包含 $\longrightarrow$,$\xrightarrow{*}$ 和 $\xrightarrow{?}$ 三种边,形如 $n_0 \longrightarrow \cdots \longrightarrow n_i \xrightarrow{?} n_j \longrightarrow \cdots n_p \xrightarrow{*} n_q \longrightarrow \cdots \longrightarrow n_0$,可以设计结构为 $n_0(\cdots(n_i(n_j(\cdots(n_p(n_q(\cdots(n_0(\cdots(n_i)\cdots))\cdots)))\cdots)))\cdots)$ 的文档,满足环 C 的结构且包含环 C 中出现过的所有元素。

由(1)(2)(3)可知,有限环不会引起 DTD 的不完全一致性。证毕。

例 2.1　图 2.6(a)所示 DTD$_6$ 中的环($a \xrightarrow{?} b \xrightarrow{*} a$)是有限环,不会引起 DTD$_6$ 的不完全一致性。

定理 2.6　无限环必然导致 DTD 的不完全一致性。

证明　显然,因为无限环中的边只有 $\xrightarrow{+}$ 和 $\longrightarrow$ 两种,环中的每个元素都有必然存在的子元素,因此,不可能存在有限长的 XML 文档(或片断)满足无限环的结构,即无限环必然导致 DTD 的不完全一致性。证毕。

待定环是一种比较特殊的情况,因为它可能引起 DTD 的不完全一致性,例如图 2.5(c)所示 DTD$_5$ 中,环($b \xrightarrow{|} e \xrightarrow{+} b$)和环($b \xrightarrow{|} c \longrightarrow b$),但也可能不会引起不完全一致性,例如图 2.7 (b)所示 DTD$_7$ 中的环($b \xrightarrow{|} e \xrightarrow{|} b$)和($b \xrightarrow{|} c \xrightarrow{|} b$)。那么怎样判断某待定环能否导致 DTD 的不完全一致呢? 这里需要使用分裂技术来解决这一问题。

定义 2.13　(选择性子元素的元素的分裂)定义为 <! ELEMENT $n(\cdots, (n_1|\cdots|n_m), \cdots)>$ 的具有选性子元素的元素 n,分裂方式为: <! ELEMENT n $(n_1|\cdots|n_m)>$ $\xrightarrow{\text{分裂}}$ $\begin{cases} <! \text{ ELEMENT } n \ (n_1)> \\ \quad\quad\vdots \\ <! \text{ ELEMENT } n \ (n_m)> \end{cases}$

对待定环 C 中的 k 个满足分裂条件的元素 $n_1(\cdots, (n_{11}|\cdots|n_{1m}), \cdots), \cdots, n_k$

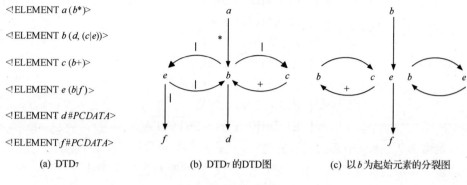

<!ELEMENT $a(b*)$>

<!ELEMENT $b(d,(c|e))$>

<!ELEMENT $c(b+)$>

<!ELEMENT $e(b|f)$>

<!ELEMENT $d\#PCDATA$>

<!ELEMENT $f\#PCDATA$>

(a) DTD$_7$　　　　　　(b) DTD$_7$ 的DTD图　　　　　　(c) 以 b 为起始元素的分裂图

图 2.7　特定环的处理

$(\cdots,(n_{k1}|\cdots|n_{km}),\cdots)$进行分裂,然后以其中的任一元素 $n_i(1\leqslant i\leqslant k)$ 为起点元素,根据这 k 个元素分裂后的定义以及 DTD 中相关的元素的定义,重新组合成DTD 片断。

例 2.2　以图 2.7 (b)的 DTD$_7$ 中的待定环$(b\xrightarrow{\mathstrut}e\xrightarrow{\mathstrut}b)$为例说明这一分裂和组合过程:待定环$(b\xrightarrow{\mathstrut}e\xrightarrow{\mathstrut}b)$中元素<!ELEMENT $b(d,(c|e))$>和<!ELEMENT $e(b|f)$>满足分裂条件,则分别分裂成两个元素定义;DTD 中相关的元素包括<!ELEMENT $c(b+)$>和<!ELEMENT $f\#PCDATA$>(图 2.7 (a)所示),相关元素中不包含具有选择性子元素的元素;以元素 b 为起点,可产生三个新组成的 DTD 片断。具体过程见(1)式,三个新组成的 DTD 片断对应的子图见图 2.7(c)。

而需要分裂的具有选择性子元素的元素结点 $n(\cdots,(n_1|\cdots|n_m),\cdots)$,只有两种情况:① $n\xrightarrow{\mathstrut}n_i(i\in(1,\cdots,m),m>1)$出现在待定环 C 中;②元素 n 是分裂重组的相关元素。

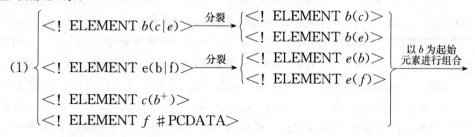

$$\begin{cases} <! \ \text{ELEMENT } b(c)> \\ <! \ \text{ELEMENT } c(b^+)> \\ <! \ \text{ELEMENT } b(e)> \\ <! \ \text{ELEMENT } e(b)> \\ <! \ \text{ELEMENT } b(e)> \\ <! \ \text{ELEMENT } e(f)> \\ <! \ \text{ELEMENT } f \ \#\text{PCDATA}> \end{cases}$$

定理 2.7　重组中起始元素的选择,对重组产生的 DTD 片断对应的子图中是否都包含无限环没有影响;同样,对产生的 DTD 片断对应的子图中是否有不包含无限环的子图也没有影响。

证明　设待定环 C 中对 k 个满足分裂条件的元素 $(n_1, \cdots, n_k)$ 进行了分裂。要证明本定理,即证明(a)以 $n_i (1 \leqslant i \leqslant k)$ 为起点元素,如果重组后形成的 DTD 片断对应的所有子图中都含有无限环,那么以其他的分裂元素为起点,重组后形成的 DTD 片断对应的所有子图中必然也都含有无限环;(反证法)不妨设以 $n_j (1 \leqslant j \leqslant k, j \neq i)$ 为起点,重组后形成的 DTD 片断对应的子图中存在不含无限环的子图,这说明 n_j 经过它的某个选择性子元素 n,存在一条路径 P,不包含无限环。那么,以 n_i 为起点元素,则完全可以在环 C 中选择能够通向 $n_j \overset{|}{\longrightarrow} n$ 的路径,然后经过路径 P,同样也不会包含无限环,这与"以 n_i 为起点元素重组后形成的 DTD 片断对应的所有子图中都含有无限环"这一题设相矛盾,所以,以 n_j 为起点,重组后形成的 DTD 片断对应的子图中必然也都包含无限环。

(b) 如果以 $n_i (1 \leqslant i \leqslant k)$ 为起点元素重组后形成的 DTD 片断对应的子图中存在不含无限环的子图,那么以其他的分裂元素为起点,重组后形成的 DTD 片断对应的子图中也必然存在不含无限环的子图。同理可证(b)。证毕。

定理 2.8　将 DTD 中的待定环 C 中所有满足分裂条件的具有选择性子元素的结点进行分裂,以任一分裂元素为起始元素,如果重新组成的 DTD 片断对应的每个子图都包含无限环,则 DTD 不是完全一致的;如果重新组成的 DTD 片断对应的每个子图中存在子图不包含无限环,则环 C 不会引起 DTD 的不完全一致性。

证明　分裂技术不改变 DTD 中任何父－子元素以及它们之间的量比关系(例如,父元素和子元素 $n_1 \longrightarrow n_2$ 之间是 1 对 1 关系),因此,如果重新组成的 DTD 片断对应的每个子图都包含无限环,说明环 C 中起始元素无论选择哪个子元素,所经路径中或者存在无限循环结构或者会回到起始元素构成无限循环。因为不存在任何有限的 XML 文档(或片断)满足无限循环结构,所以该 DTD 不是完全一致的;同理,如果某个子图不包含无限环,则 DTD 中必然存在起始元素经过它的某个选择性子元素,所经路径中不存在无限循环结构的情况,那么完全可以设计一个或几个 XML 文档满足该 DTD 且包含 DTD 中所有出现过的元素，因此环 C 不会引起 DTD 的不完全一致性。证毕。

例 2.3　图 2.5(c)所示的 DTD_5 中，待定环 $(b \xrightarrow{|} e \xrightarrow{+} b)$ 中元素 b 分裂并重组后，对应的两个子图，都是无限环：$(b \longrightarrow e \xrightarrow{+} b)$ 和 $(b \longrightarrow c \longrightarrow b)$，所以 DTD_5 不是完全一致的；对于图 2.7 (b)所示 DTD_7 中的待定环 $(b \xrightarrow{|} e \xrightarrow{|} b)$，由图 2.7 (c)可以看到存在分裂子图不含无限环，则待定环 $(b \xrightarrow{|} e \xrightarrow{|} b)$ 不会引起 DTD_7 的不完全一致性。可设计结构为 $a(b(d,c(b(d,e(b(d,e(f))))))))$ 的 XML 文档满足该 DTD 且包含 DTD 中所有出现过的元素。

定理 2.9　DTD D 完全一致，如果 D 的所有元素在 D 中都是一致的。

证明　（略）。

下面给出 DTD 完全一致性判断方法。

算法 2.2　Test_All_Consistency(D)（DTD 的完全一致性判断算法）

输入：DTD D（D 包含 $n(n \geqslant 1)$ 个元素）；

输出：D 的完全一致性判断结果 AC(*Absolute Consistency*)；

begin

　　　$AC := $ false;

　　　$U := \varnothing$;

　　　/＊全局集合变量 U 记录 D 中一致性尚未确定的元素＊/

(1)　for　$i = 0$　to　n　do

　　　　　if　e_i 是原子元素　then　/＊根据定理 2.2(1)，原子元素是一致的＊/

　　　　　　　Eliminating_2(e_i)；/＊对集合 U 中各元素的子项进行 e_i 消除＊/

　　　　　else

　　　　　　　对 e_i 的子项进行确定一致性元素组合消除；

　　　　　　　/＊根据推论 2.2，不影响 e_i 的一致性＊/

　　　　　　　if　消除后子项为空　then

　　　　　　　　　/＊ e_i 的所有并子项都是一致的，所以元素 e_i 是一致的＊/

　　　　　　　　　Eliminating_2(e_i)；

　　　　　　　else

　　　　　　　　　$U := U \bigcup \{e_i\}$；

　　　　　　　　　　　if　$U = \varnothing$　then　/＊根据定理 2.9；

　　　　　　　　　　　　　$AC := $ true；

(2)　return (AC)；/＊输出最终的判断结果＊/

end.

函数 Eliminating_2(一致性成立的元素 e)

　　/＊对集合 U 中元素的子项进行 e 消除＊/

　　　　for　$i = 0$　to　$|U|$　do

　　　　　　　　　/* |U| 表示集合 U 中元素的个数 */

　　　　对 e_i 的子项进行 e 消除；　　/* 根据推论 2.2,不影响 e_i 的一致性 */

　　　　if　e_i 的子项 $= \varnothing$　then

　　　　　　　　/* 子项的所有并子项都是一致的,所以 e_i 也是一致的 */

　　　　　　　$U_: = U - \{e_i\}$;

　　　　　　　Eliminating_2(e_i);

定理 2.10　算法 Test_All_Consistency 是正确的、可终止的,时间复杂度是 $O(n)$。其中,n 为 DTD 的元素个数。

证明　(正确性、可终止性)算法 Test_Consistency 和算法 Test_All_Consistency 的不同之处是算法 Test_Consistency 每处理完一个 DTD 元素,便判断根元素是否一致;而算法 Test_All_Consistency 则在处理完所有的元素后,判断是否所有元素都是一致的。算法 Test_All_Consistency 的正确性证明与算法 Test_Consistency 的正确性证明类似,故(略)。

(时间复杂度分析)算法 Test_All_Consistency 执行步骤(1)依次读取并处理每个 DTD 元素。在处理单个 DTD 元素的过程中,不需要对 DTD 的遍历,所以算法总的时间复杂度是 $O(n)$。证毕。

例 2.4　以图 2.1 中的 DTD_1 为例说明 DTD 完全一致性的判断过程。见下式:

2) $\xrightarrow{read(a)} U = \{a(b)\} \xrightarrow{read(b)} U = \{a(b), b(c \mid d)\} \xrightarrow{read(c)}$

$U = \{a(b), b(c \mid d), c(b)\} \xrightarrow{read(d)} d$ 是一致的 $\xrightarrow{\text{元素} d \text{消除}} b$ 是一致

的 $\xrightarrow[\text{元素} b \text{消除}]{\{U - \{b\}}$

$\begin{cases} a \text{ 是一致的} \xrightarrow{U - \{a\}} U = \{c\} \\ c \text{ 是一致的} \xrightarrow{U - \{c\}} U = \{\} \end{cases} \xrightarrow{read(f)} U = \{f(p \mid k)\} \xrightarrow{read(p)} U = \{f(p \mid$

$k), p(f)\} \xrightarrow{read(k)}$

$U = \{f(p \mid k), p(f), k(f+)\} \xrightarrow{read(e)} U = \{f(p \mid k), p(f), k(f+)\} \Rightarrow DTD_1$

不是完全一致的。

处理完 DTD 中所有的元素后集合 U 不为空,即 DTD_1 中存在不一致的元素 f, p 和 k。由图 2.1 (b)可知这三个元素组成的子结构确实不存在有限的 XML 文档相对应,所以 DTD_1 不完全一致。

2.2　基于编码的 XML 关系数据库存储方法

XML 的特性使之成为在线和离线数据的共同语言。为了有效管理 XML 数

据,研究人员提出了各种 XML 存储模型。根据存储方式的不同,处理 XML 数据的基本方式可分为三类:文件系统、数据库系统(包括层次数据库、关系数据库和对象数据库等)和 XML 数据库。其中,关系数据库具有管理方便、存储容量小、检索速度快、修改效率高、安全性好等特点,技术已十分成熟,利用其管理 XML 数据能够保障 XML 数据的可移植性和完整性;另一方面,目前大量的 Web 数据主要存放在关系数据库中,所以,不少的研究人员都致力于 XML 的关系数据库存储方法的研究。

已提出的 XML 关系数据库存储方法,一般要求预先确定文档的结构,如果结构发生了变化,数据库系统必须适应这种变化,修改相应的模式定义,给 XML 的管理带来了不便,通常一个 XML 模式会被映射到几个关系表,不利于基于多 DTD(或 Schema)的 XML 应用环境。也有的存储方法设计了固定的关系模式,然后直接将 XML 数据映射到关系表中,这类方法在实现路径查询的时候,因为需要大量的连接,因而查询效率较低;此外,还原源文档代价也较大。

在利用关系数据库技术进行 XML 数据管理时,要解决的一个主要问题就是从 XML 文档到关系表的映射。

近几年所提出的 XML 到关系数据库的模式映射方法,主要分为两类:

第一类方法映射产生的关系模式依赖于 XML 模式。它要求预先确定 XML 文档的结构,对 DTD(或 Schema)进行简化、分解等预处理,再将 DTD 中的元素、属性映射成关系数据库中的表或表的属性,即根据 DTD(或 Schema)产生存放 XML 文档数据的一个或几个关系表。这种方法在存储特定的 XML 文档的情况下,具有较高的存储和查询效率,但是,如果需要存放的是海量的、具有不同结构的 XML 数据,如 Internet 上得到的各种数据,则具有很大的局限性:①不同的 DTD(或 Schema)会产生大量的不同模式的关系表;②如果 XML 文档的结构发生了变化,那么相应的关系表必须适应这种变化,修改模式定义,重新对 XML 数据进行存储,更新粒度较大。

第二类映射方法产生的关系模式独立于 XML 模式。这类方法通常的做法,是将 XML 文档解析成树或图结构,然后提供相应的关系模式来储存这些图结构,关系数据库中不但保存了 XML 数据,且同时保存了 XML 文档的结构。这些存储方法直观简单,能够有效地解决第一类映射方法中出现的部分问题,但对于 XML 路径查询,它通常需要遍历整个数据库,进行多次连接操作才能确定路径的正确性完成查询工作,因而效率相对第一类方法要差些。

本节介绍的 XML 存储方法,主旨是既能使关系模式独立于 XML 模式,又能充分利用 DTD(或 Schema)的结构信息,尽量减少 XML 路径查询中影响效率的连接操作次数,提高路径查询的效率。具有如下特点:

(1) 关系数据库的模式不依赖于 XML 文档的模式。

（2）数据库只有两张表：DTDtoTable 关系表和 XMLtoTable 关系表。所有的 DTD 被保存在 DTDtoTable 中，所有的 XML 被保存在 XMLtoTable 中。

（3）能够在线性时间复杂度内重新组合 XML 文档。

（4）实现 XML 路径查询时，具有较少的数据库访问次数，对复杂 XML 路径如带谓词约束的路径查询等具有较高的效率。

2.2.1　编码方法

基于编码的 XML 关系数据库存储方法中，DTD 需要简化，简化方法是在文献［23］提出的简化方法的基础上加上两条规则：1) $e* \to e$；2) $e? \to e$。XML 文档被映射为树；同样，DTD 文档也映射为树（DTD 结构中有环的情况在将在后文中讨论）：DTD 中的元素/属性表示为树的结点，DTD 中元素和其子元素之间的关系或者元素和其属性之间的关系，在树中表现为父结点和子结点间的关系。此处引出 DTD 简化结构树的概念。

定义 2.14　（DTD 简树）DTD 简树 $ST=(N, L)$，N 是结点，L 是有向边。其中，结构树的结点 $N=(E|A)$，E 是 DTD 中出现的元素，A 是 DTD 中出现的属性；简化结构树的边 $L=\{N_1 \to N_2 | N_1, N_2 \in N; N_2$ 是 N_1 的子元素或者属性$\}$。

例如，图 2.8(a)中关于出版信息的 DTD 对应的 DTD 简树见图 2.9。

<!ELEMENT *Publications*(*Book*+)>

<!ATTLIST *Publications Year CDATA*>

<!ELEMENT *Book*(*Title, Author*+, *Price*?)>

<!ELEMENT *Title*#*PCDATA*>

<!ELEMENT *Author* #*PCDATA*)>

<!ELEMENT *Price* #*PCDATA*>

　　(a) 描述出版信息的DTD₈

<Publications Year="2002">

　　<Book>

　　　<Title>title_1</Title>

　　　<Author>author_1</Author>

　　　<Author>author_2</Author>

　　</Book>

　　<Book>

　　　<Title>title_2</Title>

　　　<Author>author_1</Author>

　　</Book>

<Publications>

　　(b) 描述出版信息的XML文档片段

图 2.8　DTD₈ 及对应的一个 XML 片段

本节介绍基于编码的 XML 关系数据库存储方法所采用的编码方法，包括两部分:DTD 编码和 XML 编码。

1. DTD 编码

DTD 结构树中的结点 n 以六元组($dtd\_id(n)$, $name(n)$, $preorder(n)$, $postorder(n)$, $level(n)$, $element/attribute$)标识,其中,$dtd\_id(n)$是元素或属性结点 n 所在的 DTD 的 ID;$name(n)$是元素或属性结点 n 的名称;$preorder(n)$和 $postorder(n)$分别是结点在树中的前序遍历值和后序遍历值;$level(n)$是结点在树中的层数(树的根结点为第 1 层);$element/attribute$ 记录 n 为元素还是属性(以 0 代表元素,以 1 代表属性)。例如图 2.9 的 DTD_8 的编码(因为只有一个 DTD,所以 $dtd\_id(.)$在此处省略了)。用上述编码方法记录的 DTD 结构树具有如下两个特性:

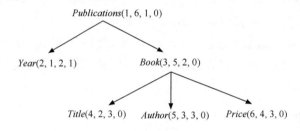

图 2.9　DTD_8 的简树及编码

(1) 对树中的任两个结点 n_1 和 n_2,如果 $preorder(n_1) < preorder(n_2) \wedge postorder(n_1) > postorder(n_2)$,则 n_1 是 n_2 的祖先结点。其中,$preorder(n)$和 $postorder(n)$分别记录结点 n 在树中的前、后序遍历值。

(2) 如果 n_1 是 n_2 的祖先结点且 $level(n_2) - level(n_1) = 1$,则 n_1 是 n_2 的父亲结点。

2. XML 编码

XML 结构树中结点 n 以七元组($doc\_id(n)$, $preorder(n)$, $postorder(n)$, $level(n)$, $dtd\_id(n)$, $dtd\_preorder(n)$, $value(n)$)标识,其中 $doc\_id(n)$是结点 n 所在的 XML 文档的 ID;$preorder(n)$和 $postorder(n)$分别表示 n 在树中的前序和后序遍历值;$level(n)$是结点在树中的层数(树的根结点为第 1 层);$dtd\_id(n)$为结点 n 所在的 XML 文档对应的 DTD 的 ID;$dtd\_preorder(n)$是结点 n 在相应的 DTD 树中对应的结点 n'的在 DTD 结构树中的前序遍历值 $preorder(n')$(n'与 n 具有相同的元素或属性名字、处在相同路径的相同位置);$value(n)$为结点 n 的值,若结点 n 对应的元素仅含子元素和属性项,则 $value$ 为空。例如对图 2.8(b)的 XML 文档片段的编码(因为只有一个 XML 文档,所以 $dtd\_id(.)$和 $doc\_id(.)$在

此处省略了),见图 2.10 所示。

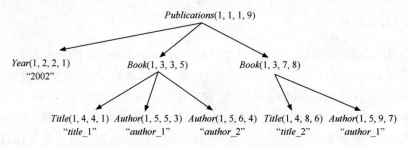

图 2.10　DTD₈ 对应的 XML 文档片断的编码

用上述编码方法记录的 XML 结构树具有如下的特性:

(1) XML 树中的任意内部结点 n_1 和叶子结点 n_2,如果 $preorder(n_1) < preorder(n_2) \wedge postorder(n_1) > postorder(n_2)$,则 n_1 是 n_2 的祖先结点;

(2) 通过 $dtd\_id(.)$ 和 $dtd\_preorder(.)$ 项,使每个 XML 元素/属性结点的标识都携带了相应的 DTD 结构信息,这一特性,使系统能够精确定位参与结构连接运算的 XML 结点集。

2.2.2　模式映射

DTD 和 XML 采用了相似的映射方法。

1. DTD 的映射方法

所有的 DTDs 映射到一个关系表 DTDtoTable($name$, dtd_id, $preorder$, $postorder$, $level$, $elementorattribute$),表中 $name$ 字段是 DTD 元素/属性的名称,dtd_id 是元素/属性所在的 DTD 的 ID,$preorder$ 是前序遍历值;$postorder$ 记录后序遍历值;$level$ 是元素/属性结点在树中的层数(根结点是第 1 层);$elementorattribute$ 记录是元素还是属性(0 代表元素,以 1 代表属性)。

表 DTDtoTable 的键是(dtd_id, $preorder$)或(dtd_id, $postorder$)。对表 DTDtoTable 在字段 $name$ 和 dtd_id 上建立索引。

2. XML 的映射方法

所有的 XML 文档映射到一个关系表 XMLtoTable(doc_id, dtd_id, $dtd\_preorder$, $preorder$, $postorder$, $level$, $value$),表中前六个字段分别与 XML 编码中结点标识($doc\_id(n)$, $dtd\_id(n)$, $dtd\_preorder(n)$, $preorder(n)$, $postorder(n)$, $level(n)$)的各项相对应,字段 $value$ 记录 XML 结点的值,如果值为空,则记为 $\varnothing$。

表 XMLtoTable 的主键是(doc_id，$preorder$)或(doc_id，$postorder$)，为了提高路径查询的效率，需要在表 XMLtoTable 的 dtd_id 和 $dtd\_preorder$ 项上建立索引。

要尽量节省存储空间，可以将表 XMLtoTable 中的 $value$ 项分到单独一张表中，因为 XMLtoTable 表中的许多元组在 XML 结构树中对应内部结点，其 $value$ 值多数为$\varnothing$。

这种模式映射方法使产生的关系模式独立于 XML 的模式，即使新的 DTD 或 XML 文档结构与数据库中的 DTD 或 XML 结构相差很大，仍能比较方便地把新的数据加入数据库中，这一特征满足了多 DTD 应用环境的需求。

2.2.3　路径查询的实现

路径查询的实现分为三步：①候选 DTD 的定位；②查询路径与 DTD 简树的结构匹配；③对相应的 XML 文档进行查询处理。

1. 候选 DTD 的定位

首先定位数据库中的候选 DTD。分为两步：

(1) $\sigma_{name=a_i \wedge elementorattribute=0/1}$ (DTDtoTable)$=A_i$，当 $\text{path}_{\text{query}}$ 中 a_i 是元素时，$elementorattribute=0$；当 a_i 是属性时，$elementorattribute=1$。目的是找出路径查询 $\text{path}_{\text{query}}$ 中的每个元素/属性 $a_i (1 \leqslant i \leqslant M)$ 在数据库中的记录，需要对 DTDtoTable 遍历一次。

(2) $\sigma_{A_1.dtd\_id=A_2.dtd\_id=\cdots=A_m.dtd\_id}$ $(A_1 \bowtie A_2 \bowtie \cdots \bowtie A_m)=re$($\bowtie$ 为自然连接)。

经过表 $A_i (1 \leqslant i \leqslant M)$ 的自然连接，可以得到包含路径查询 $\text{path}_{\text{query}}$ 中所有元素/属性的 DTD 的 ID。这样的 DTD 可以作为候选的 DTD，参与判断查询结构是否匹配。

2. 候选 DTD 的结构匹配

根据用户提出的路径查询，对关系表 DTDtoTable 进行查询处理。

这一步的主要目的是判断查询路径在现有的 DTD 结构树中是否是合法路径。判断方法是根据 DTDtoTable 表中的 $name$ 项，从 DTDtoTable 表中查询出现在查询路径中的所有结点的集合，如果匹配成功，则将条件路径的叶子结点、目标路径的叶子结点以及分支结点（例如，路径查询 $a/b[c/\cdots/d=\text{"}value\text{"}]/e//\cdots/f$ 中，条件路径的叶子结点、目标路径的叶子结点以及分支结点分别为 d、b 和 f）这三者在 dtd 表中对应的元组的 dtd_id 和 $preorder$ 值作为一个四元组(id，$preorder\_con$，$preorder\_bi$，$preorder\_tar$)记录下来（如存在多条匹配的条件路径或目标路径，则求出相应的四元组逐一记录）；如果查询路径中不存在条件路径，则只需记录目标路径的叶子结点在 dtd 表中对应的元组的 dtd_id 和 $preorder$ 值(id, $preorder\_tar$)。

如果匹配不成功,则 XML 文档中也必定不存在与查询路径相匹配的结构,查询结束。

查询路径与候选 DTD 的结构匹配的实现,无需访问关系表 DTDtoTable。

3. 对 XML 文档进行查询

一般的,路径表达式可以存在多个谓词约束。例如,路径表达式 $/b[c=\text{"}value\_1\text{"}]/d[e]/f/g[h<\text{"}value\_2\text{"}]/i$ 存在两个条件约束结点 c 和 h,两个目标结点 e 和 i。处理方法是将路径表达式分割成多个只有一个谓词约束的路径表达式。上例可分割为 $/b[c=\text{"}value\_1\text{"}]/d$,$/d/e/$,$/d/f/g$ 和 $g[h<\text{"}value\_3\text{"}]/i$ 四个最多只有一个谓词约束的路径表达式序列。分割后的每个路径表达式的查询输出结果,作为后继的路径表达式运算的一个输入。

对没有谓词约束的路径表达式 $b/\cdots/c$,在 XMLtoTable 中的查询结果为: $\sigma_{dtd\_preorder=c.preorder}$ (XMLtoTable)。

对只有一个谓词约束的路径表达式 $/b[c/\cdots/d=\text{"}value\_1\text{"}]/e/\cdots/f$,对 XMLtoTable 的查询思想如下:

(1) $\sigma_{dtd\_preorder=d.preorder \wedge value=\text{"}value\_1\text{"}}$ (XMLtoTable)$=con$;

(2) $\sigma_{dtd\_preorder=b.preorder}$ (XMLtoTable)$=bin$;

(3) $\sigma_{dtd\_preorder=f.preorder}$ (XMLtoTable)$=obj$;

(4) 对 con 和 bin 中具有相同 doc_id 的两组元组,调用算法 BC_Join,生成 bin_{new};

(5) 对 obj 和 bin_{new} 中具有相同 doc_id 的两组元组,调用算法 BT_Join,产生查询结果结点集。

算法的符号说明:$\{B\}$ 的所有结点对应 DTD 简树中同一元素结点 B';$\{C\}$ 的所有结点对应 DTD 简树中同一元素/属性结点 C';DTD 简树中,B' 是 C' 的祖先结点;$\{B\}$ 和 $\{C\}$ 中的结点分别按结点在 XML 树中的前序遍历值排序;

算法 2.3 BC_Join($\{B\}$,$\{C\}$)(条件路径的叶子结点和分支结点间的结构连接)

输入:属于同一 XML 文档的结点集 $\{B\}$ 和 $\{C\}$;

输出:$\{C\}$ 中的结点在 $\{B\}$ 中的祖先结点的集合 $\{BS\}$。

begin

(1)$BS := \varnothing$;

　　$i := 1$;

　　$j := 1$;

(2)While　$i \leqslant |C|$　do　　　　　　/* $|C|$ 记录{C}中结点的个数 */

While $j \leqslant |B|$ and $preorder(B_j) < preorder(C_i)$ do　　/* $|B|$ 记录{B}中结点的个数 */

if $postorder(B_j) > postorder(C_i)$ Then /* B_j 是 C_i 的祖先结点 */

$BS := BS \cup \{B_j\}$;

$j := j+1$;

$i := i+1$;

return (BS);

end.

定理 2.11　算法 BC-Join 是正确的、可终止的,其时间复杂度为 $O(|C| + |B|)$。

证明　(正确性、可终止性)证明简单,(略)。

(时间复杂度分析)算法 BC-Join 对于满足输入条件的结点集{B}和{C},于是对应的 DTD 结构中无环,则{C}中的任意结点 C_i 和{B}中的任意结点 B_j 之间的关系只有三种可能:

(1)$preorder(B_j) < preorder(C_i) \wedge postorder(B_j) > postorder(C_i)$,这种情况下,$B_j$ 是 C_i 的祖先结点;

(2) $preorder(B_j) < preorder(C_i) \wedge postorder(B_j) < postorder(C_i)$;

(3) $preorder(B_j) > preorder(C_i) \wedge postorder(B_j) > postorder(C_i)$。

不妨设当前处理的结点分别为 B_j 和 C_i,由算法可知,如果 B_j 是 C_i 的祖先结点,则输出 B_j,算法继续内层循环,下一步处理的结点为 B_{j+1} 和 C_i;如果 $preorder(B_j) < preorder(C_i) \wedge postorder(B_j) < postorder(C_i)$,此时没有输出,算法继续内层循环,下一步处理的结点为也是 B_{j+1} 和 C_i;当 $preorder(B_j) > preorder(C_i) \wedge postorder(B_j) > postorder(C_i)$ 时,算法跳出内层循环,继续外层循环,下一步处理的结点为 B_j 和 C_{i+1}。由此可见,算法只需要对{B}和{T}中的结点各遍历一次即可。所以,算法的时间复杂度为 $O(|C| + |B|)$。证毕。

算法的符号说明:{B}的所有结点对应 DTD 简树中同一元素结点 B';{T}的所有结点对应 DTD 简树中同一元素/属性结点 T';DTD 简树中,B' 是 T' 的祖先结点;{B}和{T}中的结点分别按结点在 XML 树中的前序遍历值排序;

算法 2.4　BT_Join({B},{T})(分支结点和目标结点间的结构连接)

输入:属于同一 XML 文档的结点集{B}和{T};

输出:{B}中的结点在{T}中的子孙结点的集合{TS}。

begin

(1) $TS := \varnothing$;

$i := 1$;

$j := 1$;

(2) While $i \leqslant |B|$ do   / * |B| 记录 {B}中结点的个数;

  While $j \leqslant |T|$ and $postorder(B_i) > postorder(T_j)$ do / * |T| 记录{T}中结点
                的个数;

   if $preorder(B_i) < preorder(T_j)$ then / * B_i 是 T_j 的祖先结点;

    $TS := TS \bigcup T_j$;

    $j := j+1$;

   $i := i+1$;

  return (TS)

 end.

定理 2.12　算法 BT-Join 是正确的、可终止的,其时间复杂度为 $O(|T| + |B|)$。

证明　(正确性、可终止性)证明简单,(略)。

(时间复杂度分析)算法 BT-Join 对于满足输入条件的结点集{B}和{T},于是对应的 DTD 结构中无环,则{T}中的任意结点 T_j 和{B}中的任意结点 B_i 之间的关系只有三种可能:

(1) B_i 是 T_j 的祖先结点,即 $preorder(B_i) < preorder(T_j) \wedge postorder(B_i) < postorder(T_j)$;

(2) $preorder(B_i) < preorder(T_j) \wedge postorder(B_i) < postorder(T_j)$;

(3) $preorder(B_i) > preorder(T_j) \wedge postorder(B_i) > postorder(T_j)$。

不妨设当前处理的结点分别为 B_i 和 T_j,由算法可知,如果 B_i 是 T_j 的祖先结点,则输出 T_j,算法继续内层循环处理的结点为 B_i 和 T_{j+1};如果 $preorder(B_i) < preorder(T_j) \wedge postorder(B_i) < postorder(T_j)$,没有输出,算法跳出内层循环。继续外层循环处理的结点 B_{i+1} 和 T_j;当 $preorder(B_i) > preorder(T_j) \wedge postorder(B_i) > postorder(T_j)$ 时,没有输出,算法继续内层循环处理的结点为 B_i 和 T_{j+1}。由此可见,算法只需要对{B}和{T}中的结点各遍历一次即可。所以,算法总的时间复杂度为 $O(|T| + |B|)$。证毕。

在这种存储方法中,对相应的 XML 文档进行查询处理的过程,只有(1)~(3)的实现需要对 XMLtoTable 遍历一次。所以,在该关系数据库的 XML 存储方法的基础上实现 XML 路径查询,关系表 DTDtoTable 和 XMLtoTable 各需遍历一次。

例 2.5　以图 2.8 所示 DTD₈ 及 XML 文档片断,以路径查询说明本节所提出的路径查询方法的实现过程:

(1) 候选 DTD 的定位。从 DTDtoTable 中得到 DTD₈ 为候选 DTD。从表 DTDtoTable 中找出对应 *dtd_id* 为 id(DTD₈)的名称为 *Publications*,*Year* 和 *Title* 的结点。对 *Publications* 和 *Year* 执行 EA_Join,对 *Publications* 和 *Title* 执行 EE_Join,能够返回叶子结点 *Year* 和 *Title* 以及分支结点 *Publications* 的前序

遍历值为 2,4 和 1。

（2）首先，根据条件路径的叶子结点 *Year* 在 DTD 中的前序遍历值，从表 XMLtoTable 中找出所有满足条件约束的 XML 结点集$\{C_1\}$（此处只有一个 XML 文档，C_1 只有一个结点记录 *Year* $(1,2,2,1)$）；其次，根据目标路径的叶子结点 *Title* 在 DTD 中的前序遍历值，从表 XMLtoTable 中找出所有满足条件约束的 XML 结点集$\{T_1\}$（此处为结点 *Title* $(1, 4, 4, 2,$ "*title_1*")和结点 *Title* $(1, 4, 8, 6,$ "*title_2*")）；然后根据分支结点在 DTD 中的前序遍历值，从表 XMLtoTable 中找出所有满足条件 XML 结点集$\{B_1\}$（此处结点 *Publications* $(1, 1, 1, 9)$）；调用算法 BC_Join，返回结点 *Publications* $(1,1,1,9)$；最后，调用算法 BT_Join，返回结点 *Title* $(1,4,4,2,$ "*title_1*")和结点 *Title* $(1,4,8,6,$ "*title_2*")，所以 */Publications/*[@*Year*＝"2002"]*//Title* 在图 2.8 所示 DTD 和 XML 文档片断上的查询结果为"*title_1*"和"*title_2*"。

路径查询的实现无须遍历每个 XML 文档，只对包含满足条件路径中约束条件的 XML 文档进行处理；只需从满足约束条件的 XML 文档中检索出查询路径中的叶子结点所对应的 XML 结点集；对只有一个谓词约束的路径查询，只需要 0 次或 2 次连接运算；对没有条件路径的查询，可以很高的效率直接从表 XMLtoTable 中检索到查询结果；如果查询路径在 XML 文档中不存在正确的匹配，该方法因为首先在规模要小很多的 DTD 上进行结构匹配，因此可以在极短的时间内给出无结果的判断，因此效率较高。

2.3　XML 文档的重组与更新

2.3.1　XML 文档的重组

存放在 XMLtoTable 中的 XML 数据，可能要重新组成 XML 文档。

定理 2.13　XMLtoTable 中的两个结点 n_1 和 n_2，如果 $doc\_id(n_1)＝doc\_id(n_2) \wedge preorder(n_1)＝preorder(n_2)＋1 \wedge level(n_1)＝level(n_2)＋1$，则 n_1 是 n_2 的最左子结点。

证明　因为 $doc\_id(n_1)＝doc\_id(n_2)$，所以，结点 n_1 和 n_2 在同一个 XML 文档中；因为 $level(n_1)＝level(n_2)＋1$，所以，n_1 和 n_2 可能存在三种关系：

（1）n_1 在 n_2 的左兄弟树中，如图 2.11 中（*Author1*,*Book2*），此时，$preorder(n_1)＜preorder(n_2)$，与题设矛盾，该情况下不成立。

（2）n_1 在 n_2 的右兄弟树中，如图 2.11 中（*Book2*,*Title3*），此时，必然存在 n_1 的父亲结点 n，使得 $preorder(n_1)＜preorder(n)＜preorder(n_2)$，因为前序遍历值编码连续，所以，有 $preorder(n_1)＋1＜preorder(n_2)$，与题设矛盾，这种情况下不

成立。

（3）n_1 是 n_2 的儿子结点。此时，如果 n_1 不是 n_2 的最左儿子结点，例如图 2.11 中（$Book2$，$Author2$），则必然存在 n_2 的一个最左儿子结点 n，使得 $preorder(n_1) < preorder(n) < preorder(n_2)$，因为前序遍历值的编码是连续正整数，所以，有 $preorder(n_1) + 1 < preorder(n_2)$，与题设矛盾，这种情况下不成立。由（1）～（3）可以推得 n_1 必然是 n_2 的最左儿子结点。证毕。

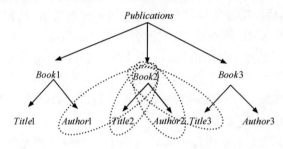

图 2.11　定理 2.14 的说明图例

定理 2.14　XMLtoTable 中的两个结点 n_1 和 n_2，如果 $doc\_id(n_1) = doc\_id(n_2) \wedge preorder(n_2) = preorder(n_1) + 1 \wedge level(n_1) = level(n_2)$，则 n_2 是 n_1 的第一个右兄弟结点。

证明　因为 $doc\_id(n_1) = doc\_id(n_2)$，所以，结点 n_1 和 n_2 在同一个 XML 文档中；因为 $level(n_1) = level(n_2)$，所以，n_1 和 n_2 必然是兄弟结点（包括亲兄弟和叔伯兄弟）：

（1）如果 n_2 是 n_1 的左兄弟结点，则有 $preorder(n_2) < preorder(n_1)$，与题设中的条件 $preorder(n_2) = preorder(n_1) + 1$ 矛盾，所以不成立；

（2）如果 n_2 是 n_1 的右兄弟结点，但不是第一个右兄弟结点，则必然存在 n_1 的第一个右兄弟结点 n，使得 $preorder(n_2) > preorder(n) > preorder(n_1)$，因为前序遍历值的编码是连续正整数，所以，$preorder(n_2) > preorder(n_1) + 1$，与题设矛盾，也不成立。

由（1）、（2）可得 $doc\_id(n_1) = doc\_id(n_2) \wedge preorder(n_2) = preorder(n_1) + 1 \wedge level(n_1) = level(n_2)$ 成立，则 n_2 是 n_1 的第一个右兄弟结点。证毕。

定理 2.15　XMLtoTable 中的两个结点 n_1 和 n_2，如果 $doc\_id(n_1) = doc\_id(n_2) \wedge preorder(n_1) = preorder(n_2) + 1 \wedge level(n_2) - level(n_1) = m(m \geqslant 1)$，则结点 n_1 是 n_2 的第 m 代祖先结点的第一个右兄弟结点。

证明　由 $doc\_id(n_1) = doc\_id(n_2)$ 可知，结点 n_1 和 n_2 在同一个 XML 文档中；因为 $level(n_2) - level(n_1) = m(m \geqslant 1)$，所以结点 n_1 和 n_2 之间的关系只能存在三种情况：

（1）n_1 是 n_2 的第 m 代祖先结点，此时有 $preorder(n_1) < preorder(n_2)$，与题设矛盾。

（2）n_1 是 n_2 的第 m 代祖先结点的左兄弟结点，设 n_2 的第 m 代祖先是结点 n，则有 $preorder(n_1) < preorder(n) < preorder(n_2)$，与题设矛盾。

（3）n_1 是 n_2 的第 m 代祖先结点的右兄弟结点，这又分为 n_1 是 n_2 的第 m 代祖先结点的第一个右兄弟结点以及 n_1 是 n_2 的右兄弟结点（但不是第一个）两种情况。对于后一种情况，必然存在 n_2 的第一个右兄弟结点 n，使得 $preorder(n_2) < preorder(n) < preorder(n_1)$，因为前序遍历值的编码是连续正整数，所以 $preorder(n_2)+1 < preorder(n_1)$，与题设矛盾。如果 $doc\_id(n_1) = doc\_id(n_2) \wedge preorder(n_1) = preorder(n_2)+1 \wedge level(n_2) - level(n_1) = m(m \geqslant 1)$，则结点 n_1 是 n_2 的第 m 代祖先结点的第一个右兄弟结点。证毕。

根据定理 2.14、定理 2.15 和定理 2.16，我们可以很方便地将 XMLtoTable 中的 XML 数据重组成 XML 文档。算法 2.5 的输出只考虑了元组记录在 XML 结构树中是元素结点的情况，但可以方便的推广到属性结点。

算法的符号说明：$table$ 中的每个元组为 XML 文档编码后的结点记录；关系表 $table$ 按照字段 $preorder$ 升序排序；元组 $a_1, \cdots, a_{|table|}$ 具有相同 doc_id。

算法 2.5　Recombination_XML($table, a_1, \cdots, a_{|table|}$)（XML 文档的重组）

输入：关系表 $table$，表中的元组 $a_1, \cdots, a_{|table|}$；

输出：由表 $table$ 中所有元组组成的 XML 文档；

begin

(1) Stack stack：$= \varnothing$；　/* stack 是一个堆栈 */

　　writeFile("$<a_1. name>$")；

　　//writeFile("STRING")为向输出文件中写字符串 STRING 的操作

　　stack. push("$</a_1. name>$")；　/* push()为入栈操作 */

(2) for $j = 2$ to $|table|$ do　　　　/* $|table|$ 记录表 $table$ 中结点的个数 */

　　　　if　$a_j. level - a_{j-1}. level \neq 1$ then /* 根据定理 2.14、定理 2.15 和定理
2.16；*/

　　　　　　writeFile("$a_{j-1}. value$")；

　　　　　　for $k = 1$ to $(a_{j-1}. level - a_j. level + 1)$ do

　　　　　　　　writeFile(stack. pop)；　/* stack. pop 是出栈操作 */

　　　　　　writeFile("$<a_j. name>$")；

　　　　　　　stack. push("$</a_j. name>$")；

(3) while(stack. empty = false)　/* stack. empty()判断堆栈是否为空 */

　　　　writeFile(stack. pop)；

end.

定理 2.16　如果按 XML 的映射方法将一个 XML 文档存储到关系表中，算法 Recombination_XML 能够根据关系表中的数据正确重组该 XML 文档、是可终

止的,算法具有线性时间复杂度。

　　证明　(正确性、可终止性)算法 Recombination_XML 执行步骤(1)和步骤(2),关系表中记录的结点,全部唯一地出现在重构后的 XML 文档中。XML 文档中相邻结点 n_1 和 n_2 之间的关系只有三种情况:

　　(1) n_2 是 n_1 的最左儿子结点;

　　(2) n_2 是 n_1 的第一个右兄弟结点;

　　(3) n_2 是 n_1 的某一祖先结点的第一个右兄弟结点。

　　因为 n_1 和 n_2 的前序遍历值连续,即 $preorder(n_1)+1=preorder(n_2)$,所以 n_1 和 n_2 在关系表中是两个相邻的元组。根据定理 2.14、定理 2.15 和定理 2.16,执行步骤(2)算法 Recombination_XML 正确维持了 n_1 和 n_2 之间的关系。显然是可终止的。

　　(时间复杂度分析)因为 XML 文档的重组算法仅需要遍历关系表 $table$ 一次,所以,具有线性时间复杂度。证毕。

2.3.2　XML 文档的更新

　　DTD 和 XML 文档存储到关系表中后,不可避免的,会出现数据需要更新的问题。基于编码的 XML 关系数据库存储方法中的数据更新,主要包括两个方面:XML 文档的更新和 DTD 的更新。

　　通常情况下,XML 文档更新的频率,远远大于它满足的 DTD 的更新的频率。当 DTD 结构不发生变化时,XML 文档的更新分为三种情况:

　　(1) 某个 XML 元素/属性结点的值发生变化。此时,对 XMLtoTable 中相应的元组中的 $value$ 字段进行修改即可。更新的粒度是 XML 元素/属性结点。

　　(2) XML 文档中某元素/属性结点及其所有子孙结点需要删除(包围被删除子树的圆与 XML 树只能有一个交点,如图 2.12 所示,虚线圈内的部分是待删除的子树)。

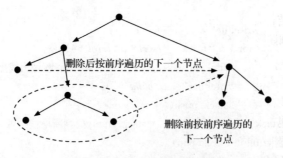

图 2.12　XML 文档的更新

如果被删除的子树包含的 $m(m\geqslant 1)$ 个结点中,最大的前须遍历值为 $preorder_{most}$,

最大的后续遍历值为 $postorder_{most}$，那么更新需要作如下几步工作：① 被删除子树包含的结点在关系表中对应的元组进行删除；② 遍历该 XML 文档包含的所有结点所对应的元组，如果元组的 $preorder$ 字段对应的值 $preorder_{current}$ 大于 $preorder_{most}$，那么将 $preorder_{current}$ 替换为 $preorder_{current}-m$；如果元组的 $postorder$ 字段对应的值 $postorder_{current}$ 大于 $postorder_{most}$，那么将 $postorder_{current}$ 替换为 $postorder_{current}-m$。

（3）XML 文档中需要添加部分结构（即 XML 树中添加某子树）。此时，更新的粒度是一个 XML 文档。需要将整个 XML 文档从 XMLtoTable 中删除，添加结构后，重新编码，再写入 XMLtoTable。此时，更新的粒度较大，可以通过采用新的编码方法改进。

定理 2.17　以上述方法删除 XML 树中某一子树，可以保持树中结点编码的一致性。

证明　不妨设待删除的子树为 $Tree_{del}$，$Tree_{del}$ 中结点的前序遍历值为 $preorder_{least}$，最大前序遍历值为 $preorder_{most}$。

（1）结点的编码中 $doc\_id(n)$，$dtd\_preorder(n)$，$level(n)$ 几项，子树删除的前后没有变化，因此保持一致。

（2）因为最小如果删除 XML 树中某一结点，必然会删除该结点包含的所有子孙结点，所以，前序遍历值为 $preorder_{least}-1$ 的结点，在 $Tree_{del}$ 被删除后，前序遍历的下一个结点，即为 $Tree_{del}$ 被删除前 $Tree_{del}$ 的最右叶子结点的下一个结点。例如图 2.12 中虚线箭头所示。这样，对于所有前序遍历值大于的 $preorder_{most}$ 的结点（按照前序遍历 $Tree_{del}$ 中最右叶子结点之后的结点集），将前序遍历值减去 $Tree_{del}$ 包含的结点的个数 m，就能保持 $preorder$ 项编码的一致性和连续性。

（3）同理可得对于所有后序遍历值大于的 $postorder_{most}$ 的结点（按照后序遍历 $Tree_{del}$ 的根结点之后的结点集），将后序遍历值减去 $Tree_{del}$ 包含的结点的个数 m，就能保持 $postorder$ 项编码的一致性和连续性。证毕。

2.3.3　DTD 的更新

当 DTD 的结构需要更新时，DTD 和 XML 文档都将发生相应的变化。主要分为两种情况：删除 DTD 简树中某元素/属性结点及其所有的子孙结点。此时，有两部分工作：

（1）将需要删除的 DTD 元素/属性结点从 DTDtoTable 中删除。因为 DTD 存入关系数据库后，极少需要重新组合，所以，不必为了维护编码的执行而修改其余的 DTD 中其他的结点的编码。

（2）将需要删除的 DTD 子树对应的所有 XML 子树按照 2.4.2XML 文档的更新（2）的方法进行删除。

DTD 简树中要增加某个子树（包括某元素/属性结点）或改变部分结构。此时，需要将该 DTD 整个调整，即将原 DTD 从数据库中删除，将增加子树（或改变）

后的 DTD 重新编码并存储。此外,将该 DTD 简树对应的所有 XML 文档从 XM-LtoTable 中全部删除,并根据重新编码后的 DTD 简树,重新对各 XML 文档编码,存入 XMLtoTable。

定理 2.18　将 DTD 简树中某结点及其所有子孙结点删除后,DTD 简树的剩余结点的编码不变,不影响结点间祖先-后代关系的判断。

证明　因为树中结点间祖先-后代关系的判断,需要对两个结点的前序遍历值和后序遍历值进行比较。因此,只需证明对于任意结点 n_1 和 n_2(不属于待删除的子树 Tree_{del})在 Tree_{del} 被删除前后,前序遍历值和后序遍历值的大小关系没有发生改变即可。因为剩余结点的编码并没有发生改变,显然,这种大小关系并没有改变。因此,将 DTD 简树中某结点及其所有子孙结点删除后,DTD 简树的剩余结点的编码不变,并不影响结点间祖先-后代关系的判断。证毕。

2.3.4　递归模式的处理

能否有效处理递归模式的 XML 是衡量 XML 关系数据库存储方法优劣性的重要指标之一。分如下几步对递归模式进行处理。

(1) 穷举简化后的 DTD 图中的路径。例如图 2.13 左图中共有两条路经:
$department \rightarrow (\ teacher \rightarrow student)\ \rightarrow^* teacher \rightarrow name$ 和 $department \rightarrow (teacher \rightarrow student)^+ \rightarrow name$

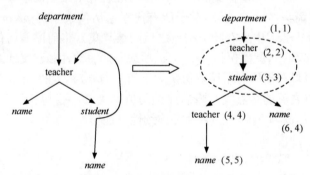

图 2.13　递归模式的处理

(2) 将()＊和()＋看作一个结点(环点),重组成树结构,此处$(a \rightarrow b)＊$和$(b \rightarrow a)＊$被视为不同的环点。例如图 2.13 左图重组后见右图,其中环点以带＊的虚线环表示。

(3) 对重组结构进行编码。编码时环点并不作为一个结点,而是将环点内部的所有结构均参与编码。以前序遍历值和层数($preorder, level$)为例对图 2.13 右图编码如图所示。

(4) 查询路径与重组结构的匹配。环点内部的结构匹配须满足下列规则:①任意两个结点间祖先-后代关系成立;②相邻两个结点间父子关系成立,例如环

$(a \longrightarrow b \longrightarrow c) * $ 中，(a,b)，(b,c) 和 (c,a) 均是父子关系。除此之外的结构匹配方法见 2.3.3 路径查询的实现。

推论 2.4　根据递归模式的处理中第(4)条给出的匹配规则，递归模式以第(1)、(2)条所述方法进行结构重组后，不丢失并且也不增加任何结点间的祖先-后代或父子关系。

2.4　本章小结

XML 作为新一代的互联网交换和标识语言，已成为一种网上数据交换和信息集成的工具，在 XML 的发展过程中，如何有效地利用关系数据库技术存储和查询 XML 数据已经成为一个热门话题。

DTD 的一致性是 XML 研究中的一个重要问题。本节所讨论的 DTD 一致性判断算时间复杂性为 $O(n)$。

现已提出的无完整性约束的 DTD 一致性判断方法，讨论的都是如何判断整个 DTD 是否存在有效的 XML 文档相对应，忽略了对 DTD 结构中不合理的子结构的一致性判断，因此一致性成立的 DTD 中仍有可能存在子结构没有相对应的有效 XML 数据。为解决这一问题，本节提出了 DTD 完全一致性的概念，分析了能够导致无完整性约束的 DTD 不完全一致性的各种因素，并给出了线性时间复杂性的 DTD 完全一致性判断算法。

讨论了一种利用 DTD 的结构信息在关系型数据库系统中存储 XML 文档的方法。这种方法具有如下特点：①文档结构的变化，不需要修改相应的关系模式定义。②不同 DTD 的 XML 文档可以保存在相同模式的关系表中。仅需两张关系表，就能存储所有的 DTD 和 XML 数据，所以，适用于多 DTD 的应用环境。③可以在线性时间内重组数据库中的 XML 文档。本节对该存储方法中递归模式的处理技术也进行了讨论。

进一步应该进行的工作是：

（1）完全一致性的概念在具有完整性约束（例如键和外键）的 DTDs、XML Schema 等方面如何结合工程系统进行应用；

（2）研究对存储空间和查询响应速度更加有效的关系模式的思想和具体设计；

（3）研究本书所提供的存储方法在有序 XML 文档的具体应用；

（4）研究形式化的表述 XML 向 SQL 的转换；

（5）研究实现高效率的 XML 子树重构。

第3章　不完全信息下 XML 强函数依赖推理规则

不完全信息可以分为两大类：①语义型不完全信息；②逻辑型不完全信息-概率数据。本书后面的讨论就是以语义型不完全信息和逻辑型不完全信息-概率数据为主线进行展开。

由于客观世界存在大量不完全信息，为了更好地描述客观世界，XML 文档应该允许出现不完全信息。本书把存在型不完全信息引入 XML 文档中，引入后的 XML 文档中结点之间、子树之间的关系不能只用相等来描述。同时，不完全信息下 XML 文档中元素与元素之间、属性与属性之间以及元素与属性之间的一对一、多对一关系，也不能用 XML 函数依赖进行描述。本章根据存在型不完全信息的语义，采用子树信息等价、子树信息相容描述结点之间、子树之间的关系，在叶子结点上定义 XML 强函数依赖描述一对一、多对一的数据约束；讨论了 XML 强函数依赖的性质；给出了 XML 强函数依赖推理规则集，并对推理规则集的有效性和完备性进行了证明。为不完全信息下 XML 数据库的规范化理论奠定了基础。

3.1　基　础　知　识

为了更好的讨论不完全信息 XML 的相关理论和问题，本节将给出作为不完全信息下关系数据库的相关概念，因为本书讨论的理论和问题的思想源于参考文献[1]。

3.1.1　不完全信息的语义分类

不完全信息本身所固有的语义包括：不完全信息是否有可用来取代该不完全信息的完全信息的值——实值，实值的个数，实值的限定范围。根据这些语义信息，可把不完全信息分成三类：

（1）关系的某一个元组在某一属性上不该有任何实值，但在数据库里应该给出某种表征。如一个未婚者的配偶姓名等。这一类不完全信息可以称为"不存在型不完全信息"，实际上它的含义是存在的。

（2）关系的某一个元组在某一属性上必然对应着某个或几个实值，通常称为"存在型不完全信息"。一旦元组在该属性上的实际值被确知后，人们就可以用相应的实值来取代该不完全信息，使信息趋于完全信息。这个过程称为完全化过程，简称为完全化。

存在型不完全信息是不确定性的一种表征,该类不完全信息的实值在当前是未知的,但它也不是完全不确定的,即它仍有确定性的一面。比如它的实值确实存在,受本身语义和数据相关性的约束,并且总是落在一个人们往往可以确定的区间内。只有该区间的值才有可能是该不完全信息的实值,称这一区间为该不完全信息的限定代换范围,简称语义范围。在实际的数据处理中,在实值未知的情况下,不完全信息的限定代换范围的信息显然是十分有意义的。在限定代换范围内的每一个值,称为该不完全信息确定性的可能的代换。

存在型不完全信息对应的实值个数不一定唯一。

(3) 关系的某一个元组在某一属性上尚不知是否存在某种实值,它可能是不存在性不完全信息,也可能是未知性不完全信息,这需要随着时间的推移才能清楚,是最不确定的一类,通常称为占位型不完全信息。

为了区别上述三类不完全信息,给出不同的符号分别表示它们:

φ^0 表示不存在型不完全信息;

φ^* 表示存在型不完全信息;

φ^- 表示占位型不完全信息。

定义 3.1　设 X 是关系 R 上的一个属性组,对于元组 $t \in R$,若至少有一个属性 $A_i \in X$,元组 t 在 A_i 上的分量 $t[A_i]$ 值无法填入,称这种不完全信息为不存在型不完全信息,记为 φ^0。

定义 3.2　设 X 是关系 R 上的一个属性组,对于元组 $t \in R$,若至少有一个属性 $A_i \in X$,元组 t 在 A_i 上的分量 $t[A_i]$ 值暂时不能填入,称这种不完全信息为存在型不完全信息,记为 φ^*。

定义 3.3　设 X 是关系 R 上的一个属性组,对于元组 $t \in R$,若至少有一个属性 $A_i \in X$,元组 t 在 A_i 上的分量 $t[A_i]$ 值不能填入的性质不定,即可能为 φ^0,也可能为 φ^*,称这种不完全信息为占位型不完全信息,记为 φ^-。

要注意,在讨论中所涉及的属性组 X 均为属性的有限集,且每个属于 X 的属性 $A_i(1 \leqslant i \leqslant n)$ 都对应一个基本值域 $\text{DOM}(A_i)$。

根据不完全信息的语义知三种不完全信息 φ^0,φ^*,φ^- 的不确定性是依次增强的。

实质上不存在型不完全信息并不代表不确定性,完全可以把它看作是一种特殊的常数值而并入到属性的值域中。$\text{DOM}(A_i)$ 是属性 A_i 的实数值域,定义 $\text{DOM}(A_i) \cup \varphi^0 = \text{DOM}'(A_i)$ 以扩充值域。这样,存在型不完全信息,由于其值确实存在,则必定落在某一取值范围内,用 $\text{range}(\varphi^*)$ 表示它的取值范围,称为不完全信息的语义范围或限定代换范围。则有 $\text{range}(\varphi^*) \subseteq \text{DOM}'(A_i)$;而占位型不完全信息根据其语义特点,$\varphi^-$ 的取值一定落在的范围内。

定义 3.4　在一个关系 R 中,若该关系的所有元组都是完全元组,称该关系为完全关系;否则,称为不完全关系。

定义 3.5　设 t 是关系 R 的不完全元组,t' 是对元组中所有存在型不完全信息用实值代换后得到的结果元组,称其为完全化结果元组,其代换过程称为完全化或完全化过程。

为了刻画关系中的有关信息与描述现实世界状态之间的关系,必须说明可信度和确定度问题。如果一个元组或扩展元组可能属于关系,也可能不属于关系,则对于该组信息存在一个可信度问题;如果在一个元组集合中,必有一个元组属于关系,但无法确定是哪一个,则对于该元组集合将存在一个确定度问题。

3.1.2　不完全信息之间的关系

由于占位型不完全信息的可能代换包括不存在型不完全信息,存在型不完全信息或该属性定义域内的任何完全信息、所以本书只重点讨论不存在型不完全信息、存在型不完全信息和完全信息之间的关系。

不完全信息相等是两个不完全信息之间最简单的关系。

定义 3.6　对于同一值域上的两个不完全信息 φ_1,φ_2,若为存在型不完全信息,如果它们在进行不完全信息代换时将被代换为相同的实值;如果两个不完全信息为占位型不完全信息 φ_1^-、φ_2^- 时,可将两者都代换为不存在型不完全信息 φ^0,称这两个不完全信息相等,记为 $\varphi_1 = \varphi_2$。

在关系数据库中,对于相等的属性值,应该进行同一化处理,处理规则如下:

(1) 同类不完全信息相等,一律改成相同的下标,新的限定代换范围为所有相等不完全信息的限定代换范围的交集。

(2) 非同类不完全信息相等,选取其中确定度最高的取代其他值,限定代换范围的处理同上。其取代顺序按如下偏序所示的方向以箭头指向的类型来取代其他类型的不完全信息。

占位型不完全信息→不存型不完全信息
↘存在型不完全信息→实值

在某些情况下,数据库的关系中某一属性上的两个不完全信息有可能不一定对应相同的实值,但仍可能对应于相同的谓词,即表示同样的语义信息。例如,我们可能不确切了解某两个人的身高,只知道他们都是在 1.7~1.8m 之间。当用不完全信息表示两个人的身高时,两者的不完全信息必然是相同的,因为两个人的身高可能完全不同,这样的两个不完全信息称为等价。

定义 3.7　在某一个属性上的两个不完全信息 φ_1,φ_2,有可能不一定对应相同的实值,但仍可能对应于相同的谓词,则称这两个不完全信息等价,记为 $\varphi_1 \doteq \varphi_2$。否则,称这两个空不等价,记为 $\varphi_1 \neq \varphi_2$。

值得注意的是:

(1)所有的占位型不完全信息是等价的；

(2)所有的不存在型不完全信息是等价的；

(3)任意两个存在型不完全信息，它们对应的实值个数相等，且限定的代换范围也相同，则它们是不完全信息等价的。

针对存在型不完全信息，给出两个不完全信息相容定义。

定义 3.8　对某一个属性上的两个存在型不完全信息 φ_1^*、φ_2^*，既不肯定他们相等，又谓词表示也不一定相同，但仍然可能出现对应同一个实值的情况，则称这两个不完全信息 φ_1^*、φ_2^* 相容。记为 $\varphi_1^* \doteq \varphi_2^*$。否则，称这两个不完全信息 φ_1^*、φ_2^* 不相容。记为 $\varphi_1^* \neq \varphi_2^*$。

设 φ_1^*、φ_2^* 的限定代换范围分别是 D_1、D_2，若，则必有 $D_1 \cap D_2 \neq \varnothing$。

不完全信息相容的概念也可以扩展到不完全信息与完全信息之间。

从上述定义可以看出：

$$\varphi_1 = \varphi_2 \Rightarrow \varphi_1 \doteq \varphi_2 \Rightarrow \varphi_1 \doteq \varphi_2$$

不存在型不完全信息和占位型不完全信息都不存在相容的情况。

在关系数据库中，若关系中存在冗余元组，则一定存在相同的元组，很容易断判出来，加以消除。在不完全信息环境下的数据库中，由于元组的不确是性，直观上很难判定出来是否存在不应有的冗余信息。表面上不同的元组，实际上可能表示相同的信息，即他们是信息等价的。因此，为了断判信息是否存在冗余，需要引入元组信息等价的概念。

定义 3.9　（元组信息等价）设 X 是关系 R 的单属性组，对于两个元组 $s,t \in R$，如果元组 s,t 在 X 上的分量 $s[X]$、$t[X]$ 满足下述情况之一，则称 $s[X]$ 和 $t[X]$ 为元组信息等价，记为 $s[X] \doteq t[X]$。否则，称为元组信息不等价，记为 $s[X] \neq t[X]$。

(1) $s[X] = t[X]$，$s[X]$、$t[X]$ 均为完全信息。

(2) $s[X] = t[X]$，$s[X]$、$t[X]$ 均为 φ^0。

(3) $s[X]$、$t[X]$ 均为存在型不完全信息，两个 $s[X]$、$t[X]$ 的语义信息相同。进行信息代换时，代换为同一实值。

定义 3.10　（元组信息相容）设 X 是关系 R 的单属性组，对于两个元组 $s,t \in R$，如果元组 s,t 在 X 上的分量 $s[X]$，$t[X]$ 满足下述情况之一，则称 $s[X]$ 和 $t[X]$ 为元组信息相容，记为 $s[X] \doteq t[X]$。否则，称为元组信息不相容，记为 $s[X] \neq t[X]$。

(1) $s[X] \doteq t[X]$，即 $s[X]$ 和 $t[X]$ 至少满足定义 3.9 的情况之一。

(2) 若 $s[X]$ 为存在型不完全信息，$t[X]$ 为完全信息，并且不完全信息语义包含这一完全信息，即至少存在一个完全元组 s_0，使 $s_0[X] = t[X]$ 成立。

(3) 若 $s[X]$、$t[X]$ 为存在型不完全信息，且他们的限定的代换范围的交集不是空集,即至少有一种不完全信息代换过程,使 $s_0[X]=t_0[X]$。

3.1.3　不完全信息函数依赖的保持条件

定义 3.11　(NFD 弱保持)在含有不完全信息的关系模 $R(U,F)$ 中,U 是属性集,F 是函数依赖集。$X,Y\subseteq U,X{\rightarrow}Y\in F,R$ 是该模式的任一不完全关系。若对任意的元组 $t,s\in R$,有 $s[X]\doteq t[X]\Rightarrow s[Y]\doteqdot t[Y]$,($\Rightarrow$ 表示蕴涵),则称 NFD:$X\rightarrow Y$ 弱保持。

满足弱保持的不完全关系在代换后的结果关系中的数据依赖有可能成为 FD。

本节定理详细证明见参考文献[1]。

定理 3.1　满足弱保持的不完全关系,弱保持条件仅仅是在它非完全化的结果关系的数据依赖成为 FD 的必要条件,但不是充分条件。

若对不完全关系的 NFD 弱保持条件稍作加强,则可得到如下定义。

定义 3.12　(NFD 亚强保持)设 $R(U,F),X,Y,R,s,t$ 的意义同定义 3.9。如果 $s[X]\doteq t[X]\Rightarrow s[Y]\doteq t[Y]$ 成立,则称 NFD:$X\rightarrow Y$ 亚强保持。

定理 3.2　满足亚强保持的不完全关系,非完全化的结果关系 R1 的数据依赖不是 FD。

为此,仍需要加强保持条件。

定义 3.13　(NFD 强保持)设 $R(U,F),X,Y,R,s,t$ 的意义同定义 3.9。如果 $s[X]\doteqdot t[X]\Rightarrow s[Y]\doteq t[Y]$ 成立,则称 NFD:$X\rightarrow Y$ 强保持。

定理 3.3　如果一个不完全关系满足 NFD 强保持条件,则它的任意一个满足语义的完全化结果关系中的数据依赖是 FD;如果满足 NFD 强保持或弱保持条件,则部分满足语义的完全化结果关系中的数据依赖是 FD;如果不满足 NFD 弱保持条件,则它的任意一个满足语义的完全化结果关系中的数据依赖都不可能是 FD。

3.2　不完全信息下 XML 文档树相关基本概念

首先讨论语义型的不完全信息下 XML 数据库问题。

为了便于形式化地描述 XML 强函数依赖,下面的讨论需要使用路径、路径结点集的概念。本书以下出现的不完全信息 φ 均指存在型不完全信息,简记为不完全信息。用 $X\subseteq Y$ 表示 X 是 Y 的子树;路径标识之间用"/"分隔,路径结点集的结点之间用"."分隔;全路径集合用大写字母表示,如 P,Q,R,单个全路径用小写字母表示,如 p,q,r;$P\cup Q$ 表示全路径集合的并,简记为 PQ(其中 P 或 Q 也可以为全路径);$|P|$ 表示 P 中全路径的个数。

下面对 XML 树定义进行扩展,允许 XML 树中的叶子结点值出现 φ,下面给出不完全信息下 XML 文档树的定义。

定义 3.14　(不完全信息下 XML 文档树)不完全信息下 XML 文档树是一个六元组 $T=(V, lab, ele, att, val, v_r)$,其中:

(1) V 表示 T 的结点集合。

(2) lab 表示从 V 到 $E \cup A \cup \{S\} \cup \varphi$ 的函数,其中,E 表示元素名字的有限集合,A 表示属性名字的有限集合,S 表示文本字符串,φ 表示不完全信息。

(3) ele 表示从结点 V 到 V 中一系列结点的部分映射,满足 $\forall v \in V$,若 $ele(v)$ 被定义,则 $lab(v) \in E$。

(4) att 表示从 $V \times A$ 到 V 的部分函数,满足 $\forall v \in V, l \in A$,若 $att(v, l)=v_1$,则 $lab(v) \in E$ 且 $lab(v_1)=l$。

(5) val 表示结点的函数值,$\forall v \in V$,若 $lab(v) \in E$,则 $val(v)=v$;若 $lab(v) \in A$ 或 $lab(v) \in S$,则 $val(v)$ 为字符串;若 $lab(v)=\varphi$,则 $val(v)=\varphi$,其中 φ 为不完全信息。

(6) v_r 为 T 的根结点。

若 T 不出现 φ,则称 T 为完全的 XML 文档树,记作 $\hat{T}$。

例 3.1　图 3.1 为一个描述职工自然信息(如职工号($Emp\#$),职工电话($phone$))和工程信息(如工程号(Id),工程的名字($name$))的不完全信息下 XML 文档树。

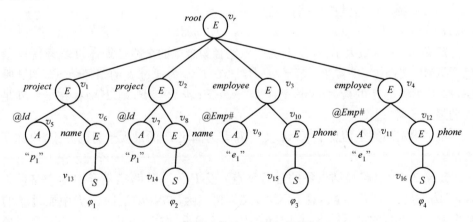

图 3.1　不完全信息下 XML 文档树 T_1

图中:

$V = \{v_r, v_1, v_2, v_3, v_4, v_5, v_6, v_7, v_8, v_9, v_{10}, v_{11}, v_{12}, v_{13}, v_{14}, v_{15}, v_{16}\}$;

$E = \{root, project, employee, phone, name\}$;

$A = \{@Id, @Emp\sharp\};$

$ele(v_r) = \{v_1, v_2, v_3, v_4\};$　　　　　　　$ele(v_1) = v_6;$

$ele(v_2) = v_8;$　　　　　　　　　　　　$ele(v_3) = v_{10};$

$ele(v_4) = v_{12};$　　　　　　　　　　　$ele(v_6) = v_{13};$

$ele(v_8) = v_{14};$　　　　　　　　　　　$ele(v_{10}) = v_{15};$

$ele(v_{12}) = v_{16};$　　　　　　　　　　$att(v_1, @Id) = v_5;$

$att(v_2, @Id) = v_7;$　　　　　　　　$att(v_3, @Emp\sharp) = v_9;$

$att(v_4, @Emp\sharp) = v_{11};$　　　　　　$val(v_r) = v_r;$

$val(v_5) = "p_1";$　　　　　　　　　　$val(v_7) = "p_1";$

$val(v_9) = "e_1";$　　　　　　　　　　$val(v_{11}) = "e_1";$

$val(v_{13}) = \varphi_1 = \{"Li", "Sun"\};$　　　$val(v_{14}) = \varphi_2 = \{"Li", "Sun"\};$

$val(v_{15}) = \varphi_3 = \{"13355556666", "13836241188"\};$

$val(v_{16}) = \varphi_4 = \{"13355556666", "13836241188"\}$

定义 3.15　（全路径）设 $\widetilde{P}$ 为路径的集合，任意路径 $\widetilde{p} \in \widetilde{P}$，若路径 $\widetilde{p}_1$ 为 $\widetilde{P}$ 的严格前缀路径，则 $\widetilde{p}_1 \in \widetilde{P}$，称 $\widetilde{P}$ 为一致路径集合，记作 $\overline{P}$。最后标识是叶子结点标识的路径称为全路径。

例 3.2　在图 3.1 所示的不完全信息下 XML 文档树 T_1 中，一致路径集合 $\overline{P} = \{root, root/project, root/project/@Id, root/project/name, root/project/name/S, root/employee, root/employee/@Emp\sharp, root/employee/phone, root/employee/phone/S\}$，其中全路径集合 $\{root/project/@Id, root/project/name/S, root/employee/@Emp\sharp, root/employee/phone/S\}$。

定义 3.16　（最大子树）设 P 为一致路径集合中的全路径集合，T 为不完全信息下 XML 文档树，$T' \subseteq T$。若 $\forall p \in P$，$\exists s \in T'$，s 为通过 p 的路径结点集且 s 唯一，称 T' 为满足 P 的最大子树，记作 $T' \longleftrightarrow P$；若 $P' \subseteq P$，则 T' 中存在唯一满足 P' 的最大子树，记作 $T'|_{P'}$。

本书限定不完全信息下 XML 文档树 T 为满足 P 的最大子树的并集，简称 T 满足 P。

定义 3.17　（路径结点集的最后结点）设 P 为一致路径集合中的全路径集合，T 为满足 P 的不完全信息下 XML 文档树。函数 $N(p)$ 返回在 T 中通过 p 的某个路径结点集的最后结点，其中，$p \in P$；$N_i(p)$ 返回在 T_i 中通过 p 的某个路径结点集的最后结点，用 $Last(s)$ 表示路径结点集 s 的最后结点。

定义 3.18　（子树信息相等）设 P 和 T 的意义同定义 3.17，$P' = \{p_1, \cdots, p_n\} \subseteq P$，$T_1 \subseteq T$，$T_2 \subseteq T$，$T_1 \longleftrightarrow P'$，$T_2 \longleftrightarrow P'$。$\forall v_{i1}, v_{i2} \in N(p_i)(i \in [1, n], v_{i1} \in T_1, v_{i2} \in T_2)$，若 $val(v_{i1}) = val(v_{i2})$，则称子树信息相等，记作 $T_1 \equiv_{in} T_2$；否则称子树信息不相等，记作 $T_1 \not\equiv_{in} T_2$。

由于不完全信息的引入,两个 XML 文档子树信息之间的关系不能只用相等描述,下面给出子树信息等价和子树信息相容的概念。

定义 3.19　(子树信息等价)设 $P,T,P',T_1,T_2,v_{i1},v_{i2}$ 的意义同定义 3.18。若 v_{i1}、v_{i2} 满足下面的条件之一,则称子树信息等价,记作 $T_1 \doteq_{in} T_2$;否则称子树信息不等价,记作 $T_1 \neq_{in} T_2$。

(1) $val(v_{i1})$ 和 $val(v_{i2})$ 均为完全信息,则 $val(v_{i1}) = val(v_{i2})$;

(2) $val(v_{i1})$ 和 $val(v_{i2})$ 都为不完全信息,它们的语义信息相同(对应的实值个数相等,取值范围相同)。进行不完全信息代换时,$val(v_{i1})$ 和 $val(v_{i2})$ 代换为同一完全信息。

定义 3.20　(子树信息相容)设 $P,T,P',T_1,T_2,v_{i1},v_{i2}$ 的意义同定义 3.18。若 v_{i1},v_{i2} 满足下面的条件之一,则称子树信息相容,记作 $T_1 \doteq_{in} T_2$;否则称子树信息不相容,记作 $T_1 \neq_{in} T_2$。

(1) $T_1 \doteq_{in} T_2$;

(2) 若 $val(v_{i1})$ 为不完全信息,$val(v_{i2})$ 为完全信息,至少存在一个不完全信息代换过程,使 $val(v_{i1}) = val(v_{i2})$ 成立;

(3) 若 $val(v_{i1})$ 和 $val(v_{i2})$ 都为不完全信息,且它们限定的代换范围的交集不是空的,即至少有一种不完全信息代换过程,使 $val(v_{i1}) = val(v_{i2})$ 成立。

例 3.3　不完全信息下 XML 文档树 T_{11},T_{12} 如图 3.2 和图 3.3 所示。由 $val(v_5) = val(v_7) = $ "p_1", $val(v_{13}) = val(v_{14}) = \{$"$Li$","$Sun$"$\}$ 得 $T_{11} \doteq_{in} T_{12}$。根据子树相容的定义,得 $T_{11} \doteq_{in} T_{12}$。

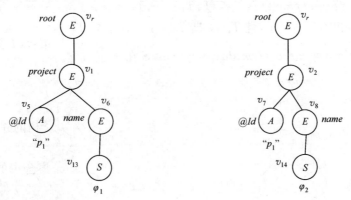

图 3.2　不完全信息下 XML 文档树 T_{11}　　　图 3.3　不完全信息下 XML 文档树 T_{12}

3.3　不完全信息下 XML 强函数依赖的性质

为了描述完全 XML 文档中元素与元素之间、元素与属性之间以及属性与属性之间的一对一、多对一的关系,首先基于子树信息相等给出 XML 函数依赖的定义。

定义 3.21　(XML 函数依赖(XFD))设 P 为一致路径集合中的全路径集合,$\hat{T}$ 为满足 P 的完全 XML 文档树,$X,Y \subseteq P$。XML 函数依赖(记作 XFD)的表示形式为:$X \rightarrow Y$,只要 $\forall \hat{T}_1 \subseteq \hat{T}$, $\hat{T}_2 \subseteq \hat{T}$,$\hat{T}_1 \leftrightarrow XY$, $\hat{T}_2 \leftrightarrow XY$,若 $\hat{T}_1|_X \equiv_{in} \hat{T}_2|_X$,则 $\hat{T}_1|_Y \equiv_{in} \hat{T}_2|_Y$,则此 XFD: $X \rightarrow Y$ 在 $\hat{T}$ 上成立。

为了描述不完全信息下 XML 文档中元素与元素之间、元素与属性之间以及属性与属性之间的一对一、多对一的关系,下面基于子树信息等价、子树信息相容的概念给出 XML 强函数依赖的定义。

定义 3.22　(XML 强函数依赖(XSFD))设 P 为一致路径集合中的全路径集合,T 为满足 P 的不完全信息下 XML 文档树,$X,Y \subseteq P$。XML 强函数依赖(记作 XSFD)的表示形式为:$X \overset{s}{\longrightarrow} Y$,只要 $\forall T_1 \subseteq T$, $T_2 \subseteq T$, $T_1 \leftrightarrow XY$, $T_2 \leftrightarrow XY$,若 $T_1|_X \doteq_{in} T_2|_X$,则 $T_1|_Y \doteq_{in} T_2|_Y$,称此 XSFD: $X \overset{s}{\longrightarrow} Y$ 在 T 上成立。

例 3.4　由图 3.1 得 $P=\{root/project/@Id, root/project/name/S, root/employee/Emp\#, root/employee/phone/S\}$。若 $X=root/project/@Id$,$Y=root/project/name/S$, $T_{11} \subseteq T$, $T_{12} \subseteq T$, $T_{11} \leftrightarrow XY$, $T_{12} \leftrightarrow XY$, T_{11} 和 T_{12} 分别如图 3.2 和图 3.3 所示,$T_{11}|_X \doteq_{in} T_{12}|_X$, $T_{11}|_Y \doteq_{in} T_{12}|_Y$,所以 XSFD: $root/project/@Id \overset{s}{\longrightarrow} root/project/name/S$ 在 T 上成立。若 $X=root/employee/@Emp\#$, $Y=root/employee/phone/S$, $T_{13} \subseteq T$, $T_{14} \subseteq T$, $T_{13} \leftrightarrow XY$, $T_{14} \leftrightarrow XY$, T_{13}, T_{14} 分别如图 3.4 和图 3.5 所示,且 $T_{13}|_X \doteq_{in} T_{14}|_X$, $T_{13}|_Y \doteq_{in} T_{14}|_Y$,所以 XSFD: $root/employee/Emp\# \overset{s}{\longrightarrow} root/employee/phone/S$ 在 T 上成立。

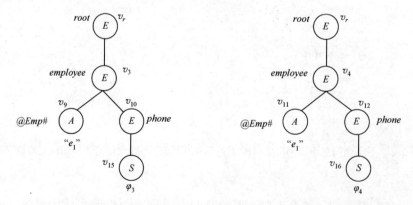

图 3.4　不完全信息下 XML 文档树 T_{13}　　　图 3.5　不完全信息下 XML 文档树 T_{14}

为了说明不完全信息下 XML 文档树中的不完全信息被完全信息代换后,

XSFD 和 XFD 之间的关系，下面讨论 XSFD 的性质。

定理 3.4　若 XSFD：$X \xrightarrow{s} Y$ 在 T 上成立，则 XFD：$X \longrightarrow Y$ 在 $POSS(T)$ 中的每个 $\widehat{T}$ 中也成立。

证明　(1) 设 $\forall T_1, T_2 \subseteq T$ 且 $T_1 \leftrightarrow XY, T_2 \leftrightarrow XY$，若 T_1 是不完全信息下 XML 文档树且 T_2 是完全的 XML 文档树，由 XSFD：$X \xrightarrow{s} Y$ 在 T 上成立，分为两种情况讨论：

①　当 $T_1|_X \doteq_{in} T_2|_X, T_1|_Y \doteq_{in} T_2|_Y$ 时，由定义 3.20 相容的概念知至少存在一个 $\widehat{T}_1 \in POSS(T)$ 且 $\widehat{T}_1|_X \equiv_{in} T_2|_X$，由定义 3.19 等价的概念知 $\widehat{T}_1|_Y \equiv_{in} T_2|_Y$，由定义 3.21，XFD：$X \rightarrow Y$ 成立；当 $\widehat{T}_1 \in POSS(T)$ 且 $\widehat{T}_1|_X \not\equiv_{in} T_2|_X$ 时，此时，无论 $\widehat{T}_1|_Y \equiv_{in} T_2|_Y$ 是否成立，XFD：$X \rightarrow Y$ 也成立。

②　当 $T_1|_X \not\doteq_{in} T_2|_X$ 时，由不相容概念知不存在一个 $\widehat{T}_1$（$POSS(T_1)$ 且满足 $\widehat{T}_1|_X \equiv_{in} T_2|_X$，此时，无论 $\widehat{T}_1|_Y \equiv_{in} T_2|_Y$ 是否成立，则 XFD：$X \rightarrow Y$ 都成立。

(2) 设 $\forall T_1, T_2 \subseteq T$ 且 $T_1 \leftrightarrow XY, T_2 \leftrightarrow XY$，若 T_1 是完全的 XML 文档树且 T_2 是不完全 XML 文档树，证明同(1)。

(3) 设 $\forall T_1, T_2 \subseteq T$ 且 $T_1 \leftrightarrow XY, T_2 \leftrightarrow XY$，若 T_1 和 T_2 都是不完全的 XML 文档树。由 XSFD：$X \xrightarrow{s} Y$ 在 T 上成立，分为两种情况讨论：

①　当 $T_1|_X \doteq_{in} T_2|_X, T_1|_Y \doteq_{in} T_2|_Y$ 时，由定义 3.20 相容的概念知至少存在一个 $\widehat{T}_1 \in POSS(T_1)$ 和一个 $\widehat{T}_2 \in POSS(T_1)$ 且 $\widehat{T}_1|_X \equiv_{in} \widehat{T}_2|_X$，由定义 3.19 等价的概念知 $\widehat{T}_1|_Y \equiv_{in} \widehat{T}_2|_Y$，由定义 3.21，则 XFD：$X \rightarrow Y$ 成立；由定义 3.20 相容的概念知当 $\widehat{T}_1 \in POSS(T_1)$ 和 $\widehat{T}_2 \in POSS(T_1)$ 且 $\widehat{T}_1|_X \not\equiv_{in} \widehat{T}_2|_X$ 时，此时，无论 $\widehat{T}_1|_Y \equiv_{in} \widehat{T}_2|_Y$ 是否成立，XFD：$X \rightarrow Y$ 也成立。

②　当 $T_1|_X \not\doteq_{in} T_2|_X$ 时。由定义 3.20 不相容的概念知不存在 $\widehat{T}_1 \in POSS(T_1)$、$\widehat{T}_2 \in POSS(T_1)$ 且 $\widehat{T}_1|_X \equiv_{in} \widehat{T}_2|_X$，此时，无论 $\widehat{T}_1|_Y \equiv_{in} \widehat{T}_2|_Y$ 是否成立，则 XFD：$X \rightarrow Y$ 都成立。

(4) 设 $\forall T_1, T_2 \subseteq T$ 且 $T_1 \leftrightarrow XY, T_2 \leftrightarrow XY$，若 T_1 和 T_2 都是完全的 XML 文档树，由已知 XSFD：$X \xrightarrow{s} Y$ 得 $T_1|_X \doteq_{in} T_2|_X, T_1|_Y \doteq_{in} T_2|_Y$，由定义 3.19 等价相容定义知 $T_1|_X \equiv_{in} T_2|_X$ 成立，$T_1|_Y \equiv_{in} T_2|_Y$ 也成立，则 XFD：$X \rightarrow Y$ 成立。

根据(1)～(4)的证明，结论成立。证毕。

例 3.5　根据可能世界集合的定义，如图 3.1 所示的不完全信息下 XML 文档树 T_1 中的不完全信息被完全信息代换后，可得到一个完全 XML 文档树 $\widehat{T}_1$，如图 3.6 所示。可以看出，XFD：$root/project/@ Id \rightarrow root/project/name/S, root/$

$employee/@Emp\# \to root/employee/phone/S$ 在 $\widehat{T}_1$ 上成立。

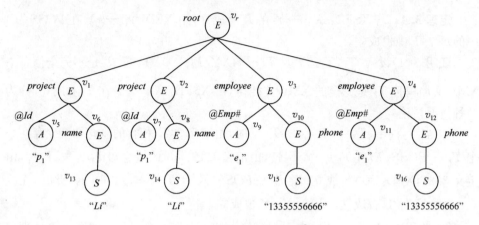

图 3.6　完全 XML 文档树 $\widehat{T}_1$

3.4　不完全信息下 XML 强函数依赖推理规则集

为了解决 XML 数据的逻辑蕴涵的判定问题,需要给出一个推理规则集。推理规则集首先必须是正确的,即推导出的 XSFD 确实是成立的;其次推理规则集应该是完备的,即可以推导出所有成立的 XSFD。

3.4.1　XSFD 推理规则集的正确性

为了解决逻辑蕴涵的判定问题,需要一个推理规则集。下面给出 XSFD 的推理规则集。

定理 3.5　设 P 为一致路径集合中的全路径集合,T 为满足 P 的不完全信息下 XML 文档树,$X \subseteq P, Y \subseteq P, Z \subseteq P, W \subseteq P$,则下列推理规则集是正确的:

(1) 子树规则。若 XSFD:$X \xrightarrow{s} Y$ 在 T 上成立,$W \subseteq Y$,则 XSFD:$X \xrightarrow{s} W$ 在 T 上也成立。

(2) 合并规则。若 XSFD:$X \xrightarrow{s} Y, X \xrightarrow{s} Z$ 在 T 上成立,则 XSFD:$X \xrightarrow{s} YZ$ 在 T 上也成立。

(3) 传递规则。若 XSFD:$X \xrightarrow{s} Y, Y \xrightarrow{s} Z$ 在 T 上成立,则 XSFD:$X \xrightarrow{s} Z$ 在 T 上也成立。

(4) 伪传递规则。若 XSFD:$X \xrightarrow{s} Y, WY \xrightarrow{s} Z$ 在 T 上成立,则 XSFD:$WX \xrightarrow{s} Z$ 在 T 上也成立。

证明　(1) 设 $\forall\, T_1, T_2 \subseteq T$ 且 $T_1 \leftrightarrow XY, T_2 \leftrightarrow XY$，由 XSFD：$X \xrightarrow{s} Y$ 在 T 上成立得 $T_1|_X \doteq_{in} T_2|_X, T_1|_Y \doteq_{in} T_2|_Y$，由于 $W \subseteq Y$，则 $T_1|_W \doteq_{in} T_2|_W$ 成立。于是 $T_1|_X \doteq_{in} T_2|_X$ 成立时，$T_1|_W \doteq_{in} T_2|_W$ 也成立，所以 $X \xrightarrow{s} W$ 在 T 上成立，即子树规则成立。

(2) 设 $\forall\, T_1, T_2 \subseteq T$ 且 $T_1 \leftrightarrow XYZ, T_2 \leftrightarrow XYZ$，由 XSFD：$X \xrightarrow{s} Y$ 在 T 上成立得 $T_1|_X \doteq_{in} T_2|_X$ 时，$T_1|_Y \doteq_{in} T_2|_Y$，又由 $X \xrightarrow{s} Z$ 得 $T_1|_X \doteq_{in} T_2|_X$ 时，$T_1|_Z \doteq_{in} T_2|_Z$。由此可得 $T_1|_{YZ} \doteq_{in} T_2|_{YZ}$。于是有 $T_1|_X \doteq_{in} T_2|_X$ 时 $T_1|_Z \doteq_{in} T_2|_Z$ 成立，$T_1|_{YZ} \doteq_{in} T_2|_{YZ}$ 也成立，即 $X \xrightarrow{s} YZ$ 成立，合并规则成立。

(3) XSFD：$X \xrightarrow{s} Y$ 和 $Y \xrightarrow{s} Z$ 在 T 上成立，设 $\forall\, T_1, T_2 \subseteq T$ 且 $T_1 \leftrightarrow XYZ, T_2 \leftrightarrow XYZ$，分为两种情况进行讨论：

① 由 XSFD：$X \xrightarrow{s} Y$ 在 T 上成立得 $T_1|_X \doteq_{in} T_2|_X, T_1|_Y \doteq_{in} T_2|_Y$，由 $T_1|_Y \doteq_{in} T_2|_Y$ 成立，则 $T_1|_Y \doteq_{in} T_2|_Y$ 也成立，又由 XSFD：$Y \xrightarrow{s} Z$ 在 T 上成立，所以 $T_1|_X \doteq_{in} T_2|_X$ 成立时，$T_1|_Z \doteq_{in} T_2|_Z$ 也成立，即 XSFD：$X \xrightarrow{s} Z$ 在 T 上成立。

② 当 $T_1|_X \not\doteq_{in} T_2|_X$，又有如下两种可能：

(a) $T_1|_X \not\doteq_{in} T_2|_X$ 且 $T_1|_Y \not\doteq_{in} T_2|_Y$，此时无论 $T_1|_Z$、$T_2|_Z$ 取何值时，XSFD：$X \xrightarrow{s} Z$ 在 T 上成立。

(b) $T_1|_X \not\doteq_{in} T_2|_X$ 且 $T_1|_Y \doteq_{in} T_2|_Y$，又由 XSFD：$Y \xrightarrow{s} Z$ 在 T 上成立，则 $T_1|_Y \doteq_{in} T_2|_Y$ 时，$T_1|_Z \doteq_{in} T_2|_Z$ 成立。故 XSFD：$X \xrightarrow{s} Z$ 在 T 上成立。

由上述讨论知，传递规则成立。

(4) 设 $\forall\, T_1, T_2 \subseteq T$ 且 $T_1 \leftrightarrow XYWZ, T_2 \leftrightarrow XYWZ$，由 XSFD：$X \xrightarrow{s} Y$ 在 T 上成立得 $T_1|_X \doteq_{in} T_2|_X$ 时，$T_1|_Y \doteq_{in} T_2|_Y$ 成立，又由 XSFD：$WY \xrightarrow{s} Z$ 在 T 上成立得 $T_1|_{WY} \doteq_{in} T_2|_{WY}, T_1|_Z \doteq_{in} T_2|_Z$ 成立，对 $T_1|_{WX}$ 和 $T_2|_{WX}$ 分以下两种情况讨论：

① $T_1|_X \not\doteq_{in} T_2|_X$，则 $T_1|_{WX} \not\doteq_{in} T_2|_{WX}$，此时无论 $T_1|_Z$ 和 $T_2|_Z$ 取何值时，XSFD：$WX \xrightarrow{s} Z$ 在 T 上成立。

② $T_1|_X \doteq_{in} T_2|_X$，由 XSFD：$X \xrightarrow{s} Y$ 在 T 上成立得 $T_1|_X \doteq_{in} T_2|_X$ 时，$T_1|_Y \doteq_{in} T_2|_Y$ 成立。又有两种可能：

(a) 若 $T_1|_W \doteq_{in} T_2|_W$，则 $T_1|_{WY} \doteq_{in} T_2|_{WY}$，又由于 XSFD：$WY \xrightarrow{s} Z$ 在 T 上成立得，所以当 $T_1|_{WY} \doteq_{in} T_2|_{WY}$ 成立时，$T_1|_Z \doteq_{in} T_2|_Z$ 也成立。由于

$T_1|_X \doteq_{in} T_2|_X$、$T_1|_W \doteq_{in} T_2|_W$,则有 $T_1|_{WX} \doteq_{in} T_2|_{WX}$。于是有 $T_1|_{WX} \doteq_{in} T_2|_{WX}$ 时,

$T_1|_Z \doteq_{in} T_2|_Z$ 成立,所以 XSFD:$WX \xrightarrow{s} Z$ 在 T 上成立。

（b）若 $T_1|_W \not\doteq_{in} T_2|_W$,则 $T_1|_{WX} \not\doteq_{in} T_2|_{WX}$,此时无论 $T_1|_Z$ 和 $T_2|_Z$ 取何值时,

XSFD:$WX \xrightarrow{s} Z$ 在 T 上都成立。

由上述讨论知,伪传递规则成立。

由于(1)~(4)都成立,定理 3.5 成立。证毕。

3.4.2　XSFD 推理规则集的完备性

为了证明 XSFD 的推理规则集是完备的,首先给出逻辑蕴涵和路径集强闭包的概念。

定义 3.23　（逻辑蕴涵）设 P 为一致路径集合中的全路径集合,T 为满足 P 的不完全信息下 XML 文档树,F 表示通过 P 的 XSFD 集合,若 F 在 T 上成立,XSFD:$X \xrightarrow{s} Y$ 在 T 上也成立,则称 F 逻辑蕴涵 $X \xrightarrow{s} Y$,记作 $F \models X \xrightarrow{s} Y$。

定义 3.24　（路径集强闭包）XSFD 集 F 的强闭包是由 F 根据推理规则集推出的所有 XSFD 的集合,记作 $F_S^+ = \{X \xrightarrow{s} Y \mid X \xrightarrow{s} Y$ 能够根据推理规则集推出$\}$;$X \subseteq P$,路径集 X 的强闭包记作 $X_S^+ = \bigcup \{Y \mid$ 存在 $X \xrightarrow{s} Y \in F_S^+\}$。

定理 3.6　由推理规则集构成的公理系统是完备的。

证明　设 P 为一致路径集合中的全路径集合,F 表示通过 P 的 XSFD 的集合,$X \xrightarrow{s} a \in F$。根据子树规则,$a$ 表示单一路径。

（反证法）假设 $X \xrightarrow{s} a \in F_S^+$,但是不能通过 F 使用推理规则集而推出。为了证明推理规则集是完备的,需要构造出一棵满足 P 的不完全信息下 XML 文档树,使 F 在 T 上成立,同时使 $X \xrightarrow{s} a$ 在 T 上不成立,这样就与 $X \xrightarrow{s} a \in F_S^+$ 矛盾。

（1）构造不完全信息下 XML 文档树 T。设 T 为满足 P 的不完全信息下 XML 文档树,$X \subseteq P$,$\forall T_1, T_2 \subseteq T$,满足 $\forall w \in X_S^+$,$val(N_1(w)) = \varphi_1$ 且 $\forall w \in P - X_S^+$,$val(N_1(w)) = 1$;$\forall w(X_S^+, val(N_2(w)) = \varphi_2$,$\forall w \in P - X_S^+$,$val(N_2(w)) = 0$。$T_1$ 和 T_2 分别如图 3.7 和图 3.8 所示,v_r 表示根结点,φ_1 和 φ_2 的取值范围相同,都为 $\{0,1\}$。

（2）对于任意的 XSFD $W \xrightarrow{s} b \in F$,判定 $W \xrightarrow{s} b$ 在 T 上是否成立。

若 $W \subseteq X_S^+$,则 $X \xrightarrow{s} W$ 成立,根据传递规则,$X \xrightarrow{s} b$ 成立,所以 $b \in X_S^+$。根据 T 的构造,$T_1|_X \doteq_{in} T_2|_X$,$T_1|_b \doteq_{in} T_2|_b$,由定义 3.20,此 XSFD $W \xrightarrow{s} b$ 在不完全信息下 XML 文档树 T 上成立。

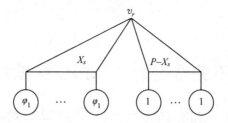

图 3.7　不完全信息下 XML 文档树 T_1

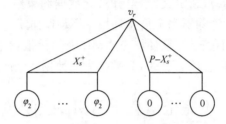

图 3.8　不完全信息下 XML 文档树 T_2

(3) 判定 XSFD $X \xrightarrow{s} a$ 在 T 上是否成立。

因为 $X \xrightarrow{s} a$ 不能通过 F 使用推理规则集而推出,所以 $a \notin X_s^+$,根据 T 的构造,$T_1|_X \doteq_{in} T_2|_X$,而 $T_1|_a \ne_{in} T_2|_a$,根据 XSFD 的定义,$X \xrightarrow{s} a$ 在 T 上不成立。

由(1)～(3)可知,任意的 XSFD: $W \xrightarrow{s} b \in F$,则 XSFD: $W \xrightarrow{s} b$ 在 T 上成立,而 $X \xrightarrow{s} a$ 在 T 上不成立。所以可得推理规则集是完备的。证毕。

3.5　本 章 小 结

由于本书讨论的重点内容是语义型不完全信息下 XML 数据库理论和逻辑型不完全信息－概率数据库设计的相关理论,其讨论和研究的思想是以参考文献[1]的思路展开,本章首先简略介绍了不完全信息环境下关系数据库理论中的有关概念。

本章把不完全信息引入 XML 文档中,引入后子树信息之间的关系不能只用相等来描述,为此,本书给出子树信息等价和子树信息相容的定义。为了描述不完全信息下 XML 文档中的一对一、多对一的数据约束,给出 XML 强函数依赖的定义,研究了 XML 强函数依赖的性质,提出了相应的推理规则集,对推理规则集的有效性和完备性进行了证明。通过对 XML 强函数依赖推理规则的研究,对 XML 文档中的不确定性数据进行了约束,使维持 XML 数据库的完整性约束更加容易,也为不完全信息下 XML 数据库的规范化奠定了基础。

第 4 章　不完全信息下 XML 数据依赖规范化

XML 闭包依赖是基本的完整性约束,对消除 XML 数据的更新异常、查询优化以及索引设计具有重要的意义。由于不完全信息的引入,不完全 XML 文档之间的数据包含关系需要重新定义,本章针对此数据约束给出 XML 强闭包依赖的定义,而迄今为止尚无消除不完全信息环境下 XML 强闭包依赖引起数据冗余的方法。为此本书讨论不完全信息环境下 XML 强闭包依赖范式理论,从整体角度出发解决消除不完全信息环境下 XML 数据库的数据冗余问题。

4.1　不完全信息下 XML 强闭包依赖

为了从整体角度研究不完全信息环境下 XML 数据库的数据冗余问题,下面给出 XML 数据库模式、不完全 XML 数据库、XML 闭包依赖、XML 强闭包依赖、平凡的 XML 强闭包依赖以及非平凡的 XML 强闭包依赖的定义,以这些定义为基础,进一步讨论了 XML 强闭包依赖的性质。

4.1.1　不完全信息下 XML 强闭包依赖的定义

定义 4.1　(全路径集合的集合)XML 数据库模式为一致路径集合中的全路径集合的集合,记作 $S(P_1,\cdots,P_n)$,其中,P_i 为一致路径集合中的全路径集合($i\in[1,n]$),简记为 S。

定义 4.2　(完全 XML 数据库)设 XML 数据库模式为 $S(P_1,\cdots,P_n)$,满足 P_i 的完全 XML 文档树 T_i 所构成的森林 $\{T_1,\cdots,T_n\}$ 为完全 XML 数据库,记作 $\hat{d}(i\in[1,n])$,也称完全 XML 数据库 $\hat{d}$ 满足 S。若 $T_1,\cdots,T_n$ 中有一个为不完全信息下 XML 文档树,则称为不完全信息下 XML 数据库,记作 d,也称不完全信息下 XML 数据库 d 满足 S。

定义 4.3　(可能世界的集合)设 XML 数据库模式为 $S(P_1,\cdots,P_n)$,满足 S 的不完全信息下 XML 数据库为 $d=\{T_1,\cdots,T_n\}$,d 的可能世界的集合记为 $POSS(d)$,$POSS(d)=\{\hat{T}_i\mid\hat{T}_i$ 满足 P_i,存在映射 $f: T_i\to\hat{T}_i$,满足 $\forall p\in P_i$,若 $val(N_i(p))=\varphi$,则 $f(val(N_i(p)))\neq\varphi$,$i\in[1,n]\}$。

由于不完全信息的引入,不完全信息下 XML 文档中的结点之间的关系不能只用相等来描述,下面给出等价和相容定义。

定义 4.4　($val(N_1(p))$ 和 $val(N_2(p))$ 等价)设 XML 数据库模式为 $S(P_1,$

$\cdots,P_n)$,满足 S 的不完全信息下 XML 数据库为 $d=\{T_1,\cdots,T_n\}$,$T_1\subseteq T_i$、$T_2\subseteq$ T_i、$T_1\longleftrightarrow P_i$、$T_2\longleftrightarrow P_i$。若 $p\in P_i$,满足下面的条件之一,则称 $val(N_1(p))$ 和 $val(N_2(p))$ 等价,记作 $val(N_1(p))\doteq_{in}val(N_2(p))$;否则称 $val(N_1(p))$ 和 $val(N_2(p))$ 不等价,记作 $val(N_1(p))\neq_{in}val(N_2(p))$。

(1) 若 $val(N_1(p))$ 和 $val(N_2(p))$ 都为完全信息,则 $val(N_1(p))=val(N_2(p))$ 成立。

(2) 若 $val(N_1(p))$ 和 $val(N_2(p))$ 都为不完全信息,它们的语义信息相同,用完全信息代换不完全信息时,$val(N_1(p))$ 和 $val(N_2(p))$ 代换为同一值。

定义 4.5　$(val(N_1(p))$ 和 $val(N_2(p))$ 相容)设 XML 数据库模式为 $S(P_1,\cdots,P_n)$,满足 S 的不完全信息下 XML 数据库为 $d=\{T_1,\cdots,T_n\}$,$T_1\subseteq T_i$、$T_2\subseteq$ T_i、$T_1\longleftrightarrow P_i$、$T_2\longleftrightarrow P_i$。若 $p\in P_i$,满足下面的条件之一,则称 $val(N_1(p))$ 和 $val(N_2(p))$ 相容,记作 $val(N_1(p))\doteq_{in}val(N_2(p))$;否则称 $val(N_1(p))$ 和 $val(N_2(p))$ 不相容,记作 $val(N_1(p))\neq_{in}val(N_2(p))$。

(1) $val(N_1(p))\doteq_{in}val(N_2(p))$ 成立。

(2) 若 $val(N_1(p))$ 为不完全信息,$val(N_2(p))$ 为完全信息,则至少存在一个 $\widehat{T_i}\in POSS(d)$,使 $val(N_1(p))=val(N_2(p))$ 成立。

(3) 若 $val(N_1(p))$ 和 $val(N_2(p))$ 都为不完全信息,且它们的限定的代换范围的交集不为空,即至少有一种不完全信息代换过程,使 $val(N_1(p))=val(N_2(p))$ 成立。

定义 4.6　(XML 闭包依赖(记作 XIND))设 XML 数据库模式为 S,满足 S 的完全 XML 数据库为 $\widehat{d}$,P_i、$P_j\in S$,T_i 满足 P_i,T_j 满足 P_j,$X=\{x_1,\cdots,x_n\}$,$X\subseteq$ P_i,$Y=\{y_1,\cdots,y_n\}$,$Y\subseteq P_j$,$x=x_1\cap\cdots\cap x_n$,$y=y_1\cap\cdots\cap y_n(i,j\in[1,n])$,若 $i\neq j$,则 $x_i\neq x_j$ 且 $y_i\neq y_j$。XML 闭包依赖(记作 XIND)的表示形式为 $P_i[X]\subseteq$ $P_j[Y]$,若 $\forall~T_X\in T_i$、$T_X\longleftrightarrow X$,则 $\exists~T_Y\in T_j$、$T_Y\longleftrightarrow Y$ 且满足 $val(N_X(x_a))=$ $val(N_Y(y_a))$,其中,$a\in[1,n]$,称 XIND:$P_i[X]\subseteq P_j[Y]$ 在 $\widehat{d}$ 上成立。

定义 4.7　(XML 强闭包依赖(记作 XSIND))设不完全信息下 XML 数据库 d 满足 S,其他条件同定义 4.6。XML 强闭包依赖(记作 XSIND)表示形式为 $P_i[X]\overset{s}{\subseteq}P_j[Y]$,若 $\forall~T_X\subseteq T_i$、$T_X\longleftrightarrow X$,则 $\exists~T_Y\subseteq T_j$、$T_Y\longleftrightarrow Y$ 且满足 $val(N_X(x_a))\doteq_{in}val(N_Y(y_a))$,其中,$a\in[1,n]$,称 XSIND:$P_i[X]\overset{s}{\subseteq}P_j[Y]$ 在 d 上成立。

例 4.1　设 $S=\{P_1,P_2\}$ 为描述一个公司员工的 XML 数据库模式,P_1 描述公司职工($employee$)的名字(ena)和职工所在的部门(dna),$P_1=\{employees/employee/@ena,~employees/employee/@dna\}$,$P_2$ 描述公司领导($head$)的名字(hna)和领导所在部门(dna),$P_2=\{heads/head/@hna,~heads/head/@dna\}$,满

足 S 的不完全信息下 XML 数据库 $d=\{T_1, T_2\}$，T_1、T_2 分别如图 4.1 和图 4.2 所示，@*ena* 和 @*hna* 对应的信息为不确定的，@*ena* 和 @*hna* 对应的信息为集合 {"*Li*", "*Zhang*"} 和 {"*Yin*", "*Wang*"} 中的两个名字，其不完全信息的语义为 $\varphi_1 = \varphi_3 = \{$"*Li*", "*Zhang*"$\}$，$\varphi_2 = \varphi_4 = \{$"*Yin*", "*Wang*"$\}$。

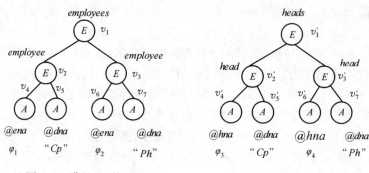

图 4.1　满足 P_1 的 T_1　　　　图 4.2　满足 P_2 的 T_2

在 T_2 中，通过 *heads/head/*@*hna* 的路径结点集为 $s_1'=v_1'\text{-}v_2'\text{-}v_4'$、$s_3'=v_1'\text{-}v_3'\text{-}v_6'$，通过 *heads/head/*@*dna* 的路径结点集为 $s_2'=v_1'\text{-}v_2'\text{-}v_5'$、$s_4'=v_1'\text{-}v_3'\text{-}v_7'$；在 T_1 中，存在通过 *employees/employee/*@*ena* 的路径结点集为 $s_1=v_1\text{-}v_2\text{-}v_4$、$s_3=v_1\text{-}v_3\text{-}v_6$，存在通过 *employees/employee/*@*dna* 的路径结点集为 $s_2=v_1\text{-}v_2\text{-}v_5$、$s_4=v_1\text{-}v_3\text{-}v_7$，满足 $val(Last(s_i'))=_{in}val(Last(s_i))$（其中 $i\in[1,4]$）成立，故有 $P_2[$*heads/head/*@*hna*, *heads/head/*@*dna*$]\overset{s}{\subseteq}P_1[$*employees/employee/*@*ena*, *employees/employee/*@*dna*$]$ 在 d 上成立。

在本章中，F 表示 S 上的 XSFD 的集合，F_i 表示 P_i 上的 XSFD 的集合且 $F=\{F_i\}$，$i\in[1,n]$，I 表示 S 上的 XSIND 的集合，$\Sigma = F\cup I$。

定义 4.8　（平凡的 XSIND）如果 XSFD：$X\overset{s}{\longrightarrow}Y$ 满足 $X=Y$，则称 $X\overset{s}{\longrightarrow}Y$ 为平凡的 XSFD；否则，称 $X\overset{s}{\longrightarrow}Y$ 为非平凡的 XSFD。如果 XSIND：$P_i[X]\overset{s}{\subseteq}P_i[Y]$ 满足 $X=Y$，则称 $P_i[X]\overset{s}{\subseteq}P_i[Y]$ 为平凡的 XSIND；否则，称 $P_i[X]\overset{s}{\subseteq}P_i[Y]$ 为非平凡的 XSIND。

定义 4.9　设 I 表示 S 上的 XSIND 集合，关于 I 的各个不完全信息下 XML 文档树模式之间关系的有向图 $G_I=(N, E)$ 可按如下原则构造。

（1）在 S 中每个不完全信息下 XML 文档树模式 P_i 为 G_I 中独立的结点，即结点 N 由 P_i 所组成，$i\in[1,n]$。

（2）若存在非平凡的 XSIND $P_i[X]\overset{s}{\subseteq}P_j[Y]\in I$，有向弧 $(P_i, P_j)\in E$ 在 G_I 中。

定义 4.10　（非循环的 XSIND 集合）设 I 表示 S 上的 XSIND 集合，若满足下面的条件，则称 I 为非循环的 XSIND 集合；否则，称 I 为循环的 XSIND 集合。

(1) $\forall P_i, P_j \in S, i, j \in [1, n], i \neq j$，在 I 中至多存在一个形式为 $P_i[X] \overset{s}{\subseteq} P_j[Y]$ 的非平凡的 XSIND。

(2) G_I 中每个最大连通图都为有根树，即 G_I 是由有根树构成的森林。

例 4.2　设 $S = \{P_1, P_2, P_3, P_4\}$，$P_1 = \{p_{11}, p_{12}, p_{13}\}$，$P_2 = \{p_{21}, p_{22}, p_{23}, p_{24}\}$，$P_3 = \{p_{31}, p_{32}\}$，$P_4 = \{p_{41}, p_{42}\}$。若 S 上 XSIND 集合为 $I = \{P_1[p_{11}, p_{12}] \overset{s}{\subseteq} P_2[p_{22}, p_{23}], P_3[p_{32}] \overset{s}{\subseteq} P_4[p_{41}]\}$，关于 I 的有向图 G_I 如图 4.3 所示，G_I 为有根树构成的森林，所以 I 为非循环的 XSIND 集合；若 S 上 XSIND 集合为 $I' = \{P_1[p_{11}, p_{12}] \overset{s}{\subseteq} P_2[p_{22}, p_{23}], P_3[p_{32}] \overset{s}{\subseteq} P_4[p_{41}], P_4[p_{42}] \overset{s}{\subseteq} P_3[p_{31}]\}$，关于 I' 的有向图 G_I' 如图 4.4 所示，G_I' 包含循环路径，所以 I' 为循环的 XSIND 集合。

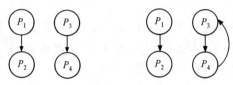

图 4.3　有向图 G_I　　　　图 4.4　有向图 G_I'

4.1.2　不完全信息下 XML 强闭包依赖的性质

为了说明不完全信息下 XML 数据库中的不完全信息被完全信息替代后，XSIND 和 XIND 之间的关系，下面讨论 XSIND 的性质。

定理 4.1　若 XSIND：$P_i[X] \overset{s}{\subseteq} P_j[Y]$ 在不完全信息下 XML 数据库 d 上成立，$\forall \hat{d} \in POSS(d)$，则 XIND：$P_i[X] \subseteq P_j[Y]$ 在完全 XML 数据库 $\hat{d}$ 上也成立。

证明　由 XSIND：$P_i[X] \overset{s}{\subseteq} P_j[Y]$ 在不完全信息下 XML 数据库 d 上成立得：$\forall T_X \subseteq T_i, T_X \longleftrightarrow X$，则 $\exists T_Y \subseteq T_j, T_Y \longleftrightarrow Y$ 且满足 $val(N_X(x_a)) \doteq_{in} val(N_Y(y_a))(a \in [1, n])$。根据等价的定义，$\forall \hat{d} \in POSS(d)$ 都满足 $val(N_X(x_a)) = val(N_Y(y_a))(a \in [1, n])$，所以 XIND：$P_i[X] \subseteq P_j[Y]$ 在 $\hat{d}$ 上成立。证毕。

例 4.3　例 4.1 中的不完全信息下 XML 数据库 $d = \{T_1, T_2\}$，根据可能世界集合的定义，存在 $\hat{d} = \{\hat{T}_1, \hat{T}_2\} \in POSS(d)$，$\hat{T}_1$、$\hat{T}_2$ 分别如图 4.5 和图 4.6 所示。

根据 XIND 的定义，$P_2[heads/head/@hna, heads/head/@dna] \subseteq P_1[employees/employee/@ena, employees/employee/@dna]$ 在 $\hat{d}$ 上成立。

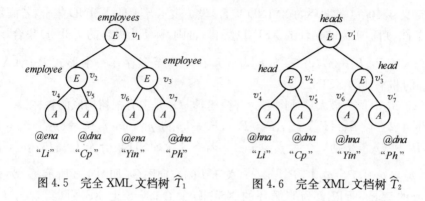

图 4.5　完全 XML 文档树 $\widehat{T}_1$　　　　　图 4.6　完全 XML 文档树 $\widehat{T}_2$

4.2　不完全信息下强闭包依赖的推理规则集

为了解决 XSIND 的逻辑蕴涵的判定问题,需要给出一个推理规则集。推理规则集首先必须是正确的,即推导出的 XSIND 确实成立;其次,推理规则集应该是完备的,即可以推导出所有成立的 XSIND。

4.2.1　不完全信息下强闭包依赖推理规则集的正确性

下面给出 XML 强闭包依赖的推理规则集:

(1) 自反规则。$P_i[X] \stackrel{s}{\subseteq} P_i[X]$ 在不完全信息下 XML 数据库 d 上成立。其中 $X = \{x_1, \cdots, x_n\}$。

(2) 排列投影规则。若 $P_i[X] \stackrel{s}{\subseteq} P_j[Y]$ 在不完全信息下 XML 数据库 d 上成立,则 $P_i[X'] \stackrel{s}{\subseteq} P_j[Y']$ 在不完全信息下 XML 数据库 d 上也成立。其中 $X = \{x_1, \cdots, x_n\}$,$Y = \{y_1, \cdots, y_n\}$,$X' = \{x_{i_1}, \cdots, x_{i_m}\}$,$Y' = \{y_{i_1}, \cdots, y_{i_m}\}$,$[i_1, i_m] \in [1, n]$ ($i_m \leqslant n$)。

(3) 传递规则。若 $P_i[X] \stackrel{s}{\subseteq} P_j[Y]$,$P_j[Y] \stackrel{s}{\subseteq} P_k[Z]$ 在不完全信息下 XML 数据库 d 上成立,则 $P_i[X] \stackrel{s}{\subseteq} P_k[Z]$ 在不完全信息下 XML 数据库 d 上也成立。其中 $X = \{x_1, \cdots, x_n\}$,$Y = \{y_1, \cdots, y_n\}$,$Z = \{z_1, \cdots, z_n\}$。

定理 4.2　强闭包依赖推理规则集(1)~(3)是正确的。

证明　(1) 设 T_i 满足 P_i、$T_{X1} \subseteq T_i$、$T_{X1} \longleftrightarrow X$、$T_{X2} \subseteq T_i$、$T_{X2} \longleftrightarrow X$,由 $T_{X1} \subseteq T_i$、$T_{X2} \subseteq T_i$ 成立得 T_{X2} 和 T_{X1} 可以为同一个文档子树。所以 $\forall\, T_{X1} \subseteq T_i$、$T_{X1} \longleftrightarrow X$,则 $\exists\, T_{X2} \subseteq T_i$、$T_{X2} \longleftrightarrow X$ 且满足 $val(N_{X1}(x_a)) \doteq_{in} val(N_{X2}(x_a))$ ($a \in [1, n]$),所以 $P_i[X] \stackrel{s}{\subseteq} P_i[X]$ 在不完全信息下 XML 数据库 d 上成立。

(2) 由 $P_i[X] \overset{s}{\subseteq} P_j[Y]$ 在不完全信息下 XML 数据库 d 上成立得：$\forall\ T_X \subseteq T_i$、$T_X \longleftrightarrow X$，则 $\exists\ T_Y \subseteq T_j$、$T_Y \longleftrightarrow Y$ 且满足 $val(N_X(x_a)) \doteq_{in} val(N_Y(y_a))$ $(a \in [1, n])$。又由 $[i_1, i_m] \in [1, n]$ $(i_m \leqslant n)$，$X' = \{x_{i_1}, \cdots, x_{i_m}\}$，$Y' = \{y_{i_1}, \cdots, y_{i_m}\}$，则 $val(N_X(x_b)) \doteq_{in} val(N_Y(y_b))$ $(b \in [i_1, i_m])$ 成立，即 $P_i[X'] \overset{s}{\subseteq} P_j[Y']$ 在 d 成立。

(3) 由 $P_i[X] \overset{s}{\subseteq} P_j[Y]$ 在不完全信息下 XML 数据库 d 上成立得：$\forall\ T_X \subseteq T_i$、$T_X \longleftrightarrow X$，则 $\exists\ T_Y \subseteq T_j$、$T_Y \longleftrightarrow Y$ 且满足 $val(N_X(x_a)) \doteq_{in} val(N_Y(y_a))$ $(a \in [1, n])$。又由 $P_j[Y] \overset{s}{\subseteq} P_k[Z]$ 在不完全信息下 XML 数据库 d 上成立得：$\forall\ T_Y \subseteq T_j$、$T_Y \longleftrightarrow Y$，则 $\exists\ T_Z \subseteq T_k$、$T_Z \longleftrightarrow Z$ 且满足 $val(N_Y(y_b)) \doteq_{in} val(N_Z(z_b))$ $(b \in [1, n])$。所以 $\forall\ T_X \subseteq T_i$、$T_X \longleftrightarrow X$，则 $\exists\ T_Z \subseteq T_k$、$T_Z \longleftrightarrow Z$ 且满足 $val(N_X(x_c)) \doteq_{in} val(N_Z(z_c))$ $(c \in [1, n])$，即 $P_i[X] \overset{s}{\subseteq} P_k[Z]$ 在不完全信息下 XML 数据库 d 上成立。证毕。

4.2.2　不完全信息下强闭包依赖推理规则集的完备性

为了证明 XSIND 推理规则集完备性，下面给出逻辑蕴涵、推导和追踪规则的定义。

定义 4.11　设 I 表示 S 上的 XSIND 的集合，若 I 在不完全信息下 XML 数据库 d 上成立，$P_i[X] \overset{s}{\subseteq} P_j[Y]$ 在不完全信息下 XML 数据库 d 上也成立，则称 I 逻辑蕴涵 $P_i[X] \overset{s}{\subseteq} P_j[Y]$，记作 $I \models P_i[X] \overset{s}{\subseteq} P_j[Y]$。

定义 4.12　给定 XSIND 集合 I，若 XSIND：$P_i[X] \overset{s}{\subseteq} P_j[Y]$ 能够由 I 根据 XSIND 的推理规则集推出，称 I 能够推导出 $P_i[X] \overset{s}{\subseteq} P_j[Y]$，记作 $I \vdash P_i[X] \overset{s}{\subseteq} P_j[Y]$。

定义 4.13　（XSIND 的追踪规则）设 $P_i[c_1, \cdots, c_k] \overset{s}{\subseteq} P_j[d_1, \cdots, d_k] \in I$ 在不完全信息下 XML 数据库 d 上成立，$T_i \in d$、T_i 满足 P_i、$\exists\ T_{i'} \subseteq T_i$、$T_{i'} \longleftrightarrow P_i$。设 $T_j \in d$、T_j 满足 P_j、$\exists\ T_{j'} \subseteq T_j$、$T_{j'} \longleftrightarrow P_j$ 满足 $val(N_{j'}(d_u)) \doteq_{in} val(N_{i'}(c_u))$、$val(N_{j'}(q_v)) = \varphi$ $(u \in [1, k], v \in [1, m])$，其中 $P_j = \{d_1, \cdots, d_k, q_1, \cdots, q_m\}$。若 $T_{j'}$ 不在 T_j 中，则插入 $T_{j'}$ 到 T_j 中。

推理规则集的完备性保证可以推出所有被逻辑蕴涵的 XSIND，即令 $\sigma = P_a[a_1, \cdots, a_k] \overset{s}{\subseteq} P_b[y_1, \cdots, y_k]$，若 $I \models \sigma$，则 $I \vdash \sigma$。下面给出相关的引理。

引理 4.1　设 $P_a \in S$、T_a 满足 P_a、$T_{a'} \subseteq T_a$、$T_{a'} \longleftrightarrow P_a$ 满足 $val(N_{a'}(a_i)) = i$，$val(N_{a'}(p_b)) = \varphi$，其中 $i \in [1, k], b \in [1, n]$，$\varphi$ 的取值范围为 $\{0, 1\}$。$P_a = \{a_1,$

$\cdots, a_k, \ p_1, \cdots, p_n\}, A = \{a_1, \cdots, a_k\}$。初始化不完全信息下 XML 数据库 d 为 $T_{a'}$，其他文档树为空，如图 4.7 所示。设 $P_j \in S$、T_j 满足 P_j、$T_{j'} \subseteq T_j$、$T_{j'} \longleftrightarrow P_j$ 满足 $val(N_{j'}(e_u)) = i_u \geqslant 1 (E = \{e_1, \cdots, e_k\}, E \subseteq P_j, u \in [1, k])$，若应用追踪规则 $T_{j'} \in d$，则 $I \mid{-} P_a[a_{i_1}, \cdots, a_{i_k}] \overset{s}{\subseteq} P_j[e_1, \cdots, e_k]$ 成立。

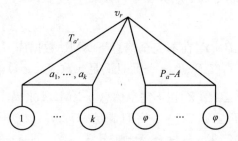

图 4.7　初始化 $d = T_{a'}$

证明　（归纳法）应用追踪规则对插入不完全信息下 XML 数据库 d 中的文档子树进行归纳。

（1）初始化不完全信息下 XML 数据库 d。若 $T_{j'}$ 是文档子树 $T_{a'}$，初始化时 $T_{j'}$ 被插入到 T_j 中，则 T_j 和 T_a 包含的文档子树相同，如图 4.8 所示。通过自反规则，$I \mid{-} P_a[a_{i_1}, \cdots, a_{i_k}] \overset{s}{\subseteq} P_a[a_{i_1}, \cdots, a_{i_k}]$，所以引理 1 成立。

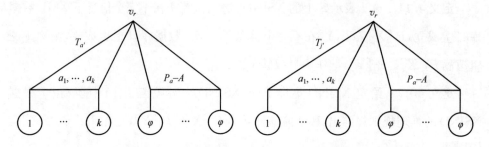

图 4.8　应用追踪规则初始化 $d = \{T_{a'}, T_{j'}\}$

（2）根据 I，应用追踪规则插入所有的文档子树构成的森林为不完全信息下 XML 数据库 d。由 $T_{j'} \in d$，根据 XSIND 的追踪规则一定存在 $P_m[f_1, \cdots, f_k] \overset{s}{\subseteq} P_j[e_1, \cdots, e_k] \in I$ 满足 $P_m \in S$、T_m 满足 P_m、$T_{m'} \subseteq T_m$、$T_{m'} \longleftrightarrow P_m$、$T_{m'} \in d$、$val(N_{m'}(f_u)) = val(N_{j'}(e_u)) = i_u (u \in [1, k], F = \{f_1, \cdots, f_k\})$，否则 $T_{j'}$ 不可能在不完全信息下 XML 数据库 d 中。对 $\{a_1, \cdots, a_k\}$ 重新排列投影为 $\{a_{i_1}, \cdots, a_{i_k}\}$ （$[i_1, i_k] \in [1, k]$，$i_k \leqslant k$），则 $val(N_{a'}(a_{i_u})) = i_u (u \in [1, k])$。根据 XSIND 的追踪规则和传递规则一定存在 $P_a[a_{i_1}, \cdots, a_{i_k}] \overset{s}{\subseteq} P_m[f_1, \cdots, f_k] \in I$，否则 $T_{m'}$ 不能应用追踪规则加入不完全信息下 XML 数据库 d 中，图 4.9 显示了 $T_{j'}$、$T_{m'}$ 和 $T_{a'}$ 三者

之间的对应关系。由 $P_a[a_{i_1}, \cdots, a_{i_k}] \overset{s}{\subseteq} P_m[f_1, \cdots, f_k] \in I$、$P_m[f_1, \cdots, f_k] \overset{s}{\subseteq} P_j$ $[e_1, \cdots, e_k] \in I$,再通过 XSIND 的传递规则,$I \mid - P_a[a_{i_1}, \cdots, a_{i_k}] \overset{s}{\subseteq} P_j[e_1, \cdots,$ $e_k]$。证毕。

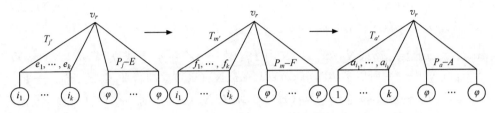

图 4.9 XML 文档树 $T_{j'}$、$T_{m'}$ 和 $T_{a'}$ 三者之间的对应关系

定理 4.3 XSIND 的推理规则集是完备的(即 $I \mid = \sigma$,则 $I \mid - \sigma$)。

证明 设 XML 数据库模式为 $S(P_1, \cdots, P_n)$,XSIND 的集合为 I,XSIND:$\sigma = P_a[a_1, \cdots, a_k] \overset{s}{\subseteq} P_b[y_1, \cdots, y_k]$。首先应用追踪规则插入 XML 文档子树,创建满足 S 的不完全信息下 XML 数据库 $d = \{T_1, \cdots, T_n\}$。然后证明 $I \mid - \sigma$。

初始化 d,设 d 的初始值为满足 P_a 的 XML 文档树 $T_a = \{T_{a'}\}$($T_{a'}$ 的意义同图 4.7),d 的其他所有的 XML 文档树为空,即 $d = \{T_{a'}\}$。然后根据 I 应用追踪规则插入 XML 文档子树到 d 中,直到没有 XML 文档子树插入到 d 中为止。由此,最后的 d 满足 I,否则,能够应用追踪规则插入新的 XML 文档子树。由 $I \mid = \sigma$,则 σ 在 d 上成立,即 $P_a[a_1, \cdots, a_k] \overset{s}{\subseteq} P_b[y_1, \cdots, y_k]$ 在 d 上成立。又由 $T_{a'} \in d$,根据 $P_a[a_1, \cdots, a_k] \overset{s}{\subseteq} P_b[y_1, \cdots, y_k]$ 和追踪规则,则一定存在 $T_{b'} \in d$,$T_{b'}$ 满足 $T_{b'} \in T_b$、$val(N_{b'}(y_i)) = i$,其中 T_b 满足 P_b,$i \in [1, k]$。通过引理 4.1,$I \mid - P_a[a_1, \cdots, a_k] \overset{s}{\subseteq} P_b[y_1, \cdots, y_k]$,即 $I \mid - \sigma$ 成立,所以结论成立。证毕。

4.3 XSIND 范式

4.3.1 XSFD 和 XSIND 之间的关系

一般情况下,给定 XSFD 和 XSIND,能够推导出 XSFD;给定 XSFD 和 XSIND,也能推导出 XSIND,从而说明 XSFD 和 XSIND 相互影响。为了研究 XSIND 范式,下面给出 XSFD 和 XSIND 之间相互影响的定理。

定理 4.4 设 XML 数据库模式为 $S(P_1, \cdots, P_n)$,不完全信息下 XML 数据库为 d,若 $P_i[XY] \overset{s}{\subseteq} P_j[WZ]$ 和 $P_j: W \overset{s}{\longrightarrow} Z$ 在 d 上成立,则 $P_i: X \overset{s}{\longrightarrow} Y$ 在 d 上也成立。其中 $X = x_1, \cdots, x_m$,$W = w_1, \cdots, w_m$,$Y = y_1, \cdots, y_n$,$Z = z_1, \cdots, z_n$。

证明　设 T_i 满足 P_i、$T_{i1} \subseteq T_i$、$T_{i1} \longleftrightarrow P_i$、$T_{i2} \subseteq T_i$、$T_{i2} \longleftrightarrow P_i$ 满足 $val(N_{i1}(x_a)) \doteq_{in} val(N_{i2}(x_a))(a \in [1,m])$。由 $P_i[XY] \overset{s}{\subseteq} P_j[WZ]$ 在 d 上成立,则存在 T_j 满足 P_j、$T_{j1} \subseteq T_j$、$T_{j1} \longleftrightarrow P_j$、$T_{j2} \subseteq T_j$、$T_{j2} \longleftrightarrow P_j$ 满足 $val(N_{j1}(w_a)) \doteq_{in} val(N_{i1}(x_a))$、$val(N_{j1}(z_b)) \doteq_{in} val(N_{i1}(y_b))$ 和 $val(N_{j2}(w_a)) \doteq_{in} val(N_{i2}(x_a))$、$val(N_{j2}(z_b)) \doteq_{in} val(N_{i2}(y_b))$ 成立 $(b \in [1,n])$。由 $val(N_{i1}(x_a)) \doteq_{in} val(N_{i2}(x_a))$ 得 $val(N_{j2}(w_a)) \doteq_{in} val(N_{j1}(w_a))$,又由 $P_j: W \overset{s}{\longrightarrow} Z$ 在 d 上成立得 $val(N_{j2}(z_b)) \doteq_{in} val(N_{j1}(z_b))$,所以 $val(N_{i2}(y_b)) \doteq_{in} val(N_{i1}(y_b))$。即若 $T_{i1} \subseteq T_i$、$T_{i1} \longleftrightarrow P_i$、$T_{i2} \subseteq T_i$、$T_{i2} \longleftrightarrow P_i$ 满足 $val(N_{i1}(x_a)) \doteq_{in} val(N_{i2}(x_a))$,则 $val(N_{i1}(y_b)) \doteq_{in} val(N_{i2}(y_b))$,所以 $P_i: X \overset{s}{\longrightarrow} Y$ 在 d 上成立。证毕。

4.3.2　XSIND 产生数据冗余的原因

为了说明 S 上的 XSFD 和 XSIND 相互影响会带来路径冗余,下面给出一个含有不完全信息 XML 数据库模式设计的实例说明此问题。

例 4.4　如例 4.1 中的不完全信息下 XML 数据库 $d = \{T_1, T_2\}$,在 T_1 中通过路径 $employees/employee/@ena$ 的路径结点集为 $s_1 = v_1\text{-}v_2\text{-}v_4$ 和 $s_2 = v_1\text{-}v_3\text{-}v_6$,$val(Last(s_1)) \not\doteq_{in} val(Last(s_2))$,故有 $employees/employee/@ena \overset{s}{\longrightarrow} employees/employee/@dna$ 在 T_1 上成立。

在 T_2 中 $s_1' = v_1'\text{-}v_2'\text{-}v_4'$ 和 $s_2' = v_1'\text{-}v_3'\text{-}v_6'$ 为通过路径 $heads/head/@hna$ 的路径结点集,$val(Last(s_1')) \not\doteq_{in} val(Last(s_2'))$,故有 $heads/head/@hna \overset{s}{\longrightarrow} heads/head/@dna$ 在 T_2 上成立。

由 XSIND:$P_2[heads/head/@hna, heads/head/@dna] \overset{s}{\subseteq} P_1[employees/employee/@ena, employees/employee/@dna]$ 和 XSFD:$employees/employee/@ena \overset{s}{\longrightarrow} employees/employee/@dna$ 在 d 上成立,$heads/head/@hna \overset{s}{\longrightarrow} heads/head/@dna$ 在 d 上也成立,说明此例满足 XSFD 和 XSIND 相互影响的定理。另外,从图 4.1、图 4.2 可以看出,在 T_2 中 $heads/head/@dna$ 对应的数据与在 T_1 中 $employees/employee/@dna$ 对应的数据完全相同,从整体角度看 $heads/head/@dna$ 为冗余的路径,由于存在冗余路径,会产生更新异常,因此,XML 数据库模式 $S = \{P_1, P_2\}$ 的设计不是一个合理的设计。

4.3.3　XSFD 和非循环 XSIND 互不影响的判定条件

由上节的分析知,若 XSFD 和 XSIND 之间相互影响,在 S 中存在冗余路径;反之,若 S 中不存在冗余路径,XSFD 和 XSIND 之间互不影响。下面给出 XSFD

和 XSIND 集合的逻辑蕴涵、路径集强闭包、XSFD 和 XSIND 之间互不影响的定义。

定义 4.14　（逻辑蕴涵、强闭包）设 $\sigma \notin \Sigma$，若 Σ 在 d 上成立，σ 也在 d 上成立，则称 Σ 逻辑蕴 σ，记作 $\Sigma | = \sigma$；若 Σ 在 d 上成立，σ 在 d 上不成立，称 Σ 不逻辑蕴涵 σ，记作 $\Sigma | \neq \sigma$。称由 Σ 逻辑蕴涵的所有的 XSFD 和 XSIND 为 Σ 的强闭包，记作 Σ_s^+。设 $X \subseteq P_i$，X 关于 F_i 的路径集强闭包为集合 $\{A \mid X \xrightarrow{s} A \in F_{is}^+\}$，记作 $C_i(X)$，其中 F_{is}^+ 表示被 F_i 逻辑蕴涵的 XSFD 的全体构成的集合。

定义 4.15　若满足下面的条件，则称 I 和 F 互不影响。

（1）对于 S 上的任一 $XSFD_\alpha$，$G \subseteq F$，若 $G | = \alpha$，则 $G \cup I | = \alpha$。

（2）对于 S 上的任一 $XSIND_\beta$，$J \subseteq I$，若 $J | = \beta$，则 $F \cup J | = \beta$。

在讨论 XSFD 和 XSIND 之间互不影响的判定条件之前，首先给出 Σ 是化简的、追踪过程的定义。

定义 4.16　（Y 关于 F_i 是化简的）设 P_i 上的 XSFD 的集合为 F_i，全路径集合 $Y \subseteq P_i$。F_i 在 Y 上的投影为 $\{P_i: W \xrightarrow{s} Z \mid P_i: W \xrightarrow{s} Z \in F_{is}^+$ 且 $WZ \subseteq Y\}$，记作 $F_i[Y]$，如果 $F_i[Y]$ 只包含平凡的 XSFD，则称 Y 关于 F_i 是化简的。如果任一 $P_i[X] \overset{s}{\subseteq} P_j[Y] \in I$ 满足 Y 关于 F_j 是化简的，则称 $\Sigma = F \cup I$ 是化简的。

为了便于理解，下面给出例 4.5，以说明定义 4.16。

例 4.5　设 $S = \{P_1, P_2\}$，其中，$P_1 = \{p_{11}, p_{12}, p_{13}, p_{14}, p_{15}\}$，$P_2 = \{p_{21}, p_{22}, p_{23}\}$，$P_1$ 上的 XSFD 的集合为 $F_1 = \{p_{11}, p_{13} \xrightarrow{s} p_{14}; p_{12} \xrightarrow{s} p_{15}\}$，$S$ 上的 XSIND 的集合为 $I = \{P_2[p_{21}, p_{22}, p_{23}] \overset{s}{\subseteq} P_1[p_{11}, p_{12}, p_{13}]\}$。全路径集合 $Y = \{p_{11}, p_{12}, p_{13}\} \subseteq P_1$，$F_1[Y] = \{p_{11}, p_{12}, p_{13} \xrightarrow{s} p_{11}, p_{12}, p_{13}\}$，所以 Y 关于 F_1 是化简的，$F_1 \cup I$ 也是化简的。

定义 4.17　（不完全信息下 XML 数据库）关于 Σ 的 d 的追踪过程是应用下列 XSFD 的追踪规则和 XSIND 的追踪规则到 d 当前状态所得到的不完全信息下 XML 数据库，记作 $CHASE(d, \Sigma)$。

（1）XSFD 的追踪规则。设 $P_i: X \xrightarrow{s} Y \in F_i$ 在 T_i 上成立（其中 $X \subseteq P_i$，$X = \{x_1, \cdots, x_n\}$，$Y \subseteq P_i$，$Y = \{y_1, \cdots, y_m\}$），且 $\exists T_{i1} \subseteq T_i$，$T_{i2} \subseteq T_i$（其中 $T_{i1} \longleftrightarrow XY$，$T_{i2} \longleftrightarrow XY$）满足 $val(N_{i1}(x_a)) \doteq_{in} val(N_{i2}(x_a))$（$a \in [1, n]$），但 $val(N_{i1}(y_b)) \neq_{in} val(N_{i2}(y_b))$（$b \in [1, m]$），此时修改 $val(N_{i1}(y_b))$ 或 $val(N_{i2}(y_b))$ 的值，满足 $val(N_{i1}(y_b)) \doteq_{in} val(N_{i2}(y_b))$。

（2）XSIND 的追踪规则。设 $P_i[c_1, \cdots, c_k] \overset{s}{\subseteq} P_j[d_1, \cdots, d_k] \in I$ 在 d 上成立，$T_i \in d$，T_i 满足 P_i，$\exists T_{i'} \subseteq T_i$，$T_{i'} \longleftrightarrow P_i$。设 $T_j \in d$、T_j 满足 P_j、$\exists T_{j'} \subseteq T_j$、$T_{j'}$

$\longleftrightarrow P_j$ 满足 val $(N_{j'}(d_u)) \doteq_{in} val(N_{i'}(c_u))$，$\forall$ $T_k \subseteq T_j$、$T_k \longleftrightarrow P_j$ 但 $T_k \neq T_{j'}$，val $(N_{j'}(q_v)) \neq_{in} val(N_k(q_v))$ $(u \in [1, k], v \in [1, m])$，其中 $P_j = \{d_1, \cdots, d_k, q_1, \cdots, q_m\}$。若 $T_{j'}$ 不在 T_j 中，则插入 $T_{j'}$ 到 T_j 中。

一般情况下，追踪过程先应用 XSFD 的追踪规则再应用 XSIND 的追踪规则，若 I 为循环 XSIND 的集合，会无限地追加子树到 d 中，所以本书限定 I 为非循环 XSIND 的集合，研究非循环 XSIND 的集合 I 与 F 之间互不影响的判定条件。

定理 4.5 设 Σ 表示 S 上的 XSFD 和非循环的 XSIND 的集合，则：

(1) Σ 在 $CHASE(d, \Sigma)$ 上成立。

(2) 在 d 上应用 XSFD 的追踪规则和 XSIND 的追踪规则有限次之后，$CHASE(d, \Sigma)$ 是可终止的。

证明 (1) 根据追踪过程中 XSFD 的追踪规则和 XSIND 的追踪规则的定义，显然 Σ 在 $CHASE(d, \Sigma)$ 上成立。

(2) 根据追踪过程中 XSFD 的追踪规则的定义，经过有限次运用 XSFD 的追踪规则之后 $CHASE(d, F)$ 是可终止的，又因为 I 为非循环的 XSIND 的集合，根据追踪过程中 XSIND 的追踪规则的定义，再经过有限次运用 XSIND 的追踪规则之后，$CHASE(CHASE(d, F), I)$ 是可终止的，即 $CHASE(d, \Sigma)$ 是可终止的。证毕。

在证明 XSFD 和非循环 XSIND 之间互不影响的判定定理之前，下面给出相关的引理。

引理 4.2 设 F_i 表示 P_i 上的 XSFD 的集合，$X \xrightarrow{s} Y$ 为 P_i 上的 XSFD，满足 $Y \nsubseteq C_i(X)$。若 T_i 满足 P_i 且 T_i 包含两个子树 T_{i1} 和 T_{i2} $(T_{i1} \longleftrightarrow P_i, T_{i2} \longleftrightarrow P_i)$ 满足 $\forall p \in P_i - C_i(X), val(N_{i1}(p)) \neq_{in} val(N_{i2}(p))$，$\forall p \in C_i(X), val(N_{i1}(p)) \doteq_{in} val(N_{i2}(p))$，则 F_i 在 d 上成立而 $X \xrightarrow{s} Y$ 在 d 上不成立。

证明 构造满足 P_i 的 T_i 如图 4.10 所示，包含两个子树 T_{i1} 和 T_{i2}，满足 $\forall p \in P_i - C_i(X), val(N_{i1}(p)) \neq_{in} val(N_{i2}(p))$，$\forall p \in C_i(X), val(N_{i1}(p)) \doteq_{in} val(N_{i2}(p))$ (设 $|P_i| = n$ 表示 P_i 所包含的全路径的个数，$1 < m < n$)，分别用实线矩形、虚线矩形表示两个子树相对应部分的等价和不相容。

(1) 首先证明 F_i 中每个 $V \xrightarrow{s} W$ 在 T_i 上都成立。

V 有两种情况：$V \subseteq C_i(X)$，或者 $V \nsubseteq C_i(X)$。

如果 $V \subseteq C_i(X)$，根据定义 4.14，$X \xrightarrow{s} V$ 成立。根据的 XSFD 的传递规则，$X \xrightarrow{s} W$ 成立，再根据定义 4.14，$W \subseteq C_i(X)$，所以 $V \subseteq C_i(X)$ 和 $W \subseteq C_i(X)$ 同时成立，从图 4.10 可以看出，$V \xrightarrow{s} W$ 在 T_i 上成立。

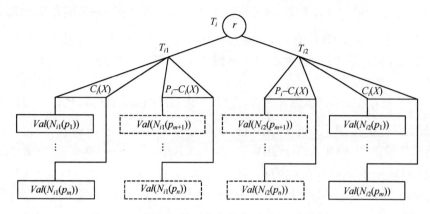

图 4.10　满足 P_i 的不完全信息下 XML 文档树 T_i

如果 $V \nsubseteq C_i(X)$，即 V 中含有 $C_i(X)$ 外的全路径。此时满足 $\forall\ p \in P_i - C_i(X), val(N_{i1}(p)) \not\doteq_{in} val(N_{i2}(p))$ 成立，因此，$V \xrightarrow{s} W$ 在 T_i 上也成立。

于是，F_i 的每个 XSFD 都在 T_i 上成立。

(2) 证明 $X \xrightarrow{s} Y$ 在 T_i 上不成立。

由于 $\forall\ p \in C_i(X)$，由 X 关于 F_i 的路径集强闭包的定义，$\forall\ p \in X, val(N_{i1}(p)) \doteq_{in} val(N_{i2}(p))$，所以 $val(N_{i1}(p)) \doteq_{in} val(N_{i2}(p))$，又由 $Y \nsubseteq C_i(X)$，$\exists\ p \in Y, val(N_{i1}(p)) \not\doteq_{in} val(N_{i2}(p))$，根据 XSFD 的定义，$X \xrightarrow{s} Y$ 在 d 上不成立。

综合(1)和(2)可知，F_i 在 d 上成立而 $X \xrightarrow{s} Y$ 在 d 上不成立，结论成立。证毕。

定理 4.6　设 $\Sigma = F \cup I$ 是 S 上的 XSFD 和非循环的 XSIND 的集合，只要 Σ 是化简的，则 F 和 I 互不影响。

证明　(充分性)

(反证法)分两种情况：

(1) 设 $G \subseteq F, P_i: X \xrightarrow{s} Y$ 表示 P_i 上的 XSFD。要证明 F 和 I 互不影响，即证明若 $G \cup I \models P_i: X \xrightarrow{s} Y$，则 $G \models P_i: X \xrightarrow{s} Y$，等价地需要证明若 $G \nvDash P_i: X \xrightarrow{s} Y$，则 $G \cup I \nvDash P_i: X \xrightarrow{s} Y$，也就是证明 $P_i: X \xrightarrow{s} Y$ 在满足 P_i 的某个不完全信息下 XML 文档树 T_i 上不成立，而 $G \cup I$ 在满足 S 的某个不完全信息下 XML 数据库 $d(T_i \in d)$ 上成立。因此可采用构造 d 的方法来证明。

(归纳法)应用追踪过程对插入 d 中的文档子树进行归纳。

① 初始化 $d = d_0$，设在 d_0 中满足 P_i 的不完全信息下 XML 文档树为 T_i，T_i 包含两个子树 T_{i1} 和 T_{i2}（其中，$T_{i1} \longleftrightarrow P_i, T_{i2} \longleftrightarrow P_i$），在 d_0 中其他 T_k 为空，$k \in$

$[1,n]$ 且 $k\neq i$,对于 $\forall\ p\in P_i$,$val(N_{i1}(p))$ 和 $val(N_{i2}(p))$ 的值满足引理 4.2,如图 4.10 所示。所以 $G\cup I$ 在 d_0 上成立而 $P_i:X\xrightarrow{s}Y$ 在 d_0 上不成立。

② 下面对 G_I 中以 P_i 为根的有向树 T 进行深度优先遍历,应用追踪过程构造 d。

若 T 只存在结点 P_i,则 $d=d_0$;否则,考虑在 T 中的有向弧 (P_i,P_j) 和相应的 XSIND: $P_i[W]\overset{s}{\subseteq}P_j[Z]\in I$ $(Z=\{z_1,\cdots,z_m\},W=\{w_1,\cdots,w_m\})$。根据 XSIND 的追踪规则在 T_j 中加入两个子树 T_{j1} 和 T_{j2}(其中,$T_{j1}\longleftrightarrow P_j$,$T_{j2}\longleftrightarrow P_j$),满足 $val(N_{j1}(z_a))\doteq_{in}val(N_{i1}(w_a))$、$val(N_{j2}(z_a))\doteq_{in}val(N_{i2}(w_a))$,$(a\in[1,m])$,$\forall\ V\subseteq Z$,$\forall\ p\in C_j(V)$,$val(N_{j1}(p))\doteq_{in}val(N_{j2}(p))$,而且 $\forall\ p\in P_j-C_j(V)$,$val(N_{j1}(p))\not\doteq_{in}val(N_{j2}(p))$。由上面步骤构造得到 $d=d_i$,$P_i[W]\overset{s}{\subseteq}P_j[Z]$ 在 d_i 上成立,由 Σ 是化简的,$C_j(V)\cap(Z-V)$ 为空,再根据引理 4.2 得 F_j 在 d_i 上成立,所以得出结论 $G\cup I$ 在 d_i 上成立而 $P_i:X\xrightarrow{s}Y$ 在 d_i 上不成立。

综合①和②,(1)成立。

(2) 设 $J\subseteq I$,$P[X]\overset{s}{\subseteq}Q[Y]$ 表示 S 上的 XSIND。要证明 F 和 I 互不影响,即证明若 $F\cup J\ |=P[X]\overset{s}{\subseteq}Q[Y]$,则 $J\ |=P[X]\overset{s}{\subseteq}Q[Y]$,等价地,需要证明若 $J|\neq P[X]\overset{s}{\subseteq}Q[Y]$,则 $F\cup J|\neq P[X]\overset{s}{\subseteq}Q[Y]$,也就是证明 $P[X]\overset{s}{\subseteq}Q[Y]$ 在满足 S 的某个不完全信息下 XML 数据库 d 上不成立,而 $F\cup J$ 在 d 上成立。因此可采用构造 d 的方法来证明。

(归纳法)应用追踪规则对插入 d 中的文档子树进行归纳。

初始化 $d=d_0$。设在 d_0 中满足 P 的不完全信息下 XML 文档树为 T,$T\longleftrightarrow P$,在 d_0 中其他不完全信息下 XML 文档树为空。对于 $\forall\ p,q\in P$ 且 $p\neq q$,满足 $val(N(p))\not\doteq_{in}val(N(q))$。设 $d_1=CHASE(d_0,J)$,由假设 $J|\neq P[X]\overset{s}{\subseteq}Q[Y]$ 得 J 在 d_1 上成立而 $P[X]\overset{s}{\subseteq}Q[Y]$ 在 d_1 上不成立。而且,由 I 是非循环的,所以在 d_1 中所有的不完全信息下 XML 文档树至多包含一个子树。设 $d_2=CHASE(d_1,F\cup J)$,根据追踪过程中的 XSFD 的追踪规则得 $d_2=d_1$,所以 $F\cup J$ 在 d_2 上成立而 $P[X]\overset{s}{\subseteq}Q[Y]$ 在 d_2 上不成立,结论成立。

综合(1)和(2)两种情况,充分性成立。

(必要性)即证明若 F 和 I 互不影响,则 Σ 为化简的。

(反证法)假设 Σ 为非化简的,对于某个 XSIND $P_i[Z_i]\overset{s}{\subseteq}P_j[Z_j]\in I$,$Z_j$ 关于 F_j 为非化简的。由假设得 $F_j[Z_j]$ 包含非平凡的 XSFD $P_j:X_j\xrightarrow{s}Y_j$,$X_jY_j\subseteq P_j$。又由 $X_jY_j\subseteq Z_j$,根据 XSIND 的排列投影规则,则存在 $X_iY_i\subseteq Z_i$ 且 $|X_iY_i|=$

$|X_jY_j|$（全路径个数相同）满足 $I\,|=P_i[X_iY_i]\overset{s}{\subseteq}P_j[X_jY_j]$，由定理 4.4 得 $\Sigma|=$ $P_i:\ X_i\overset{s}{\longrightarrow}Y_i$，其中，$P_i:\ X_i\overset{s}{\longrightarrow}Y_i$ 表示非平凡的 XSFD。由 $F_j\bigcup I\,|=\ P_i:$ $X_i\overset{s}{\longrightarrow}Y_i$ 但 $F_j\,|\neq P_i:\ X_i\overset{s}{\longrightarrow}Y_i$ 得：若 Σ 为非化简的，F 和 I 相互影响，所以必要性成立。定理成立。证毕。

4.3.4　XSIND 范式的判定条件

为了从整体角度研究 XML 数据库模式 S 不存在路径冗余，上节分析了 I 与 F 之间互不影响的判定条件。本节以 S 中的每个 P_i 上的 XSFD 不会引起数据冗余（称满足此条件的 S 为 XSFD 范式）为前提，采用改变结点信息值的方法来判定路径是否冗余，给出 S 为 XSIND 范式的定义和判定定理。

定义 4.18　（强函数依赖范式）设 XML 数据库模式为 $S(P_1,\cdots,P_n)$，$X\subseteq P_i$，$y_-@a\in P_i$，$y_-S\in P_i$，若 $X\overset{s}{\longrightarrow}y_-@a$ 或 $X\overset{s}{\longrightarrow}y_-S$ 在 P_i 上成立，$X\overset{s}{\longrightarrow}y$ 在 P_i 上也成立，称此 P_i 为 XML 强函数依赖范式，简记为 (XSFD)NF。若 $\forall\,P_i\in S$，P_i 都为 (XSFD)NF，则称 S 为 (XSFD)NF。

定义 4.19　（无路径冗余范式）设 d 为满足 S 且满足 Σ 的不完全信息下 XML 数据库，$P\in S$，$T\in d$ 为满足 P 的不完全信息下 XML 文档树。$p\in P$，设 $val(N(p))=v$，若改变 $val(N(p))$ 的值后满足 $val(N(p))\neq_m v$，此时产生不完全信息下 XML 数据库 d' 不满足 Σ，则称 p 关于 Σ 是冗余的。若在 P 中不存在路径 p 关于 Σ 是冗余的，则称 S 为关于 Σ 无路径冗余范式。

定义 4.20　（XSIND 范式）如果 S 为 XSFD 范式且也为关于 Σ 无路径冗余范式，则称 S 为 XSIND 范式。

定理 4.7　设 $\Sigma=F\bigcup I$ 为 S 上的 XSFD 和非循环 XSIND 的集合，只要 Σ 为化简的且 S 为 XSFD 范式，则 S 为 XSIND 范式。

证明　（充分性）由 S 为 XSFD 范式，只要证明 S 为关于 Σ 无路径冗余范式即可。设 $a\in P_i$，$P_i\in S$，构造不完全信息下 XML 数据库 d，d 中有非空的满足 P_i 的不完全信息下 XML 文档树 T_i，证明 a 关于 Σ 为无冗余的。

（归纳法）应用追踪规则对插入 d 中的文档子树进行归纳。

（1）设 d 的初始状态为 $d_0=\{T_1^0,\cdots,T_n^0\}$。满足 P_i 的 T_i^0 满足 $T_i^0\longleftrightarrow P_i$，$a\in P_i$，$\forall\,p\in P_i-a$，$val(N_i^0(p))=0$，$val(N_i^0(a))=\varphi_1$，在 d_0 中满足 P_k 的 T_k^0 为空（$k\in[1,n]$，$k\neq i$），d_0 如图 4.11 所示，显然，$F\bigcup I$ 在 d_0 上成立。

（2）设 $d_1=CHASE(d_0,\Sigma)=\{T_1^1,\cdots,T_n^1\}$，由定理 4.5 得 Σ 在 d_1 上成立。由 F 在 d_0 上成立，再由定理 4.6 得 $T_i^1=T_i^0$。设 $d_2=(d_1-\{T_i^1\})\bigcup\{T_i^2\}$，其中 T_i^2 $\longleftrightarrow P_i$，$\forall\,p\in P_i-a$，$val(N_i^2(p))=0$，$val(N_i^2(a))=\varphi_2$（其中 $\varphi_1\neq\varphi_2$），T_i^2 如

图 4.12 所示，显然，F 在 d_2 上成立。设 $d_3 = CHASE(d_2, \Sigma)$，由定理 4.5 得 Σ 在 d_3 上成立，同上，由 F 在 d_2 上成立得 $T_i^3 = T_i^2$。设 $d = (d_3 - \{T_i^3\}) \cup \{T_i^0\}$ 为 d 最后状态，由 F 在 d_3 上成立得 F 在 d 上也成立。

下面证明 I 在 d 上成立。

由 I 是非循环的，若在 G_I 中从 P_i 到 P_j 不存在路径，则在 d 中 T_k 为空，即 $T_k = T_k^3 = T_k^2 = T_k^1 = T_k^0 = \varnothing (k \in [1, n], k \neq i)$，所以 I 在 d 上成立；若在 G_I 中从 P_i 到 P_j 存在路径，则在 I 中存在非平凡的 XSIND $P_i[X] \overset{s}{\subseteq} P_j[Y]$。此时分两种情况。

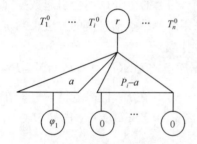 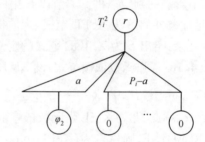

图 4.11　d 的初始状态 d_0　　　图 4.12　不完全信息下 XML 文档树 T_i^2

① 若 $a \notin X$。由 $a \notin X$，$\forall p \in X$，在 T_i^0 中 $val(N_i^0(p))$ 的值与在 T_i^2 中 val $(N_i^2(p))$ 的值相等，由 I 中存在非平凡的 XSIND $P_i[X] \overset{s}{\subseteq} P_j[Y]$ 和 $d_3 = CHASE$ (d_2, Σ)，根据追踪过程中的 XSIND 的追踪规则得 d_3 如图 4.13 所示，根据 $d =$ $(d_3 - \{T_i^3\}) \cup \{T_i^0\}$ 得 d 如图 4.14 所示，显然，$P_i[X] \overset{s}{\subseteq} P_j[Y]$ 在 d 上也成立。

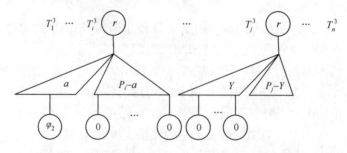

图 4.13　$a \notin X$ 时，不完全信息下 XML 数据库 d_3

② 若 $a \in X$，根据 d_3 和 d 的构造过程，d_3 和 d 分别如图 4.15 和图 4.16 所示。

通过 XSIND 的排列投影规则，$P_i[X] \overset{s}{\subseteq} P_j[Y] \in I$ 可以表示为 $P_i[Va] \overset{s}{\subseteq}$ $P_j[Wb]$。根据 d 的定义得 $T_j = T_j^3$，再根据 d 的构造过程得 $T_j^0(\subseteq T_j^1 \subseteq T_j^2 \subseteq T_j^3 \subseteq T_j$，对于 $\forall p \in Va$，$\exists q \in Wb$，在 T_i 中 $val(N_i(p))$ 的值与 T_j^1 中 $val(N_j^1(q))$ 的值

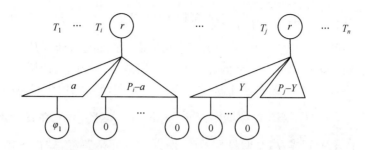

图 4.14　$a \notin X$ 时, 不完全信息下 XML 数据库 d

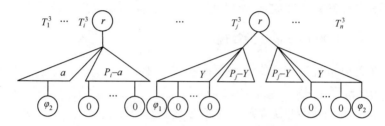

图 4.15　$a \in X$ 时, 不完全信息下 XML 数据库 d_3

相同, 所以在 T_i 中 $val(N_i(p))$ 的值与 T_j 中 $val(N_j(q))$ 的值相同, 即 $P_i[X] \overset{s}{\subseteq} P_j[Y]$ 在 d 上成立。所以对于 I 中任意 $P_i[X] \overset{s}{\subseteq} P_j[Y]$, 由于 $P_i[X] \overset{s}{\subseteq} P_j[Y]$ 在 d_3 上成立得 $P_i[X] \overset{s}{\subseteq} P_j[Y]$ 在 d 上也成立。

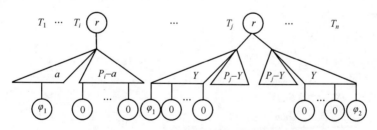

图 4.16　$a \in X$ 时不完全信息下 XML 数据库 d

由①和②可知, d_3 和 d 的唯一差别是在 T_i^3 和 T_i 中通过路径 a 的路径结点集最后结点信息值不相容, 即 $\varphi_1 \not\approx \varphi_2$, 而 Σ 在 d 上仍成立, 从而 a 关于 Σ 为无冗余的。

综合上述 (1)、(2) 归纳证明, a 关于 Σ 为无冗余的, 充分性成立。

(必要性) 即证明若 Σ 不是化简的, S 不为关于 Σ 的无路径冗余范式。

由 Σ 不是化简的得: XSIND $P_i[X] \overset{s}{\subseteq} P_j[Y] \in I$, 且 $P_j : W \overset{s}{\longrightarrow} b \in F_j[Y]$ 表示

非平凡的 XSFD。根据 XSIND 的排列投影规则 $P_i[X] \overset{s}{\subseteq} P_j[Y]$ 可以表示为 $P_i[Va] \overset{s}{\subseteq} P_j[Wb](|V| = |W|)$，再由定理 4.4 得非平凡的 XSFD $P_i : V \overset{s}{\longrightarrow} a \in F_i$ $[X]$。设 T_i 表示 d 中满足 P_i 的非空的不完全信息下 XML 文档树，$T \subseteq T_i$ 且 $T \longleftrightarrow P_i, val(N(a)) = v, \Sigma$ 在 d 上成立。改变 $val(N(a))$ 的值满足 $val(N(a)) \neq v$，得到的不完全信息下 XML 数据库为 d'，则 $P_i[Va] \overset{s}{\subseteq} P_j[Wb]$ 在 d' 上不成立，否则 $W \overset{s}{\longrightarrow} b$ 在 d 上不成立，与假设相矛盾，所以 a 是冗余路径，即得 S 不为关于 Σ 的无路径冗余范式。必要性成立。

根据充分性和必要性成立，所以此定理成立。证毕。

4.3.5　规范 S 为 XSIND 范式的算法

由上节的分析可知，若 XML 数据库模式 $S = \{P_1, P_2, \cdots, P_n\}$ 为 XSIND 范式，首先，P_i 为 XSFD 范式，$i \in [1, n]$；其次，S 为关于 Σ 无路径冗余范式。本节以 P_i 为 XSFD 范式为前提，把 S 规范为关于 Σ 无路径冗余范式，实现 S 为 XSIND 范式。而 S 为关于 Σ 无路径冗余范式的充要条件为 Σ 是化简的，所以把 S 规范为 XSIND 范式的方法为只要把 Σ 转化为化简的即可。

首先给出求路径集强闭包的算法。

算法 4.1　Path_Strong_Closure(X, F){求路径集的强闭包}

输入：P 上的 XSFD 集合 F，路径集 $X \subseteq P$。

输出：路径集 X 的强闭包 X_S^+。

begin

(1) $X_S^+ := \varnothing$；

(2) for 每个 $V \overset{s}{\longrightarrow} Y \in F$ do

　　if　$V = X$　then

　　　$X_S^+ := X_S^+ \cup Y$；

　　if　$V \subseteq X$　then

　　　for 每个 $P \overset{s}{\longrightarrow} Q \in F$ do

　　　if $(W = X - V)$ and $(P = W \cup Y)$ then

　　　　　$X_S^+ := X_S^+ \cup Q$；

(3) $X(0) := \varnothing$；

　　$X(1) := X_S^+$；

(4) while $X(0) \neq X(1)$ do

　　$X(0) := X(1)$；

　　for 每个 $P \overset{s}{\longrightarrow} Q \in F$ do

　　　if $P \subseteq X(1)$ then

$$X(1) := X(1) \bigcup Q;$$

(5) $X_S^+ := X(1)$;

(6) return(X_S^+);

　　end.

定理 4.8　算法 Path_Strong_Closure 是正确的、可终止性,其时间复杂度为 $O(n^2)$。其中,n 为 F 中 XSFD 的个数。

证明　(正确性)算法 Path_Strong_Closure 执行步骤(1)初始化 X_S^+ 为空;执行步骤(2)把左部路径集为 X 的 XSFD 的右部路径集加入 X_S^+ 中,把满足伪传递规则的 XSFD 的右部路径集加入 X_S^+ 中;执行步骤(4)、步骤(5)步实现满足传递规则的 XSFD 右部路径集加入 X_S^+ 中。所以通过此算法所求得的路径集 X 的强闭包都是由 XSFD 推理规则集(1)~(4)推出的,满足定义,所以是正确的。

　　(可终止性)算法 Path_Strong_Closure 在执行步骤(2)循环的次数由 F 中 XSFD 的个数决定,F 的个数是有限的,所以执行步骤(2)步循环是可以终止的;在执行步骤(4)循环中,每遍对 F 的扫描可能有两个结果:$X(0)$ 与 $X(1)$ 相等或不相等。若两者相等,则执行步骤(5),退出此循环;若每遍扫描后 $X(0)$ 与 $X(1)$ 不等,则进行新的一轮扫描,显然每轮循环中 $X(0)$ 至少增加一个路径,且恒有 $X(0) \subseteq X(1) \subseteq P$。$P$ 是有限的全路径集合,设执行步骤(2)求得的结果 $X_S^+ = Q$,所以循环至多执行 $|P-Q|$ 轮后,$X(1)$ 中的路径个数不再增加,于是 $X(0) = X(1)$,循环条件不再满足,执行步骤(4)循环终止。所以算法 Path_Strong_Closure 是可终止的。

　　(时间复杂度分析)算法 Path_Strong_Closure 的时间复杂度主要由执行步骤(2)、步骤(4)的循环次数决定。执行步骤(2)循环的次数由双层循环决定,内、外层循环执行的次数由 F 中 XSFD 的个数决定,即为 n,最坏情况下总共执行次数为 n^2;算法执行步骤(4)每一轮扫描需要时间为 n,最坏情况是每轮扫描只有一个 XSFD 满足条件,只有一个新的全路径被加入 $X(1)$,共循环 n 次,于是执行第(4)步所用的时间总共为 n^2。所以算法总的时间复杂度为 $O(n^2)$。

　　下面给出规范 S 为 XSIND 范式的算法。

　　设 XML 数据库模式 $S = \{P_1, \cdots, P_n\}$,其中,P_i 满足 XSFD 范式,F_i 为 P_i 上的 XSFD 集合($i \in [1, n]$),$F = \{F_1, \cdots, F_n\}$。

　　算法 4.2　Normalization (S, F, I) {规范 S 为 XSIND 范式}

　　　　输入:XML 数据库模式 S,S 上的 XSFD 集合 F 和 S 上的非循环 XSIND 集合 I,$\Sigma = F \bigcup I$。

　　　　输出:满足 XSIND 范式的 S', I', F'。

　　　　begin

　　　　(1) $S' := S$;

　　　　　　$I' := I$;

$$F' := F;$$

(2) $V_s^+ := \varnothing;$

(3) for 每个 $P_i[X] \overset{s}{\subseteq} P_j[Y] \in I$　do

　　　for 每个 $V \overset{s}{\longrightarrow} W \in F_j$　do

　　　　if　$V \subset Y$　then

　　　　　　$V_s^+ := \text{Path\_Strong\_Closure}(V, F_j);$

　　　　　if　$V_s^+ \neq \varnothing$　then

　　　　　　　$CP_i := \varnothing;$

　　　　　　　$CP_j := \varnothing;$

　　　　　　　for (每个 $a \in V_s^+ \wedge a \in Y$) do

　　　　　　　　　$CP_i := CP_i \bigcup b;$

　　　　　　　　　$CP_j := CP_j \bigcup a;$

　　　　$S' := S' - P_i;$

　　　　$P_i := P_i - CP_i;$

　　　　$S' := S' + P_i;$

　　　　$I' := I' - P_i[X] \overset{s}{\subseteq} P_j[Y] + P_i[X - CP_i] \overset{s}{\subseteq} P_j[Y - CP_j];$

　　　　$F' := F' - F_i +$ 从 F_i 中删除以 A 为左部路径、右部路径为 CP_i 子集

　　　　的 XSFD 得到的结果;

(4) return(S', I', F');

　end.

定理 4.9　算法 Normalization 是正确的、可终止的,其时间复杂度为 $O(bmn^3)$,XSIND 的个数为 m,$F_1, \cdots, F_n$ 中 XSFD 的最多个数为 n,$P_1, \cdots, P_n$ 中全路径的最多个数为 b。

证明　(正确性)以 S 满足 XSFD 范式为前提,S 为 XSIND 范式的充要条件为 Σ 是化简的,即 F 和 I 互不影响。算法 Normalization 执行步骤 (3)找到相互影响的 XSFD 和 XSIND,删除冗余路径,最后得到 $\Sigma' = I' \bigcup F'$ 是化简的,S' 满足 XSIND 范式的充要条件。

(可终止性)算法 Normalization 执行步骤(3)由三层循环组成的,最外层循环次数由 XSIND 的个数决定的,而 XSIND 的个数是有限的,内一层循环执行的次数由 F_i 中 XSFD 的个数和子函数 Path_Strong_Closure 的时间复杂度决定,而 F_i 中 XSFD 的个数是有限的,子函数 Path_Strong_Closure 是可终止的;内二层循环的执行次数由 P_i 中的路径个数决定,而 P_i 中的路径个数也为有限的,所以算法 Normalization 是可终止的。

(时间复杂度分析)算法 Normalization 的时间复杂度主要由执行步骤(3)的循环次数决定。执行步骤(3)循环是由三层循环组成的,最外层循环次数由 XSIND 的个数决定,即为 m;内一层循环的执行次数由 F_i 中 XSFD 的个数和子函数

Path_Strong_Closure 的时间复杂度决定,而 $F_1,\cdots,F_n$ 中 XSFD 的最多个数为 n, 所以 Path_Strong_Closure 最坏情况下的时间复杂度为 $O(n^2)$,因此,内一层循环最坏情况下的时间复杂度为 $O(n^3)$;内二层循环的执行次数由 P_i 中的路径个数决定,由 $P_1,\cdots,P_n$ 中全路径的最多个数为 b,所以内二层循环最坏情况下执行的次数为 b,所以算法总的时间复杂度为 $O(bmn^3)$。证毕。

例 4.4 中的 XML 数据库模式 $S=\{P_1,P_2\}$,P_1、P_2 上的 XSFD 没有引起数据冗余,满足 XSFD 范式,但由例 4.4 分析表明 $S=\{P_1,P_2\}$ 上的 XSFD 和 XSIND 相互影响,存在路径冗余。为此,我们给出了 XSFD 和非循环 XSIND 互不影响的判定定理、XSIND 范式的定义、判定定理以及规范 XML 数据库模式为 XSIND 范式的算法。基于例 4.4,下面给出实例 4.6,该实例应用算法 4.2 把 $S=\{P_1,P_2\}$ 规范为 XSIND 范式,消除了 S 中的冗余路径,从而将 S 规范为一个更合理的模式设计。

例 4.6　由例 4.4 知 XML 数据库模式 $S=\{P_1,P_2\}$,$P_1=\{employees/employee/@ena,employees/employee/@dna\}$,$P_2=\{heads/head/@hna,heads/head/@dna\}$,$S$ 上的 XSIND 集合 $I=\{P_2[heads/head/@hna,heads/head/@dna]\overset{s}{\subseteq}P_1[employees/employee/@ena,employees/employee/@dna]\}$,$S$ 上的 XSFD 集合 $F=\{employees/employee/@ena\overset{s}{\longrightarrow}employees/employee/@dna,heads/head/@hna\overset{s}{\longrightarrow}heads/head/@dna\}$。全路径集合 $\{employees/employee/@ena,employees/employee/@dna\}$ 关于 F_1:$employees/employee/@ena\overset{s}{\longrightarrow}employees/employee/@dna$ 不是化简的,应用算法 4.2,删除冗余路径 $heads/head/@dna$,得到 XML 数据库模式为 $S'=\{P_2=\{heads/head/@hna\},P_1=\{employees/employee/@ena,employees/employee/@dna\}$,满足 S' 的不完全信息下 XML 数据库 d' 如图 4.17 所示。

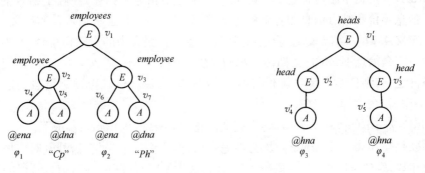

图 4.17　不完全信息下 XML 数据库 d'

S' 上的 XSFD 集合 $F' = \{employees/employee/@ena \xrightarrow{s} employees/employee/@dna\}$ 在 d' 上成立，S' 上的 XSIND 集合 $I' = P_2[heads/head/@hna] \overset{s}{\subseteq} P_1[employees/employee/@ena]$ 在 d' 上也成立，显然，$\Sigma' = F' \bigcup I'$ 为化简的，S' 满足 XSIND 范式。

通过前面的理论讨论和例 4.4、例 4.6 的分析表明，若 XML 数据库模式 S 满足 XSFD 范式，但 S 上的 XSFD 和非循环的 XSIND 相互影响，则存在冗余路径，不满足 XSIND 范式。通过应用算法 4.2，可消除该模式的冗余路径，规范为 XSIND 范式，由此避免了更新异常，实现了整个 XML 数据库模式更合理的设计。

4.4　不完全信息下 XML 强多值依赖

前面，重点讨论了不完全信息下 XML 强函数依赖的概念、性质以及相应的推理规则集。XML 强函数依赖有效地表达了不完全信息下 XML 文档树的元素之间、属性之间以及元素与属性之间的一对一、多对一联系，它是现实世界中广泛存在的一种数据约束，也是最为重要的一种数据约束，但 XML 强函数依赖还不能完全刻画现实世界中所有的数据约束关系。例如，不完全信息下 XML 文档树的元素之间、属性之间以及元素与属性之间存在一对多联系，此时，不能用 XML 强函数依赖来描述，这导致了 XML 强多值依赖概念的提出。同样，XML 强多值依赖会引起数据冗余，为了避免删除、插入、修改异常，保证数据的一致性，应该消除 XML 强多值依赖引起的数据冗余，但迄今为止还没有消除 XML 强多值依赖引起数据冗余的有效方法，本章对此问题进行了深入讨论。

本书中，用 $Parnt(p)$ 表示路径 p 的父路径；用 $paths(p)$ 表示通过路径 p 的路径结点集的集合；用 $Ancestor(v)$ 表示结点 v 的祖先集合。由于不完全信息的引入，XML 文档树中结点信息之间的关系不能只用相等来描述，在叶子结点上给出结点信息等价和结点信息相容新的定义，然后给出 XML 强多值依赖的定义。

定义 4.21　（结点信息等价）设 P 为一致路径集合中的全路径集合，T 为满足 P 的不完全信息下 XML 文档树。$p \in P$，在 T 中 $v_1, v_2 \in N(p)$，若 v_1, v_2 满足下面的条件之一，则称结点信息等价，记作 $val(v_1) \doteq_{in} val(v_2)$；否则称结点信息不等价，记作 $val(v_1) \neq_{in} val(v_2)$。

（1）若 $val(v_1)$ 和 $val(v_2)$ 均为完全信息，则 $val(v_1) = val(v_2)$ 成立。

（2）若 $val(v_1)$ 和 $val(v_2)$ 均为不完全信息，它们的语义信息相同（对应的实值个数相等，取值范围相同）。进行不完全信息代换时，$val(v_1)$ 和 $val(v_2)$ 代换为同一完全信息。

定义 4.22　（结点信息相容）设 T, P, p, v_1, v_2 的意义同定义 4.21。若 v_1, v_2

满足下面的条件之一,则称结点信息相容,记作 $val(v_1) \doteq_{in} val(v_2)$;否则称结点信息不相容,记作 $val(v_1) \neq_{in} val(v_2)$。

(1) $val(v_1) \doteq_{in} val(v_2)$。

(2) 若 $val(v_2)$ 为完全信息,$val(v_1)$ 为不完全信息,至少存在一个不完全信息代换过程,使 $val(v_1) = val(v_2)$ 成立。

(3) 若 $val(v_1)$ 和 $val(v_2)$ 均为不完全信息,且它们限定的代换范围的交集不是空的,即至少有一种不完全信息代换过程,使 $val(v_1) = val(v_2)$ 成立。

定义 4.23　设 P 为一致路径集合中的全路径集合,T 为满足 P 的不完全信息下 XML 文档树。函数 $AAncestor(v) = v \bigcup Ancestor(v)$ 返回结点 v 的祖先结点(包括 v),其中,$v \in V$;函数 $Nodes(v, p) = \{v' \mid v' \in N(p) \wedge v \in AAncestor(v')\}$ 返回通过 p 的路径结点集的最后结点 v' 且满足 v 恰好是 v' 的祖先结点,其中,$v \in V, p \in P$。

定义 4.24　(T 满足 $p \xrightarrow{S} q \mid r$)设 P 为一致路径集合中的全路径集合,T 为满足 P 的不完全信息下 XML 文档树。$p, q, r \in P$,通过 P 的 XSMVD 的表示形式为 $p \xrightarrow{S} q \mid r$,对于在 T 中任意两个不同的路径结点集 $v_1, \cdots, v_n, w_1, \cdots, w_n \in paths(q)$,若满足如下条件:

(1) $val(v_n) \neq_{in} val(w_n)$。

(2) $val(z_1) \neq_{in} val(z_2)$,其中,$z_1 \in Nodes(x_{11}, r), z_2 \in Nodes(y_{11}, r), x_{11} = \{v \mid v \in \{v_1, \cdots, v_n\} \wedge v \in N(r \bigcap q)\}, y_{11} = \{v \mid v \in \{w_1, \cdots, w_n\} \wedge v \in N(r \bigcap q)\}$。

(3) $val(z_3) \doteq_{in} val(z_4)$,其中,$z_3 \in Nodes(x_{111}, p), z_4 \in Nodes(y_{111}, p)$, $x_{111} = \{v \mid v \in \{v_1, \cdots, v_n\} \wedge v \in N(p \bigcap r \bigcap q)\}, y_{111} = \{v \mid v \in \{w_1, \cdots, w_n\} \wedge v \in N(p \bigcap r \bigcap q)\}$。

则在 T 中必存在通过 q 的路径结点集 $v_1', \cdots, v_n'$(可以与 $v_1, \cdots, v_n$、$w_1, \cdots, w_n$ 相同)和 $w_1', \cdots, w_n'$(可以与 $v_1, \cdots, v_n$、$w_1, \cdots, w_n$ 相同)满足如下条件:

(4) $val(v_n) \doteq_{in} val(v_n'), val(z_1') \doteq_{in} val(z_2), val(z_3') \doteq_{in} val(z_3)$ 同时成立,其中,$z_1' \in Nodes(x_{11}', r), z_3' \in Nodes(x_{111}', p), x_{11}' = \{v \mid v \in \{v_1', \cdots, v_n'\} \wedge v \in N(r \bigcap q)\}, x_{111}' = \{v \mid v \in \{v_1', \cdots, v_n'\} \wedge v \in N(p \bigcap r \bigcap q)\}$。

(5) $val(w_n) \doteq_{in} val(w_n'), val(z_2') \doteq_{in} val(z_1), val(z_4') \doteq_{in} val(z_4)$ 同时成立,其中,$z_2' \in Nodes(y_{11}', r), z_4' \in Nodes(y_{111}', p), y_{11}' = \{v \mid v \in \{w_1', \cdots, w_n'\} \wedge v \in N(r \bigcap q)\}, y_{111}' = \{v \mid v \in \{w_1', \cdots, w_n'\} \wedge v \in N(p \bigcap r \bigcap q)\}$。

则称 XSMVD $p \xrightarrow{S} q \mid r$ 在 T 上成立,也称 T 满足 $p \xrightarrow{S} q \mid r$。

4.5　不完全信息 XML 文档树满足 XSMVD 范式的条件

本节采用改变结点信息来判断数据是否存在冗余的方法,给出了不完全信息下 XML 文档树满足 XSMVD 范式的条件,提出了满足该条件的不完全信息下 XML 文档树无数据冗余的判定定理,且进行了证明。

定义 4.25 (结点有效改变)设 P 为一致路径集合中的全路径集合,T 为满足 P 的不完全信息下 XML 文档树。v 为 T 中的叶子结点,若 v 改变成 v' 产生新的不完全信息下 XML 文档树为 T' 且 T' 满足 $val(v') \neq_m val(v)$,则称结点 v 有效地改变为 v'。

定理 4.10 设 T 满足 XSMND $p \xrightarrow{S} q \mid r$,结点 v 有效地改变为 v' 产生新的不完全信息下 XML 文档树为 T',下列结论成立:

(1) 若 $v \notin N(p),v \notin N(q),v \notin N(r)$ 同时成立,则 $p \xrightarrow{S} q \mid r$ 在 T' 上恒成立。

(2) 若 $v \in N(p)$ 成立,则 $p \xrightarrow{S} q \mid r$ 在 T' 上不一定成立。

证明 先证明(1)。

由结点 v 有效地改变为 v' 产生新的不完全信息下 XML 文档树为 T',又由 $v \notin N(q),v \notin N(r),v \notin N(p)$ 同时成立,则根据 XSMVD 的定义,结点 v 有效地改变为 v' 不会影响 $p \xrightarrow{S} q \mid r$ 在 T' 上的成立,所以 T 满足 $p \xrightarrow{S} q \mid r$,故 T' 也满足 $p \xrightarrow{S} q \mid r$。

其次,证明(2)。

由结点 v 有效地改变为 v' 产生新的不完全信息下 XML 文档树为 T',根据结点有效改变的定义,$val(v') \neq_m val(v)$。若在 T 中没有与 v 信息相容的结点,则在 T' 中与 v' 信息相容的结点不一定不存在,根据 XSMVD 的定义,T 满足 $p \xrightarrow{S} q \mid r$ 得 T' 不一定满足 $p \xrightarrow{S} q \mid r$;若在 T 中与 v 信息相容的结点存在,则在 T' 中与 v' 相容的结点也不一定存在,根据 XSMVD 的定义,$p \xrightarrow{S} q \mid r$ 在 T 上成立得 $p \xrightarrow{S} q \mid r$ 在 T' 上不一定成立。所以若 $v \in N(p)$ 成立,则 $p \xrightarrow{S} q \mid r$ 在 T' 上不一定成立。

综上所述,结论成立。证毕。

通过定理 4.1 可得,若 $p \xrightarrow{S} q \mid r$ 在 T 上成立且 T 中有冗余数据,结点 v 有效地改变为 v' 产生不完全信息下 XML 文档树为 T',根据 XSMVD 的定义,只有当 $v \in N(q)$ 或 $v \in N(r)$ 时,才会必然影响 $p \xrightarrow{S} q \mid r$ 在 T' 上是否成立。

定义 4.26 设 P 为一致路径集合中的全路径集合,T 为满足 P 的不完全信息下 XML 文档树。$p,q,r \in P$ 且 XSMND:$p \xrightarrow{S} q \mid r$ 在 T 上成立。$v \in T$,当 $v \in N(q)$ 或 $v \in N(r)$ 时,结点 v 有效地改变为 v' 产生新的不完全信息下 XML 文档树 T',若 XSMND:$p \xrightarrow{S} q \mid r$ 在 T' 上不成立,则称 $p \xrightarrow{S} q \mid r$ 在 T 中引起了

数据冗余。

定义 4.27　(强键路径)设 P 为一致路径集合中的全路径集合,T 为满足 P 的不完全信息下 XML 文档树。路径 $p \in P$,在 T 中任意两个结点 v_1,v_2 且满足 v_1,$v_2 \in N(p)$,若 $val(v_1) \doteq_{in} val(v_2)$,则称 p 为强键路径。

定义 4.28　(层次化的 XSMVD)给定 XSMVD:$p \xrightarrow{S} q \mid r$,若 $Parnt(p)$ 是 q 和 r 的严格前缀路径,则称 $p \xrightarrow{S} q \mid r$ 是层次化的 XSMVD。

定义 4.29　(T 满足 XSMVD 范式)设 P 为一致路径集合中的全路径集合,T 为满足 P 的不完全信息下 XML 文档树。M 为 P 上的层次化的 XSMVD 集合且 T 满足 M。若任意 XSMVD $p \xrightarrow{S} q \mid r \in M$,满足下列条件之一,则称 T 满足 XSMVD 范式:

① q 和 r 均是强键路径;

② p 是强键路径并且 $q \bigcap r = Parnt(p)$。

定理 4.11　设 P 为一致路径集合中的全路径集合,T 为满足 P 的不完全信息下 XML 文档树。M 为 P 上的层次化的 XSMVD 集合。若 T 满足 XSMVD 范式,则 M 在 T 中不会引起数据冗余。

证明　(1)证明 T 满足定义 4.29 成立的条件①时,M 在 T 中不会引起数据冗余(反证法)。

假设在 M 中存在某个 XSMVD $p \xrightarrow{S} q \mid r$ 在 T 中引起数据冗余,其中 q,r 都是强键路径。通过假设知 T 满足 XSMVD:$p \xrightarrow{S} q \mid r$,$v \in T$,结点 v 有效地改变为 v' 产生新的不完全信息下 XML 文档树为 T',T' 不满足 XSMVD:$p \xrightarrow{S} q \mid r$。

首先,证明当 $v \in N(q)$ 成立时,(1)成立。

由 T' 不满足 XSMVD $p \xrightarrow{S} q \mid r$,在 T' 中存在两个不同的路径结点集 v_1,$\cdots$,$v_n(v_n = v')$,w_1,$\cdots$,$w_n \in paths(q)$,若满足如下条件:

① $val(v') \doteq_{in} val(w_n)$。

② $val(z_1) \doteq_{in} val(z_2)$,其中,$z_1 \in Nodes(x_{11}, r)$,$z_2 \in Nodes(y_{11}, r)$,$x_{11} = \{v \mid v \in \{v_1, \cdots, v_n\} \wedge v \in N(r \bigcap q)\}$,$y_{11} = \{v \mid v \in \{w_1, \cdots, w_n\} \wedge v \in N(r \bigcap q)\}$。

③ $val(z_3) \doteq_{in} val(z_4)$,其中,$z_3 \in Nodes(x_{111}, p)$,$z_4 \in Nodes(y_{111}, p)$,$x_{111} = \{v \mid v \in \{v_1, \cdots, v_n\} \wedge v \in N(p \bigcap r \bigcap q)\}$,$y_{111} = \{v \mid v \in \{w_1, \cdots, w_n\} \wedge v \in N(p \bigcap r \bigcap q)\}$。

则在 T' 中不存在通过 q 的路径结点集 v_1',$\cdots$,v_n' 满足下面条件:

④ $val(v') \doteq_{in} val(v_n')$。同时,在 $Nodes(x_{11}', r)$ 中不存在结点 z_1' 满足 $val(z_1') \doteq_{in} val(z_2)$,在 $Nodes(x_{111}', p)$ 中不存在结点 z_3' 满足 $val(z_3') \doteq_{in} val(z_3)$,其

中，$x'_{11} = \{v \mid v \in \{v'_1, \cdots, v'_n\} \wedge v \in N(r \bigcap q)\}$，$x'_{111} = \{v \mid v \in \{v'_1, \cdots, v'_n\} \wedge v \in N(p \bigcap r \bigcap q)\}$。

或者在 T' 中不存在通过 q 的路径结点集 $w'_1, \cdots, w'_n$ 满足下面条件：

⑤ $val(w'_n) \doteq_{in} val(w_n)$。同时，在 $Nodes(y'_{11}, r)$ 中不存在结点 z'_2 满足 $val(z'_2) \doteq_{in} val(z_1)$，在 $Nodes(y'_{111}, p)$ 中不存在结点 z'_4 满足 $val(z'_4) \doteq_{in} val(z_4)$，其中，$y'_{11} = \{v \mid v \in \{w'_1, \cdots, w'_n\} \wedge v \in N(r \bigcap q)\}$，$y'_{111} = \{v \mid v \in \{w'_1, \cdots, w'_n\} \wedge v \in N(p \bigcap r \bigcap q)\}$。

由假设知 $v_1, \cdots, v_n (v_n = v)$ 和 $w_1, \cdots, w_n$ 为 T 中通过 q 的两个不同路径结点集，由 q 是 T 中的强键路径得 $val(v) \not\doteq_{in} val(w_n)$，得 T 满足定义 4.24 的条件(1)。由 T 中只有 v 发生了改变，故得 T 中的结点 $z_1, z_2, z_3, z_4, x_{11}, y_{11}, x_{111}, y_{111}$ 与 T' 中的相同，所以在 T 中存在 $z_1 \in Nodes(x_{11}, r)$ 和 $z_2 \in Nodes(y_{11}, r)$（其中 x_{11}, y_{11} 的意义同上）满足 $val(z_1) \not\doteq_{in} val(z_2)$，得 T 满足定义 4.24 的条件(2)，类似地，在 T 中存在 $z_3 \in Nodes(x_{111}, p)$ 和 $z_4 \in Nodes(y_{111}, p)$（其中 x_{111}, y_{111} 的意义同上）满足 $val(z_3) \doteq_{in} val(z_4)$，得 T 满足定义 4.24 的条件(3)。根据 XSMVD 的定义及 T 满足 $p \xrightarrow{\;S\;} q \mid r$ 得：

在 T 中，存在通过 q 的路径结点集 $v'_1, \cdots, v'_n$ 和 $w'_1, \cdots, w'_n$ 且满足如下条件：

⑥ $val(v) \doteq_{in} val(v'_n)$，$val(z'_1) \doteq_{in} val(z_2)$，$val(z'_3) \doteq_{in} val(z_3)$ 同时成立，其中，$z_1 \in Nodes(\hat{x}'_{11}, r)$，$z''_3 \in Nodes(\hat{x}'_{111}, p)$，$\hat{x}'_{11} = \{v \mid v \in \{v'_1, \cdots, v'_n\} \wedge v \in N(r \bigcap q)\}$，$\hat{x}'_{111} = \{v \mid v \in \{v'_1, \cdots, v'_n\} \wedge v \in N(p \bigcap r \bigcap q)\}$。

⑦ $val(w'_n) \doteq_{in} val(w_n)$，$val(z''_2) \doteq_{in} val(z_1)$，$val(z''_4) \doteq_{in} val(z_4)$ 同时成立，其中，$z''_2 \in Nodes(\hat{y}'_{11}, r)$，$z''_4 \in Nodes(\hat{y}'_{111}, p)$，$\hat{y}'_{11} = \{v \mid v(\{w'_1, \cdots, w'_n\}) \wedge v \in N(r \bigcap q)\}$，$\hat{y}'_{111} = \{v \mid v \in \{w'_1, \cdots, w'_n\} \wedge v \in N(p \bigcap r \bigcap q)\}$。

为了证明 M 在 T 中不会引起数据冗余，下面证明在 T 中 $v'_1, \cdots, v'_n$ 与 $v_1, \cdots, v_n (v_n = v)$ 不同并且 $w'_1, \cdots, w'_n$ 与 $w_1, \cdots, w_n$ 也不同（反证法）。

假设在 T 中 $v'_1, \cdots, v'_n$ 与 $v_1, \cdots, v_n (v_n = v)$ 相同并且 $w'_1, \cdots, w'_n$ 与 $w_1, \cdots, w_n$ 也相同，由结点 v 到 v' 有效改变的定义，得到在 T' 中 $v'_1, \cdots, v'_n$ 与 $v_1, \cdots, v_n (v_n = v')$ 相同，$w'_1, \cdots, w'_n$ 与 $w_1, \cdots, w_n$ 也相同。若 T' 中 $v_1, \cdots, v_n (v_n = v'), w_1, \cdots, w_n \in paths(q)$ 满足如下条件：

① $val(v') \not\doteq_{in} val(w_n)$。

② $val(z_1) \not\doteq_{in} val(z_2)$，其中，$z_1, z_2$ 的意义同上。

③ $val(z_3) \doteq_{in} val(z_4)$，其中，$z_3, z_4$ 的意义同上。

则在 T' 中通过 q 的路径结点集 $v'_1, \cdots, v'_n$（与 $v_1, \cdots, v'$ 相同）和 $w'_1, \cdots, w'_n$（与 $w_1, \cdots, w_n$ 相同）也满足如下条件：

④ $val(v') \doteq_{in} val(v'_n)$，$val(z''_1) \doteq_{in} val(z_2)$，$val(z''_3) \doteq_{in} val(z_3)$ 同时成立，其

中，$z''_1 \in Nodes(\hat{x}'_{11}, r)$，$z''_3 \in Nodes(\hat{x}'_{111}, p)$，$\hat{x}'_{11} = \{v \mid v \in \{v'_1, \cdots, v'_n\} \wedge v \in N(r \cap q)\}$，$\hat{x}'_{111} = \{v \mid v \in \{v'_1, \cdots, v'_n\} \wedge v \in N(p \cap r \cap q)\}$。

⑤ $val(w'_n) \doteq_{in} val(w_n)$，$val(z''_2) \doteq_{in} val(z_1)$，$val(z''_4) \doteq_{in} val(z_4)$ 同时成立，其中，$z''_2 \in Nodes(\hat{y}'_{11}, r)$，$z''_4 \in Nodes(\hat{y}'_{111}, p)$，$\hat{y}'_{11} = \{v \mid v \in \{w'_1, \cdots, w'_n\} \wedge v \in N(r \cap q)\}$，$\hat{y}'_{111} = \{v \mid v \in \{w'_1, \cdots, w'_n\} \wedge v \in N(p \cap r \cap q)\}$。

则 XSMVD：$p \xrightarrow{S} q \mid r$ 在 T' 上成立，与假设相矛盾。所以在 T 中 $v'_1, \cdots, v'_n$ 与 $v_1, \cdots, v_n$ 不同并且 $w'_1, \cdots, w'_n$ 与 $w_1, \cdots, w_n$ 也不同成立。又由 $val(v) \doteq_{in} val(v'_n)$、$val(w'_n) \doteq_{in} val(w_n)$ 成立得 q 不是强键路径，与已知 q 为强键路径相矛盾，所以 XSMVD：$p \xrightarrow{S} q \mid r$ 引起冗余不成立，即 M 引起冗余不成立。

类似地，可以证明当 $v \in N(r)$ 成立时，M 在 T 中不会引起数据冗余也成立。

(2) 证明 T 满足定义 4.29 成立的条件②时，M 在 T 中不会引起数据冗余。

首先，证明当 $v \in N(q)$ 时，(2)成立。

设任意 XSMVD：$p \xrightarrow{S} q \mid r \in M$，由 T 满足 M 得 T 满足 XSMVD：$p \xrightarrow{S} q \mid r$。由 XSMVD：$p \xrightarrow{S} q \mid r$ 在 T 上成立得：若在 T 中存在通过 q 的任意两个不同的路径结点集 $v_1, \cdots, v_n(v_n = v)$ 和 $w_1, \cdots, w_n$ 满足如下条件：

① $val(v) \neq_{in} val(w_n)$。

② $val(z_1) \neq_{in} val(z_2)$，其中，$z_1 \in Nodes(x_{11}, r)$，$z_2 \in Nodes(y_{11}, r)$，$x_{11} = \{v \mid v \in \{v_1, \cdots, v_n\} \wedge v \in N(r \cap q)\}$，$y_{11} = \{v \mid v \in \{w_1, \cdots, w_n\} \wedge v \in N(r \cap q)\}$。

③ $val(z_3) \doteq_{in} val(z_4)$，其中，$z_3 \in Nodes(x_{111}, p)$，$z_4 \in Nodes(y_{111}, p)$，$x_{111} = \{v \mid v \in \{v_1, \cdots, v_n\} \wedge v \in N(p \cap r \cap q)\}$，$y_{111} = \{v \mid v \in \{w_1, \cdots, w_n\} \wedge v(N(p \cap r \cap q)\}$。

则存在通过 q 的两个路径结点集 $v'_1, \cdots, v'_n, w'_1, \cdots, w'_n$ 满足如下条件：

④ $val(v) \doteq_{in} val(v'_n)$，$val(z'_1) \doteq_{in} val(z_2)$，$val(z'_3) \doteq_{in} val(z_3)$ 同时成立，其中，$z'_1 \in Nodes(x'_{11}, r)$，$z'_3 \in Nodes(x'_{111}, p)$，$x'_{11} = \{v \mid v \in \{v'_1, \cdots, v'_n\} \wedge v \in N(r \cap q)\}$，$x'_{111} = \{v \mid v \in \{v'_1, \cdots, v'_n\} \wedge v \in N(p \cap r \cap q)\}$。

⑤ $val(w'_n) \doteq_{in} val(w_n)$，$val(z'_2) \doteq_{in} val(z_1)$，$val(z'_4) \doteq_{in} val(z_4)$ 同时成立，其中，$z'_2 \in Nodes(y'_{11}, r)$，$z'_4 \in Nodes(y'_{111}, p)$，$y'_{11} = \{v \mid v \in \{w'_1, \cdots, w'_n\} \wedge v \in N(r \cap q)\}$，$y'_{111} = \{v \mid v \in \{w'_1, \cdots, w'_n\} \wedge v \in N(p \cap r \cap q)\}$。

已知 p 是强键路径，由 $val(z_3) \doteq_{in} val(z_4)$，$val(z'_3) \doteq_{in} val(z_3)$，$val(z'_4) \doteq_{in} val(z_4)$ 得 z_3, z_4, z'_3 和 z'_4 为同一结点。又由 $q \cap r = Parnt(p)$ 得 $x_{11} = x'_{11} = y_{11} = y'_{11} = x_{111} = y_{111} = x'_{111} = y'_{111}$，$v'_1, \cdots, v'_n$ 与 $v_1, \cdots, v_n(v_n = v)$ 相同并且 $w'_1, \cdots, w'_n$ 与 $w_1, \cdots, w_n$ 也相同都成立。由结点 v 有效地改变为 v' 产生新的不完全信息下 XML 文档树 T'，则 T' 也满足 XSMVD：$p \xrightarrow{S} q \mid r$，所以 M 不会引起冗余成立，故(2)成立。

类似地,可以证明当 $v \in N(r)$ 成立时,M 不会引起冗余也成立。

综合以上讨论,T 满足定义 4.29 成立的条件①和②时,M 在 T 中不会引起数据冗余,故结论成立。证毕。

4.6　规范不完全信息 XML 文档树为 XSMVD 范式

选择路径集合为不完全信息下 XML 数据库模式,满足路径集合的不完全信息下 XML 文档树可以出现多个,不是所有的不完全信息下 XML 文档树都出现数据冗余,所以选择对不完全信息下 XML 文档树规范化。

为了方便描述规范化算法,若 M 中所有层次化的 XSMVD 的左右部路径构成的路径集合为 $\hat{P}$,本节限定不完全信息下 XML 文档树 T 为满足 $\hat{P}$ 的最大子树的并集。若用树来描述层次化的 XSMVD:$p \xrightarrow{S} q \mid r$ 中的路径 p,q,r,则 p,q,r 在同一子树上并且没有其他路径属于以路径 $Parnt(p)$ 的最后结点为根的子树。本节根据此特点和上节的结论提出对存在层次化的 XSMVD 的不完全信息下 XML 文档树进行规范化的算法。

设不完全信息下 XML 文档树 T 满足层次化的 XSMVD 的集合 M(个数为 m),设 $p \xrightarrow{S} q \mid r$ 为 M 中的第 i 个 XSMVD,根据 $p \xrightarrow{S} q \mid r$ 把 T 划分成满足 $\{p, q, r\}$ 的最大子树的集合 $\{T_{i1}, \cdots, T_{in}\}$,$n$ 随着 XSMVD 的不同而不同,在 $\{T_{i1}, \cdots, T_{in}\}$ 中通过 p,q 和 r 的路径结点集集合分别为 $\{s_{i1}, \cdots, s_{in}\}$、$\{t_{i1}, \cdots, t_{in}\}$ 和 $\{u_{i1}, \cdots, u_{in}\}$。限定 T 满足定义 4.24 的条件(3)为结点信息等价或者为不相等;用 $Parent(v)$ 表示结点 v 的父亲结点;用函数 $Last(s)$ 表示路径结点集 s 的最后结点,下面给出实现的算法。

算法 4.3　Normalization(M,T)〔规范存在层次化的 XSMVD 的不完全信息下 XML 文档树为 XSMVD 范式〕

输入:层次化的 XSMVD 集合 M,满足 M 的不完全信息下 XML 文档树 T。

输出:满足 XSMVD 范式的不完全信息下 XML 文档树 T'。

begin

(1) $T' := \varnothing$;

(2) for 每个 XSMVD:$p \xrightarrow{S} q \mid r$ do

　　　$S := \{s_{i1}, \cdots, s_{in}\}$;

　　　for 每个 $s_{ia} \in S$ do

　　　　$s'_{ia} := s_{ia}$;

　　　　$t'_{ia} := t_{ia}$;

　　　　$u'_{ia} := u_{ia}$;

　　　　$T' := T' \cup s'_{ia} \cup t'_{ia} \cup u'_{ia}$;

if $Parnt(p)\neq q\bigcap r$ then

　　　$Parent(Parent(Last(u_{ia}^{\prime})));=Parent(Last(s_{ia}^{\prime}));$

　　　在 $T^{\prime}$ 中的 $u_{ia}^{\prime}$ 为修改后的 $u_{ia}^{\prime}$；

　　　在 $T^{\prime}$ 中的路径 r 为修改后的 r；

for 每个 $s_{ib}\in S$ and $s_{ib}\neq s_{ia}$ do

　　if $(val(Last(s_{ia}))\doteq_{in}val(Last(s_{ib}))$ then

　　if $val(Last(t_{ia}))\neq_{in}val(Last(t_{ib}))$ and $val(Last(t_{ib}))$ 不与 $T^{\prime}$ 中通过 q 的任何路径结点集的最后结点信息相容 then

　　　$x;=Last(t_{ib})$；

　　　$Parent(x);=Parent(Last(t_{ia}^{\prime}))$；

　　　if $val(Last(u_{ia}))\neq_{in}val(Last(u_{ib}))$ and $val(Last(u_{ib}))$ 不与 $T^{\prime}$ 中通过 r 的任何路径结点集的最后结点信息相容　 then

　　　　$y;=Last(u_{ib})$

　　　　$Parent(y);=Parent((Last(u_{ia}^{\prime})))$；

　　　　$S;=S-s_{ib}$；

　　$S;=S-s_{ia}$；

(3) return$(T^{\prime})$；

end.

定理 4.12　算法 Normalization 是正确的、可终止的,时间复杂度为 $O(md^2)$。其中,m 为 M 中 XSMVD 的个数,d 为 T 的最大子树集合$\{T_{i1},\cdots,T_{in}\}$ 中 n 的最大取值,即 d 为 T 中最大子树的最多个数。

证明　（正确性）算法 Normalization 首先初始化 $T^{\prime}$ 为空,对 M 中的每个 $p\xrightarrow{S}q\mid r$（设为第 i 个）,进行操作如下:首先对 S 中的 s_{ia} 所在的子树 T_{ia} 加入到 $T^{\prime}$ 中,接着判断 $Parnt(p)\neq q\bigcap r$ 是否成立。若满足,在 $T^{\prime}$ 中通过移动结点实现 $Parnt(p)=q\bigcap r$。然后 s_{ia} 与 s_{ib}（不同 s_{ia}）进行比较,若不等价,则在 S 中选择另一个 s_{ic}（不同 s_{ia} 且 $c\leqslant n$）,重新比较;若 $val(Last(s_{ia}))\doteq_{in}val(Last(s_{ib}))$ 成立,比较 t_{ia} 和 t_{ib},若 $val(Last(t_{ia}))\neq_{in}val(Last(t_{ib}))$ 且 $val(Last(t_{ib}))$ 不与 $T^{\prime}$ 中通过 q 的任何路径结点集的最后结点信息值相容,则复制 t_{ib} 的最后结点为 $t_{ia}^{\prime}$（$t_{ia}^{\prime}\in T^{\prime}$）最后结点的父亲结点的孩子;最后比较 u_{ia} 和 u_{ib},若 $val(Last(u_{ia}))\neq_{in}val(Last(u_{ib}))$ 且 $val(Last(u_{ib}))$ 不与 $T^{\prime}$ 中通过 r 的任何路径结点集的最后结点信息值相容,则复制 u_{ib} 的最后结点为 $u_{ia}^{\prime}$（$u_{ia}^{\prime}\in T^{\prime}$）最后结点的父亲结点的孩子。进一步,从 S 中去掉 s_{ib},再从 S 中选择不同 s_{ia} 的 s_{ib},重新比较,直到 S 中没有与 s_{ia} 的最后结点信息值等价的 s_{ib},把 s_{ia} 从 S 中去掉,再从 S 中选择 s_{ia}。重复执行以上操作,最后的 $T^{\prime}$ 满足 q,r 都是强键路径,所以满足 XSMVD 范式的条件。对于 p 上的任意两个不同的路径结点集 s_{ia},s_{ib} 且满足 XSMVD 定义的条件,若不存在 $val(Last(s_{ia}))$ 与 $val(Last(s_{ib}))$ 相容,则 $val(Last(s_{ia}))$ 与 $val(Last(s_{ib}))$ 等价或者 $val(Last(s_{ia}))$ 与 val

($Last(s_{\text{首}})$)不相等,所以这种情况下通过算法 Normalization 得到的 T' 满足 p 是强键路径且 $Parnt(p)=q\bigcap r$,也满足 XSMVD 范式的条件。再通过最外层 for 循环之后,对 M 中的每一个 XSMVD,T' 都满足 XSMVD 的范式,所以此算法最后得到的 T' 满足 XSMVD 范式。

(可终止性)算法 Normalization 由三重循环构成,最外层循环由 XSMVD 的个数决定,内两层循环由不完全信息下 XML 文档树是否有限决定,由于 XSMVD 的个数和不完全信息下 XML 文档树都是有限的,所以算法是可终止的。

(时间复杂度分析)算法 Normalization 由三重循环构成,最外层循环执行的次数由 XSMVD 的个数决定,即为 m。次外层循环执行的次数由最大子树的个数决定,设最大子树的最多个数为 d 并且为 4 的倍数,在最好情况下,次外层循环第 1 次执行时,最内层循环执行 $d-1$ 次,次外层循环第 2 次执行时,最内层循环执行 $d-5$ 次,次外层循环第 3 次执行时,最内层循环执行 $d-9$ 次,以此类推,次外层循环最后一次执行时,最内层循环执行 3 次。又因为次外层循环总共执行 $d/4$ 次,则总执行的次数为 $m(d^2+2d)/8$;在最坏情况下,次外层循环第 1 次执行时,最内层循环执行 $d-1$ 次,次外层循环第 2 次执行时,最内层循环执行 $d-2$ 次,次外层循环第 3 次执行时,最内层循环执行 $d-3$ 次。以此类推,次外层循环最后一次执行时,最内层循环执行 1 次,又因为次外层循环总共执行 $d-1$ 次,则总执行的次数为 $m(d^2-d)/2$,故算法总的时间复杂度为 $O(md^2)$。证毕。

根据所讨论的理论,本节给出相应的实例,并对其进行分析。

例 4.7　下面给出一个描述学校课程安排情况的不完全信息下 XML 文档树 T_1,如图 4.18 所示。

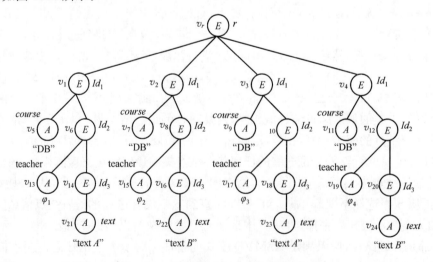

图 4.18　不完全信息下 XML 文档树 T_1

T_1 存储每个课程（$course$）由哪些老师（teacher）讲授以及对应哪些教材（$text$）。课程"DB"由哪些老师讲授目前还没定下来，但知道可能为｛"$Mary$"，"$John$"，"$Jone$"，"$Smith$"｝中的两个。不完全信息语义范围为 $\varphi_1 = \varphi_2 = \{$"$Mary$"，"$John$"｝，$\varphi_3 = \varphi_4 = \{$"$Jone$"，"$Smith$"｝。

按图 4.18 取通过 $r/Id_1/Id_2/teacher$ 的路径结点集 v_r-v_1-v_6-v_{13} 和 v_r-v_4-v_{12}-v_{19}，满足如下条件：

(1) $val(v_{13}) = \varphi_1$，$val(v_{19}) = \varphi_4$，$val(v_{13}) \neq_{in} val(v_{19})$。

(2) $val(v_{21}) = $"text A"，$val(v_{24}) = $"text B"，$val(v_{21}) \neq_{in} val(v_{24})$。其中，$v_{21} \in Nodes(x_{11}, r/Id_1/Id_2/Id_3/text)$，$v_{24} \in Nodes(y_{11}, r/Id_1/Id_2/Id_3/text)$，$x_{11} = v_6$，$y_{11} = v_{12}$。

(3) $val(v_5) = $"DB"，$val(v_{11}) = $"DB"，$val(v_5) \doteq_{in} val(v_{11})$。其中，$v_5 \in Nodes(x_{111}, r/Id_1/course)$，$v_{11} \in Nodes(y_{111}, r/Id_1/course)$，$x_{111} = v_1$，$y_{111} = v_4$。

可以找到通过 $r/Id_1/Id_2/teacher$ 的路径结点集 v_r-v_2-v_8-v_{15} 和 v_r-v_3-v_{10}-v_{17}，如图 4.18 所示。满足如下条件：

(4) $val(v_{15}) = \varphi_2$，$val(v_{13}) = \varphi_1$，$val(v_{15}) \doteq_{in} val(v_{13})$，$val(v_{22}) \doteq_{in} val(v_{24})$ = "text B"，$val(v_7) \doteq_{in} val(v_5)$ 同时成立。其中，$v_{22} \in Nodes(x'_{11}, r/Id_1/Id_2/Id_3/text)$，$v_7 \in Nodes(x'_{111}, r/Id_1/course)$，$x'_{11} = v_8$，$x'_{111} = v_2$。

(5) $val(v_{17}) = \varphi_3$，$val(v_{19}) = \varphi_4$，$val(v_{17}) \doteq_{in} val(v_{19})$，$val(v_{23}) \doteq_{in} val(v_{21})$ = "text A"，$val(v_9) \doteq_{in} val(v_{11})$ 同时成立。其中，$v_{23} \in Nodes(y'_{11}, r/Id_1/Id_2/Id_3/text)$，$v_9 \in Nodes(y'_{111}, r/Id_1/course)$，$y'_{11} = v_{10}$，$y'_{111} = v_3$。

不难看出，图 4.18 取通过路径 $r/Id_1/Id_2/teacher$ 的路径结点集 v_r-v_2-v_8-v_{15} 和 v_r-v_3-v_{10}-v_{17}，也同样满足 XSMVD 的条件（1）～（5），故 T_1 满足 XSMVD：$r/Id_1/course \xrightarrow{S} r/Id_1/Id_2/teacher \mid r/Id_1/Id_2/Id_3/text$。

从图 4.18 可以看出 $Parnt(r/Id_1/course)$ 是 $r/Id_1/Id_2/teacher$ 和 $r/Id_1/Id_2/Id_3/text$ 的严格前缀路径，所以 $r/Id_1/course \xrightarrow{S} r/Id_1/Id_2/teacher \mid r/Id_1/Id_2/Id_3/text$ 是层次化的 XSMVD。但是在 T_1 中 $r/Id_1/Id_2/teacher$ 和 $r/Id_1/Id_2/Id_3/text$ 都不是强键路径且 $r/Id_1/course$ 也不是强键路径，不满足 XSMVD 范式的条件，所以 XSMVD：$r/Id_1/course \xrightarrow{S} r/Id_1/Id_2/teacher \mid r/Id_1/Id_2/Id_3/text$ 引起了数据冗余。从图 4.18 也可以看出，的确存在冗余数据。

例 4.8　不完全信息下 XML 文档树 T_1 通过算法 4.3 得到的不完全信息下 XML 文档树 T_2 如图 4.19 所示。其不完全信息的语义范围为 $\varphi_1 = \{$"$Mary$"，"$John$"｝，$\varphi_2 = \{$"$Jone$"，"$Smith$"｝。

按图 4.19 取通过 $r/Id_1/Id_2/teacher$ 的路径结点集 v_r-v_1-v_3-v_5 和 v_r-v_1-v_3-v_6，则满足如下条件：

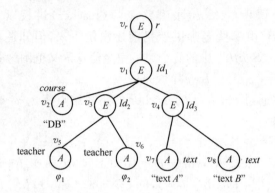

图 4.19　不完全信息下 XML 文档树 T_2

(1) $val(v_5) = \varphi_1$，$val(v_6) = \varphi_2$，$val(v_5) \not\doteq_{in} val(v_6)$。

(2) $val(v_7) = $“text A”，$val(v_8) = $“text B”，$val(v_7) \not\doteq_{in} val(v_8)$。其中，$v_7 \in Nodes(x_{11}, r/Id_1/Id_3/text)$，$v_8 \in Nodes(y_{11}, r/Id_1/Id_3/text)$，$x_{11} = v_1$，$y_{11} = v_1$。

(3) $v_2 \in Nodes(x_{111}, r/Id_1/course)$，$v_2 \in Nodes(y_{111}, r/Id_1/course)$满足 $val(v_2) \doteq_{in} val(v_2)$。其中，$y_{111} = x_{111} = v_1$。

可以找到通过 $r/Id_1/Id_2/teacher$ 的路径结点集 v_r-v_1-v_3-v_5 和 v_r-v_1-v_3-v_6（与上面通过路径 $r/Id_1/Id_2/teacher$ 的路径结点集相同）满足如下条件：

(4) $val(v_5) \doteq_{in} val(v_5) = \varphi_1$，$val(v_7) \doteq_{in} val(v_7) = $“text A”，$val(v_2) \doteq_{in} val(v_2)$同时成立。其中，$v_7 \in Nodes(x'_{11}, r/Id_1/Id_3/text)$，$v_2 \in Nodes(x'_{111}, r/Id_1/course)$，$x'_{11} = x'_{111} = v_1$。

(5) $val(v_6) \doteq_{in} val(v_6) = \varphi_2$，$val(v_8) \doteq_{in} val(v_8) = $“text B”，$val(v_2) \doteq_{in} val(v_2)$同时成立。其中，$v_8 \in Nodes(y'_{11}, r/Id_1/Id_2/Id_3/text)$，$v_2 \in Nodes(y'_{111}, r/Id_1/course)$，$y'_{11} = y'_{111} = v_1$。

故 T_2 满足 XSMVD：$r/Id_1/course \xrightarrow{S} r/Id_1/Id_2/teacher \mid r/Id_1/Id_3/text$。

从图 4.19 可以看出，$Parnt(r/Id_1/course)$ 是 $r/Id_1/Id_2/teacher$ 和 $r/Id_1/Id_3/text$ 的严格前缀路径，所以 $r/Id_1/course \xrightarrow{S} r/Id_1/Id_2/teacher \mid r/Id_1/Id_3/text$ 是层次化的 XSMVD。$r/Id_1/Id_2/teacher$ 和 $r/Id_1/Id_3/text$ 在 T_2 中均是强键路径，$r/Id_1/course$ 也是强键路径并且 $r/Id_1/Id_2/teacher \bigcap r/Id_1/Id_3/text = Parnt(r/Id_1/course)$，满足 XSMVD 范式成立的条件，所以 XSMVD：$r/Id_1/course \xrightarrow{S} r/Id_1/Id_2/teacher \mid r/Id_1/Id_3/text$ 没有引起数据冗余。从图 4.19也可以看出，的确没有冗余数据。

本节针对上面所提出的结论对满足层次化的 XSMVD 的不完全信息下 XML 文档树进行了分析，得出不完全信息下 XML 文档树通过规范化后满足 XSMVD

范式成立的条件,消除了冗余数据。

4.7　本章小结

　　本章讨论了不完全信息下 XML 数据库的 XSIND 范式理论。基于 XML 数据库模式给出了不完全信息下 XSIND 的定义,研究了 XSIND 的性质。为了解决逻辑蕴涵问题,提出了 XSIND 推理规则集,并对其有效性和完备性进行了证明。为了从不完全信息下 XML 数据库模式整体的角度出发研究 XSIND 范式,提出了 XSIND 和 XSFD 的相互影响的定理;给出 XSFD 和 XSIND 互不影响的定义;基于化简的概念提出 XSFD 和非循环 XSIND 互不影响的判定定理;以 XML 数据库模式满足 XSFD 范式为前提,提出 XSIND 范式的定义以及相应的判定定理;提出规范化算法,对算法的正确性和终止性进行了证明,对其时间复杂度进行了分析。理论研究和实例分析表明该算法消除了冗余路径,避免了更新异常,实现了不完全信息下整个 XML 数据库模式更合理的设计。

　　为了描述不完全信息下 XML 文档树元素之间、属性之间以及元素与属性之间的一对多的联系,本章给出了左右部路径都是单路径的 XML 强多值依赖的定义,采用通过结点信息的改变来判断数据是否冗余的方法,给出了不完全信息下 XML 文档树满足 XML 强多值依赖范式的条件,对满足该条件的不完全信息下 XML 文档树不会产生数据冗余进行了证明,最后给出了相应的规范化算法,对算法的正确性和可终止性进行了证明,对其时间复杂度进行了分析。最后通过实例分析表明此规范化算法消除了由层次化的 XML 强多值依赖引起的数据冗余,从而对避免插入、删除、修改异常以及保证数据的一致性具有重要意义。

第 5 章　存在 XSFD 的 XML Schema 规范化

DTD 存在一定缺陷,如不支持数据类型、不支持不完全信息、扩展性较差等。W3C 针对 DTD 的缺陷设计了 XML 另一种模式 XML Schema,2001 年 5 月 W3C 正式推荐 XML Schema 成为 XML 模式的标准。XML Schema 满足 XML 规范,可以直接用 XML 的 API(如 SAX,DOM)进行解析,支持命名空间、属性组和丰富的数据类型等。而且也支持不完全信息,XML Schema 的应用越来越广泛。由于客观世界存在大量不完全信息,又因为 XML Schema 支持不完全信息,所以 XML Schema 达到能够更好地描述客观世界,从而对 XML Schema 的规范化研究更具有现实意义。但 XML Schema 只可以表示不完全信息,却没有说明不完全信息的具体语义。为了说明不完全信息的具体语义,本章将文献[1]中的存在型不完全信息引入 XML Schema 中,引入后 XML 文档的数据约束(如函数依赖、多值依赖以及键等)会失去原来的意义,所以需要重新定义数据约束,故不完全信息下的 XML Schema 规范化理论不能直接应用完全信息环境下的相应理论解决问题,需要为不完全信息下 XML Schema 的规范化建立一套新的解决方案。

本章针对不完全信息下 XML 文档树中的元素之间、属性之间以及元素与属性之间的一对一、多对一的联系,在 XML 文档树中的内部结点和叶子结点上,提出 XML 双类结点强函数依赖定义,同样,XML 双类结点强函数依赖也会引起不完全信息下 XML 文档树的数据冗余,为了避免插入、删除、修改异常,保证数据的一致性,有必要对存在 XML 双类结点强函数依赖的 XML Schema 规范化进行研究,迄今为止还没有查到解决此问题的相关文献,本章对此问题进行了深入的讨论。

5.1　基 本 定 义

由于 XML Schema 的复杂类型元素是对 XML Schema 的结构进行约束,属性和简单类型元素才能体现出数据信息,所以本章限制不完全信息体现在属性和简单类型元素中。另外,为了讨论问题的方便,对复杂类型元素的子元素限定为不包含混合类型。

定义 5.1　(XML Schema)XML Schema 定义为一个九元组 $S = (SE, CE, D, A, SP, CP, R, Type, r)$,其中:

(1) SE 表示简单类型元素的有限集合。

（2）CE 表示复杂类型元素的有限集合。

（3）D 表示数据的标识。

（4）A 表示属性的有限集合。

（5）SP 表示从简单类型元素到 D 的映射。

（6）CP 表示从复杂类型元素到子元素的映射，$\forall \tau \in CE, CP(\tau)$ 表示正则表达式 $\alpha = \varepsilon \mid \tau' \mid \alpha, \alpha \mid \alpha^*$。其中，$\varepsilon$ 表示空的序列；$\tau' \in CE \cup SE$；"＊"表示克林闭包；","表示连接；$\alpha \subseteq CE \cup SE$。

（7）R 表示从复杂类型元素到属性的映射，$\forall \tau \in CE, R(\tau)$ 表示正则表达式 $\alpha = \varepsilon \mid @a \mid \beta, \beta$。其中 ε 表示空的序列；$@a \in A$；","表示连接；$\beta \subseteq A$。

（8）$Type$ 表示 $SE \cup CE \cup D \cup A$ 所对应的数据类型和数据约束。

（9）r 表示 Schema 根元素，$r \in CE$，$\forall \tau \in CE, r$ 不会出现在 $CP(\tau)$ 中。

例 5.1　下面是描述一个公司职工工资的发放情况的 XML Schema S_1，表示公司职工的个人信息（如职工号（eno），职工姓名（$ename$），职工年龄（age））以及各个月份的工资（$sala$）情况。

XML Schema S_1 如下：

<xsd：schema xmlns：xsd="http：//www.w3.org/2001/XML Schema">
　<xsd：element name="$pays$" type="$paysType$"/>
　　<xsd：complexType name="$paysType$">
　　　< xsd：element name="pay" type="$payType$" minOccurs="1" maxOccurs="12"/>
　　</xsd：complexType>
　　<xsd：complexType name="$payType$">
　　　<xsd：complexType name="$employee$" type="$employeeType$" minOccurs="1" maxOccurs="120" />
　　　</xsd：complexType>
　　　<xsd：complexType name="$employeeType$" >
　　　　<xsd：attribute name="$date$" type="xsd：date"/>
　　　　<xsd：attribute name="eno" type="xsd：integer"/>
　　　　<xsd：element name="$ename$" type="xsd：string" nillable="true"/>
　　　　<xsd：element name="age" type="xsd：integer" nillable="true"/>
　　　　<xsd：element name="$sala$" type="xsd：decimal" nillable="true"/>
　　　</xsd：complexType>

XML Schema S_1 可以表示为 $S_1 = (SE_1, CE_1, D_1, A_1, SP_1, CP_1, R_1, Type_1, r_1)$，其中：

$SE_1 = \{ ename, age, sala \}$；

$CE_1 = \{ pays, pay, employee \}$；

$D_1 = \{D\}$；$A_1 = \{ @eno, @date \}$；

$SP_1(ename) = SP_1(age) = SP_1(sala) = D$;

$CP_1(pays) = pay*$;

$CP_1(pay) = employee*$;

$CP_1(employee) = \{ename, age, sala\}$;

$R_1(employee) = \{@date, @eno\}$;

$Type_1(pays) = $ complexType：“$paysType$”;

$Type_1(pay) = $ complexType：“$payType$”;

$Type_1(employee) = $ complexType：“$employeeType$”;

$Type_1(@date) = $ “xsd：date”;

$Type_1(@eno) = $ “xsd：integer”;

$Type_1(ename) = $ “xsd：string” nillable＝“true”;

$Type_1(age) = $ “xsd：integer” nillable＝“true”;

$Type_1(sala) = $ “xsd：decimal” nillable＝“true”;

$r_1 = pays$.

　　从 XML Schema 的定义可知，XML Schema 中的元素和属性组织成了一个树型结构，XML Schema S_1 对应的树如图 5.1 所示。

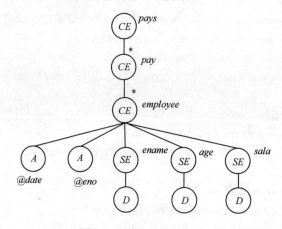

图 5.1　XML Schema S_1

　　为了描述 XML Schema 结构上的特点，下面给出基于 XML Schema 的路径概念。

　　定义 5.2　（XML Schema 路径）XML Schema 路径定义为以下三类：

　　（1）给定一个 XML Schema S，S 中的路径定义为字符串 $p = w_1/w_2/\cdots/w_n$，若 $w_1 = r, CP(w_i) \in CE \cup SE$，其中，$i \in [1, n-2]$，$w_n = D$，称 p 为 S 中的值类型路径。

　　（2）若 $w_1 = r, CP(w_i) \in CE$，其中，$i \in [1, n-2]$，$w_n \in R(w_{n-1})$，称 p 为 S 中的属性类型路径；若 $w_1 = r, CP(w_i) \in CE$，其中，$i \in [1, n-2]$，$w_n \in SE$，称 p 为 S

中的简单元素类型路径；

（3）若 $w_1 = r, CP(w_i) \in CE$，其中，$i \in [1, n-2], w_n \in CE$，称 p 为 S 中的复杂元素类型路径；

$Paths(S)$ 表示 S 上所有路径的集合；$Apaths(S)$ 表示 S 上属性类型路径集合；$Dpaths(S)$ 表示 S 上值类型路径集合；$SEpaths(S)$ 表示 S 上简单元素类型路径集合；$CEpaths(S)$ 表示 S 上复杂元素类型路径集合，$Epaths(S) = SEpaths(S) \cup CEpaths(S)$ 表示 S 上元素类型路径集合；$DApaths(S) = Dpaths(S) \cup Apaths(S)$ 表示 S 上的全路径集合。$Parent(w_i)$ 表示路径 $w_1/w_2/ \cdots /w_i$ 的父路径 $w_1/w_2/ \cdots /w_{i-1}$ 的最后标识，即 $Parent(w_i) = w_{i-1}$。

例 5.2　在图 5.1 中 S_1 上的值类型路径集合 $Dpaths(S_1) = \{ pays/pay/employee/ename/D, pays/pay/employee/age/D, pays/pay/employee/sala/D \}$；$S_1$ 上的属性类型路径集合 $Apaths(S_1) = \{ pays/pay/employee/@date, pays/pay/employee/@eno \}$；$S_1$ 上的简单元素类型路径集合 $SEpaths(S_1) = \{ pays/pay/employee/ename, pays/pay/employee/age, pays/pay/employee/sala \}$；$S_1$ 上的复杂元素类型路径集合 $CEpaths(S_1) = \{ pays, pays/pay, pays/pay/employee \}$；$S_1$ 上的元素路径集合 $Epaths(S_1) = \{ pays, pays/pay, pays/pay/employee, pays/pay/employee/ename, pays/pay/employee/age, pays/pay/employee/sala \}$；$S_1$ 上的全路径集合 $DApaths(S_1) = \{ pays/pay/employee/ename/D, pays/pay/employee/age/D, pays/pay/employee/sala/D, pays/pay/employee/@date, pays/pay/employee/@eno \}$。

给定 XML Schema S，满足 S 的不完全信息下 XML 文档树实际上就是 S 的一个映像，在此给出满足 S 的不完全信息下 XML 文档树的定义。

定义 5.3　（满足 S 的不完全信息下 XML 文档树）给定 XML Schema 为 $S = (SE, CE, D, A, SP, CP, R, Type, r)$，称七元组 $T = (V, lab, sele, cele, att, val, v_r)$ 为满足 S 的不完全信息下 XML 文档树。其中：

（1）V 表示结点的集合。

（2）lab 表示从 V 到 $SE \cup CE \cup D \cup A$ 的映射，若 $lab(v) \in SE$，称 v 为简单元素类型结点；若 $lab(v) \in CE$，称 v 为复杂元素类型结点；若 $lab(v) = D$，称 v 为值类型结点；若 $lab(v) \in A$，称 v 为属性类型结点。

（3）$sele$ 表示从简单类型元素结点到值类型结点的映射，若 $v \in SE, sele(v) = v'$，满足 $lab(v') = D$。

（4）$cele$ 表示从复杂元素类型结点到复杂元素类型结点或简单元素类型结点的映射，若 $v \in CE, cele(v) = [v_1, \cdots, v_n]$，满足 $lab(v_i) \in CP(lab(v))$，其中，$i \in [1, n]$。

（5）att 表示从复杂元素类型结点到属性类型结点的映射，若 $v \in CE, att(v) =$

$[v_1,\cdots,v_m]$，满足 $lab(v_i)\in R(lab(v))$（其中，$i\in[1,m]$）。

（6）若 v 为属性类型和值类型结点结点，val 返回相应类型的数据且满足相应的数据约束，若数据约束允许不完全信息，则相应的数据可能为 φ，即 $lab(v)=D$ 或 $lab(v)\in A$，$val(v)$ 返回 v 的值且满足相应的 $Type(lab(v))$；若 $v\in SE\cup CE$，则 $val(v)=v$。

（7）v_r 为文档树的根结点且 $lab(v_r)=r$。

相应地，可以给出不完全信息下 XML 文档树中路径的定义。为了与 XML Schema 中的路径相区别，这里称为路径结点集。

定义 5.4　（路径结点集）设 T 为满足 S 的不完全信息下 XML 文档树，$p\in Paths(S)$，$p=w_1/w_2/\cdots/w_n$，$s=v_1\text{-}v_2\text{-}\cdots\text{-}v_n$ 为 T 中的结点序列。若 $lab(v_1)=w_1$，$lab(v_2)=w_2,\cdots,lab(v_n)=w_n$，称 s 为通过路径 p 的路径结点集，$[[p]]$ 表示 T 中通过路径 p 的路径结点集的最后结点的集合。

定义 5.5　（最大子树）设 XML Schema 为 S，满足 S 的不完全信息下 XML 文档树为 T，$DApaths(S)$ 为 S 上的全路径集合，$T'\subseteq T$，若 $\forall\, p\in DApaths(S)$，则 $\exists\, s\in T'$，s 为通过 p 的路径结点集且 s 唯一，称 T' 为满足 $DApaths(S)$ 的最大子树，记作 $T'\longleftrightarrow DApaths(S)$；若 $P'\subseteq P$，则在 T' 中存在唯一满足 P' 的最大子树，记作 $T'|_{P'}$；本章限定不完全信息下 XML 文档树 T 为满足 P 的最大子树的并集，简称 T 满足 P。

由于不完全信息下信息的引入，不完全信息下 XML 文档树中结点信息之间的关系不能只用相等来描述，根据不完全信息的语义，下面给出基于 XML Schema 的结点信息等价和结点信息相容的概念。

定义 5.6　（结点信息等价）设 XML Schema 为 S，T 为满足 S 的不完全信息下 XML 文档树，$p\in DApaths(S)$，$n_1,n_2\in[[p]]$，若满足下面的条件之一，则称结点信息等价，记作 $n_1\doteq_{in}n_2$；否则称结点信息不等价，记作 $n_1\neq_{in}n_2$。

（1）$val(n_1)$ 和 $val(n_2)$ 均为完全信息，则 $val(n_1)=val(n_2)$ 成立；

（2）$val(n_1)$ 和 $val(n_2)$ 均为不完全信息，它们的语义信息相同。进行不完全信息代换时，$val(n_1)$ 和 $val(n_2)$ 代换为同一完全信息。

定义 5.7　（结点信息相容）设 T,S,p,n_1,n_2 的意义同定义 5.6。若 n_1,n_2 满足下面的条件之一，则称结点信息相容，记作 $n_1\fallingdotseq_{in}n_2$；否则称结点信息不相容，记作 $n_1\ne_{in}n_2$。

（1）$n_1\doteq_{in}n_2$；

（2）若 $val(n_1)$ 为不完全信息，$val(n_2)$ 为完全信息，至少存在一个不完全信息代换过程，使 $val(n_1)=val(n_2)$ 成立；

（3）若 $val(n_1)$ 和 $val(n_2)$ 都为不完全信息，且它们限定的代换范围的交集不是空的，即至少有一种不完全信息代换过程，使 $val(n_1)=val(n_2)$ 成立。

　　为了讨论 XML 双类结点强函数依赖所引起的数据冗余,下面对结点相等的概念进行扩展,给出结点等价和结点相容的概念。

　　定义 5.8　(结点等价和结点相容)设 XML Schema 为 S,T 为满足 S 的不完全信息 XML 文档树,$p \in Epaths(S),n_1,n_2 \in [[p]]$,若 $val(n_1)=val(n_2)$ 成立,则称结点相等(结点重合),相等的结点也称结点等价和结点相容,分别记作 $n_1 \doteqdot n_2$ 和 $n_1 \doteqdot_v n_2$;若 $val(n_1) \neq val(n_2)$,则称结点不相等(结点不重合),不相等的结点也称结点不等价和结点不相容,分别记作 $n_1 \neq n_2$ 和 $n_1 \neq n_2$。

5.2　XSFD 的推理规则集

　　在第 3 章,在不完全信息下 XML 文档树的叶子结点上给出了 XML 强函数依赖的定义。本章对 XML 强函数依赖定义进行了扩展,在不完全信息下 XML 文档树的叶子结点和内部结点上给出 XML 双类结点强函数依赖的定义。

　　定义 5.9　(XML 双类结点强函数依赖)设 XML Schema 为 S,在 S 上的 XML 双类结点强函数依赖(记作 XSFD)Ψ 具体表现形式为 $x_1,\cdots,x_k \xrightarrow{s} y_1,\cdots,y_m$,其中,$x_1,\cdots,x_k$ 为 Ψ 的左部路径集,$x_1,\cdots,x_k \in Paths(S),y_1,\cdots,y_m$ 为 Ψ 的右部路径集,$y_1,\cdots,y_m \in Paths(S)$。满足 S 的不完全信息下 XML 文档树为 T,对 T 中的任意两个子树 T_1,T_2(其中 $T_1 \leftrightarrow Paths(S),T_2 \leftrightarrow Paths(S),T_1$ 和 T_2 可以相同),满足下面的条件之一,则称 T 满足 XML 双类结点强函数依赖 Ψ。

　　(1) 当 $x_1,\cdots,x_k,y_1,\cdots,y_m \in DApaths(S)$ 时,若 $v_{1i} \doteqdot_{in} v_{2i}$,其中,$v_{1i} \in [[x_i]]$ 并且 $v_{1i} \in T_1,v_{2i} \in [[x_i]]$ 并且 $v_{2i} \in T_2,i \in [1,k]$,那么 $v_{1j} \doteqdot_{in} v_{2j}$,其中,$v_{1j} \in [[y_j]]$ 并且 $v_{1j} \in T_1,v_{2j} \in [[y_j]]$ 并且 $v_{2j} \in T_2,j \in [1,m]$。

　　(2) 当 $x_1,\cdots,x_k \in DApaths(S),y_1,\cdots,y_m \in Epaths(S)$ 时,若 $v_{1i} \doteqdot_{in} v_{2i}$,其中,$v_{1i} \in [[x_i]]$ 并且 $v_{1i} \in T_1,v_{2i} \in [[x_i]]$ 并且 $v_{2i} \in T_2,i \in [1,k]$,那么 $v_{1j} \doteqdot_v v_{2j}$,其中,$v_{1j} \in [[y_j]]$ 并且 $v_{1j} \in T_1,v_{2j} \in [[y_j]]$ 并且 $v_{2j} \in T_2,j \in [1,m]$。

　　(3) 当 $x_1,\cdots,x_k \in Epaths(S),y_1,\cdots,y_m \in DApaths(S)$ 时,若 $v_{1i} \doteqdot_v v_{2i}$,其中,$v_{1i} \in [[x_i]]$ 并且 $v_{1i} \in T_1,v_{2i} \in [[x_i]]$ 并且 $v_{2i} \in T_2,i \in [1,k]$,那么 $v_{1j} \doteqdot_{in} v_{2j}$,其中,$v_{1j} \in [[y_j]]$ 且 $v_{1j} \in T_1,v_{2j} \in [[y_j]]$ 并且 $v_{2j} \in T_2,j \in [1,m]$。

　　(4) 当 $x_1,\cdots,x_s(s<k),y_1,\cdots,y_t(t<m) \in DApaths(S),x_{s+1},\cdots,x_k,y_{t+1},\cdots,y_m \in Epaths(S)$ 时,若 $v_{1i} \doteqdot_{in} v_{2i}$ 且 $v_{1a} \doteqdot_v v_{2a}$,其中,$v_{1i} \in [[x_i]]$ 并且 $v_{1i} \in T_1$,$v_{2i} \in [[x_i]]$ 并且 $v_{2i} \in T_2,i \in [1,s],v_{1a} \in [[x_a]]$ 并且 $v_{1a} \in T_1,v_{2a} \in [[x_a]]$ 并且 $v_{2a} \in T_2,a \in [s+1,k]$,那么 $v_{1j} \doteqdot_{in} v_{2j}$ 且 $v_{1b} \doteqdot_v v_{2b}$,其中,$v_{1j} \in [[y_j]]$ 并且 $v_{1j} \in T_1$,$v_{2j} \in [[y_j]]$ 并且 $v_{2j} \in T_2,j \in [1,t],v_{1b} \in [[x_b]]$ 并且 $v_{1b} \in T_1,v_{2b} \in [[x_b]]$ 并且 $v_{2b} \in T_2,b \in [t+1,m]$。

例 5.3　满足 S_1 的不完全信息下 XML 文档树 T_1 如图 5.2 所示,目前 @eno 为 001 和 002 的职工姓名不确定,其中不完全信息的语义为 $\varphi_1 \doteq \varphi_3 = \{$"Wang", "Zhao"$\}$, $\varphi_2 \doteq \varphi_4 = \{$"Xu", "Gu"$\}$。

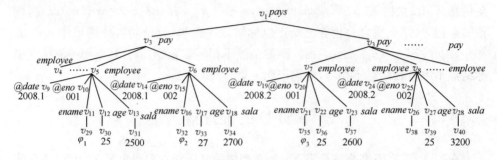

图 5.2　满足 S_1 的不完全信息下 XML 文档树 T_1

设路径 $X = pays/pay$, $Y = pays/pay/employee/@date$,在 T_1 中存在子树 T_{11}、T_{12}、T_{13}、T_{14} 且满足 $T_{11} \longleftrightarrow XY$、$T_{12} \longleftrightarrow XY$、$T_{13} \longleftrightarrow XY$、$T_{14} \longleftrightarrow XY$,子树 T_{11}、T_{12}、T_{13}、T_{14} 如图 5.3 所示。

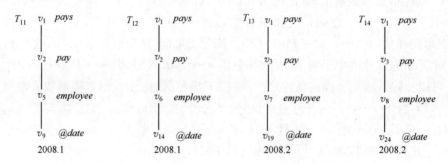

图 5.3　T_1 的子树 T_{11}, T_{12}, T_{13}, T_{14}

在 T_{11} 中存在通过路径 X 的路径结点集为 $s_1 = v_1$-v_2,在 T_{12} 中存在通过路径 X 的路径结点集为 $s_2 = v_1$-v_2,满足 $val(Last(s_1)) \doteq_v val(Last(s_2))$;在 T_{11} 中存在通过路径 Y 的路径结点集为 $s_3 = v_1$-v_2-v_5-v_9,在 T_{12} 中存在通过路径 Y 的路径结点集为 $s_4 = v_1$-v_2-v_6-v_{14},满足 $val(Last(s_3)) \doteq_{in} val(Last(s_4))$。在 T_{13} 中存在通过路径 X 的路径结点集为 $s_1' = v_1$-v_3,在 T_{14} 中存在通过路径 X 的路径结点集为 $s_2' = v_1$-v_3,满足 $val(Last(s_1')) \doteq_v val(Last(s_2'))$,在 T_{13} 中存在通过路径 Y 的路径结点集为 $s_3' = v_1$-v_3-v_7-v_{19},在 T_{14} 中存在通过路径 Y 的路径结点集为 $s_4' = v_1$-v_3-v_8-v_{24},满足 $val(Last(s_3')) \doteq_{in} val(Last(s_4'))$,根据 XSFD 的定义,$pays/pay \xrightarrow{s} pays/ pay/employee/@date$ 在 T_1 上成立。

设路径 $X = pays/pay/employee/@eno$,路径 $Y = \{pays/pay/employee/$

$ename/D$，$pays/pay/employee/age/D\}$，在 T_1 中存在子树 T_{15}、T_{16}、T_{17}、T_{18}，且满足 $T_{15} \longleftrightarrow XY$、$T_{16} \longleftrightarrow XY$、$T_{17} \longleftrightarrow XY$ 、$T_{18} \longleftrightarrow XY$，子树 T_{15}、T_{16}、T_{17}、T_{18} 如图 5.4 所示。

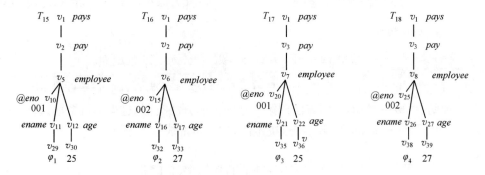

图 5.4　T_1 的子树 T_{15}、T_{16}、T_{17}、T_{18}

在 T_{15}、T_{17} 中通过路径 X 的路径结点集分别为 $s_5 = v_1\text{-}v_2\text{-}v_5\text{-}v_{10}$，$s_6 = v_1\text{-}v_2\text{-}v_7\text{-}v_{20}$，$val(Last(s_5)) \doteq_{in} val(Last(s_6)) = 001$，在 T_{15}、T_{17} 中通过路径 Y 的路径结点集集合分别为 $s_7 = \{v_1\text{-}v_2\text{-}v_5\text{-}v_{11}\text{-}v_{29}，v_1\text{-}v_2\text{-}v_5\text{-}v_{12}\text{-}v_{30}\}$，$s_8 = \{v_1\text{-}v_3\text{-}v_7\text{-}v_{21}\text{-}v_{35}，v_1\text{-}v_3\text{-}v_7\text{-}v_{22}\text{-}v_{36}\}$，$val(Last(v_1\text{-}v_2\text{-}v_5\text{-}v_{11}\text{-}v_{29})) = \varphi_1 \doteq_{in} val(Last(v_1\text{-}v_3\text{-}v_7\text{-}v_{21}\text{-}v_{35})) = \varphi_3$，$val(Last(v_1\text{-}v_2\text{-}v_5\text{-}v_{12}\text{-}v_{30})) \doteq_{in} val(Last(v_1\text{-}v_3\text{-}v_7\text{-}v_{22}\text{-}v_{36})) = 25$；在 T_{16}、T_{18} 中通过路径 X 的路径结点集分别为 $s_5 = v_1\text{-}v_2\text{-}v_6\text{-}v_{15}$，$s_6 = v_1\text{-}v_3\text{-}v_8\text{-}v_{25}$，$val(Last(s_5)) \doteq_{in} val(Last(s_6)) = 002$，在 T_{16}、T_{18} 中通过路径 Y 的路径结点集集合分别为 $s_7 = \{v_1\text{-}v_2\text{-}v_6\text{-}v_{16}\text{-}v_{32}，v_1\text{-}v_2\text{-}v_6\text{-}v_{17}\text{-}v_{33}\}$，$s_8 = \{v_1\text{-}v_3\text{-}v_8\text{-}v_{26}\text{-}v_{38}，v_1\text{-}v_3\text{-}v_8\text{-}v_{27}\text{-}v_{39}\}$，$val(Last(v_1\text{-}v_2\text{-}v_6\text{-}v_{16}\text{-}v_{32})) = \varphi_2 \doteq_{in} val(Last(v_1\text{-}v_3\text{-}v_8\text{-}v_{26}\text{-}v_{38})) = \varphi_4$，$val(Last(v_1\text{-}v_2\text{-}v_6\text{-}v_{17}\text{-}v_{33})) \doteq_{in} val(Last(v_1\text{-}v_3\text{-}v_8\text{-}v_{27}\text{-}v_{39})) = 27$，所以 XSFD：$pays/pay/employee/@eno \xrightarrow{s} \{pays/pay/employee/ename/D，pays/pay/employee/age/D\}$ 在 T_1 上成立。

为了解决 XSFD 的逻辑蕴涵问题，下面给出 XSFD 的推理规则集。

定理 5.1　给定 XML Schema $S = (SE, CE, D, A, SP, CP, R, Type, r)$，$S$ 上的路径集合为 $Paths(S)$。若 $W, X, Y, Z \subseteq Paths(S)$，下述推理规则成立。

(1) 分解规则。若 $X \xrightarrow{s} Y$ 在 S 上成立，$W \subseteq Y$，则 $X \xrightarrow{s} W$ 在 S 上也成立。

(2) 合并规则。若 $X \xrightarrow{s} Y$ 在 S 上成立，$X \xrightarrow{s} Z$ 在 S 上成立，则 $X \xrightarrow{s} YZ$ 在 S 上也成立。

(3) 传递规则。若 $X \xrightarrow{s} Y$ 在 S 上成立，$Y \xrightarrow{s} Z$ 在 S 上成立，则 $X \xrightarrow{s} Z$ 在 S 上也成立。

(4) 伪传递规则。若 $X \xrightarrow{s} Y$ 在 S 上成立，$WY \xrightarrow{s} Z$ 在 S 上成立，则 $WX \xrightarrow{s} Z$ 在 S 上也成立。

(5) 属性不重名规则。若 $X \xrightarrow{s} y$ 成立，$y \in CEpaths(S)$ 且存在 $y_- @a$，则 $X \xrightarrow{s} y_- @a$ 也成立。

(6) 若 $X \xrightarrow{s} y$ 成立，$y \in SEpaths(S)$，则 $X \xrightarrow{s} y_- D$ 也成立。

(7) 唯一的根结点。对 $\forall \ p \in Paths(S)$，只要 p 不为空，则 $p \xrightarrow{s} r$ 也成立。

证明　(1)~(4) 的证明方法同第二章的证明方法类似，这里不再赘述。(5)~(7) 是由 XML Schema 本身的特点决定的，显然也都成立。证毕。

5.3　XSFD 的成员籍问题

首先给出不完全信息下逻辑蕴涵和路径集强闭包的定义。

定义 5.10　（F 逻辑蕴涵 XSFD：$X \xrightarrow{s} Y$）设 XML Schema $S = (SE, CE, D, A, SP, CP, R, Type, r)$，$Paths(S)$ 为 S 上的路径集合，F 为 S 上的 XML 双类结点强函数依赖的集合。若对任意满足 S 的不完全信息下 XML 文档树 T 都满足 XSFD：$X \xrightarrow{s} Y$，则称 F 逻辑蕴涵 XSFD：$X \xrightarrow{s} Y$，或称 XSFD：$X \xrightarrow{s} Y$ 可由 F 推出。

引理 5.1　设 XML Schema $S = (SE, CE, D, A, SP, CP, R, Type, r)$，$Paths(S)$ 为 S 上的路径集合，F 为 S 上的 XML 双类结点强函数依赖的集合，$X \subseteq Paths(S)$，则 X 关于 XSFD 集合 F 的强闭包 $X_S^+ = \{Z \mid X \xrightarrow{s} Z$ 可由推理规则 (1)~(7) 推出$\}$。

为了求解 XSFD 的成员籍问题，下面根据推理规则集给出求关于 XSFD 集的路径集强闭包的算法。

算法 5.1　Pathset_Strong_Closure$((X, F))$ {求路径集 X 的强闭包算法}。

　　输入：路径集 $X = \{x_1, \cdots, x_n\}$，S 上的 XSFD 的集合 F；

　　输出：X_S^+；

　　begin

　　(1) $X_S^+ := \varnothing$；

　　(2) for 每个 $V \xrightarrow{s} Y \in F$ do

　　　　if $V = X$ then

　　　　　　$X_S^+ := X_S^+ \cup Y$；

　　　　if $V \subseteq X$ then

$$\text{for 每个 } P \xrightarrow{s} Q \in F \text{ do}$$

$$\text{if } W = X - V \text{ 且 } P = W \cup Y \text{ then}$$

$$X_S^+ := X_S^+ \cup Q;$$

(3) $X(0) := \varnothing$;

$\quad\quad X(1) := X_S^+$;

(4) while $X(0) \neq X(1)$ do

$\quad\quad X(0) := X(1)$;

$\quad\quad$ for 每个 $P \xrightarrow{s} Q \in F$ do

$\quad\quad$ if $P \subseteq X(1)$ then

$\quad\quad\quad X(1) := X(1) \cup Q$;

(5) $X_S^+ := X(1)$;

(6) for X_S^+ 中每一个元素类型路径 p do

$\quad\quad$ if $p.@a \in Paths(S)$ then

$\quad\quad\quad X_S^+ := X_S^+ \cup p.@a$;

$\quad\quad$ if $p.D \in Paths(S)$ then

$\quad\quad\quad X_S^+ := X_S^+ \cup p.D$;

(7) $X_S^+ := X_S^+ \cup r$;

(8) return(X_S^+);

end.

定理 5.2 算法 Pathset_Strong_Closure 是正确的、可终止的,其时间复杂度为 $O(n^2 + m)$。其中,n 为 F 中 XSFD 的个数,m 为 $Paths(S)$ 中元素类型路径的个数。

证明 (正确性)算法 Pathset_Strong_Closure 执行步骤(1)初始化 X_S^+ 为空;执行步骤(2)把左部路径集为 X 的 XML 双类结点强函数依赖的右部路径集加入 X_S^+ 中,把满足伪传递规则的 XML 双类结点强函数依赖的右部路径集加入 X_S^+ 中;执行步骤(4)、步骤(5)实现满足传递规则的 XML 双类结点强函数依赖的右部路径集加入 X_S^+ 中。执行步骤(6)根据推理规则集(5)和(6)对所求得的 X_S^+ 中的复杂元素类型路径 p,若存在 $p.@a$,则把相应 $p.@a$ 加入 X_S^+ 中,对所求得的 X_S^+ 中的简单元素类型路径 p,把相应 $p.D$ 加入 X_S^+ 中;执行步骤(7)把根路径 r 加入 X_S^+ 中。所以通过此算法所求得的路径集 X 的强闭包都是由 XML 双类结点强函数依赖的推理规则集(1)~(7)推出的,满足定义 5.10,所以是正确的。

(可终止性)算法 Pathset_Strong_Closure 执行步骤(2)循环的次数由 F 中 XSFD 的个数决定,F 的个数是有限的,所以执行步骤(2)循环是可以终止的;在执行步骤(4)循环中,每遍对 F 的扫描可能有两个结果:$X(0)$ 与 $X(1)$ 相等或不相等。若两者相等,则执行步骤(5),退出此循环;若每遍扫描后 $X(0)$ 与 $X(1)$ 不等,则进行新的一轮扫描,显然每轮循环中 $X(0)$ 至少增加一个路径,且恒有 $X(0) \subseteq X(1)$

$\subseteq P$。P 是有限的一致路径集合,设执行步骤(2)求得的结果 $X_S^+=Q$,所以循环至多执行 $|P-Q|$ 轮后,$X(1)$ 中的路径个数不再增加,于是 $X(0)=X(1)$,循环条件不再满足,执行步骤(4)循环终止;执行步骤(5)循环是由前四步所求得的 X^+ 中元素类型路径的个数决定,所以执行步骤(6)循环可终止,所以算法 Pathset_Strong_Closure 是可终止的。

(时间复杂度分析)算法 Pathset_Strong_Closure 的时间复杂度主要由执行步骤(2)、步骤(4)和步骤(6)的循环次数决定。执行步骤(2)循环的次数由双层循环决定的,内、外层循环执行的次数都由 F 中 XSFD 的个数决定,即为 n,最坏情况下总共执行次数为 n^2。算法执行步骤(4)每一轮扫描需要时间为 n,最坏情况是每轮扫描只有一个 XSFD 满足条件,也只有一个新的路径被加入 $X(1)$,共循环 n 轮,于是执行步骤(4)所用的时间总共为 n^2。执行步骤(6)循环所用的时间最多为 $Paths(S)$ 中元素类型路径的个数,即为 m。所以算法 Pathset_Strong_Closure 总共执行的次数为 $2n^2+m$,故算法总的时间复杂度为 $O(n^2+m)$。证毕。

给定一个 XSFD:$X \xrightarrow{s} Y$,F 能否推出 XSFD:$X \xrightarrow{s} Y$,此问题为 XSFD 的成员籍问题,下面给出 XSFD 的成员籍问题的算法。

算法 5.2　Membership($X \xrightarrow{s} Y,F$){求成员籍问题算法}

　　　输入:$X \xrightarrow{s} Y,F$;

　　　输出:*true* 或 *false*

　　　begin

　　　　　　$X_S^+ :=$ Pathset_Strong_Closure (X,F);

　　　　　　if　$Y \in X_S^+$　then

　　　　　　　return (*true*);

　　　　　　else

　　　　　　　return (*false*);

　　　end.

定理 5.3　算法 Membership 是正确的、可终止的,其时间复杂度为 $O(n^2+m)$。其中,n 为 F 中 XSFD 的个数,m 为 $Paths(S)$ 中元素类型路径的个数。

证明　(正确性)根据 XSFD 的成员籍问题的定义,显然算法是正确的。

(可终止性)由于算法 Membership 是由 Pathset_Strong_Closure (X,F) 的可终止性决定,由于 Pathset_Strong_Closure (X,F) 是可终止的,所以此算法是可终止的。

(时间复杂度分析)算法 Membership 的总时间复杂度由 Pathset_Strong_Closure (X,F) 的时间复杂度决定,即为 $O(n^2+m)$。证毕。

5.4　不完全信息下规范 XML Schema 为 XSFD 范式

5.4.1　XML 双类结点强函数依赖范式

下面给出不完全信息下 XML 双类结点强函数依赖范式的定义，通过实例对数据冗余产生的原因进行分析，给出消除数据冗余的规范规则以及规范化算法。

定义 5.11　（XML 双类结点强函数依赖范式）设 XML Schema $S=(SE, CE,$ $D, A, SP, CP, R, Type, r)$，$Paths(S)$ 为 S 上的路径集合。$X \subseteq Paths(S)$，$y \in$ $Paths(S)$，若 $X \xrightarrow{s} y\_@a$ 或 $X \xrightarrow{s} y\_D$ 在 S 上成立，$X \xrightarrow{s} y$ 在 S 上也成立，称此 S 满足 XML 双类结点强函数依赖范式，简记为（XSFD）NF。

例 5.4　图 5.2 所示的符合 S_1 的不完全 XML 文档树 T_1 满足下面的 XSFD：$F_1: pays/pay/employee/@\ eno \xrightarrow{s} \{pays/pay/employee/ename/D,\ pays/pay/ employee/age/D\}$；$F_2: pays/pay \xrightarrow{s} pays/pay/employee/@\ date$。其中，XML 强函数依赖 F_1 表示在图 5.2 所示的不完全 XML 文档树 T_1 中，职工号（@eno）能唯一决定职工的姓名（ename）和职工的年龄（age）；F_2 表示工资元素节点能够唯一决定发放工资的日期（@date）。F_1 和 F_2 在 T_1 上成立，但 $pays/pay/employee/$ $@eno \xrightarrow{s} \{pays/pay/employee/ename,\ pays/pay/employee/\ age\}$ 和 $pays/pay$ $\xrightarrow{s} pays/pay/employee$ 在 T_1 上不成立，所以 S_1 不满足 XSFD 范式。在 T_1 中也的确存在数据冗余，原因是日期（@date）是工资（pay）的属性，但却嵌在了职工（employee）的下面，而职工的自然信息（如 age, ename）与职工的工资（pay）没有直接联系，也嵌在了职工工资（pay）的下面，所以 @date, ename 和 age 在 T_1 中存在数据冗余。由于日期（@date）与职工（employee）没有直接的联系，而与工资（pay）有直接联系，可以移动属性日期（@date）为工资（pay）的属性；职工的自然信息与职工的工资没有直接联系，可以采用新建结点的方法，把没有直接联系的信息放在新建结点的下面。S_1 修改后所对应的 XML Schema S_2 如图 5.5 所示。满足 S_2 的不完全信息下 XML 文档树 T_2 如图 5.6 所示。φ_1, φ_2 的意义同上。

XSFD：$pays/pay \xrightarrow{s} pays/pay/@\ date$，$pays/pay/employee/@\ eno \xrightarrow{s}$ $pays/pay/\ employee/sala/D$ 和 $pays/info/@\ eno \xrightarrow{s} \{pays/info/ename/D,$ $pays/info/age/D\}$ 在 T_2 上成立，XSFD：$pays/pay \xrightarrow{s} pays/pay$，$pays/pay/$ $employee/@eno \xrightarrow{s} pays/pay/\ employee/sala$ 和 $pays/info/@eno \xrightarrow{s} \{pays/$ $info/ename,\ pays/info/age\}$ 在 T_2 上成立，S_2 满足 XSFD 范式，的确在 T_2 中没

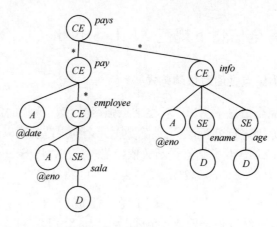

图 5.5　XML Schema S_2

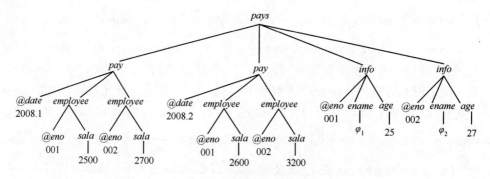

图 5.6　满足 S_2 的不完全信息下 XML 文档树 T_2

有冗余数据。

5.4.2　XML 双类结点强函数依赖规范规则

根据上面的实例分析,若复杂类型元素 B 嵌套在复杂类型元素 A 的下面,复杂类型元素 B 带有属性 $@a_1,\cdots,@a_m$(共 m 个属性),或者带有简单类型元素 $S_1,\cdots,S_n$(共 n 个简单元素),而属性 $@a_1,\cdots,@a_m$ 或者简单类型元素 $S_1,\cdots,S_n$ 只与复杂类型元素 A 有关系。为了减少数据冗余,移动属性 $@a_1,\cdots,@a_m$ 或者简单类型元素 $S_1,\cdots,S_n$ 为 A 的属性或子元素,此规范情形如图 5.7 所示。

根据规范情形 1,下面给出其规范规则。

规范规则 5.1　移动属性和简单元素所在的子树。

设 S 规范为 $S'=(SE',CE',D',A',SP',CP',R',Type',r')$,其中:

$SE':=SE$;

$CE':=CE$;

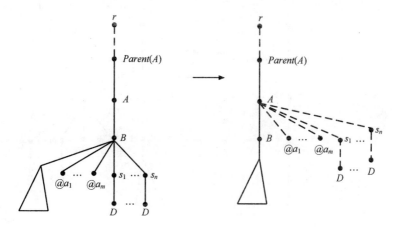

图 5.7　规范情形 1

D' : $=D$;

A' : $=A$;

r' : $=r$;

$CP'(A)$: $=CP(A) \bigcup S_1 \bigcup, \cdots, \bigcup S_n$;

$R'(A)$: $=R(A) \bigcup @a_1 \bigcup, \cdots, \bigcup @a_m$;

$CP'(B)$: $=CP(B) - \{S_1 \bigcup, \cdots, \bigcup S_n\}$;

$R'(B)$: $=R(B) - \{@a_1 \bigcup, \cdots, \bigcup @a_m\}$;

SP' 与 SP 的意义相同；

$Type'$ 与 $Type$ 的意义相同；

F' : $=F - r/\cdots/A \xrightarrow{s} \{r/\cdots/A/B/@a_i, r/\cdots/A/B/S_j/D\} \bigcup r/\cdots/A \xrightarrow{s}$ $\{r/\cdots/A/@a_i, r/\cdots/A/S_j/D\}$ $(i \in [1, m], j \in [1, n])$ 。

若复杂元素 B 嵌套在复杂元素 A 的下面，B 下面的属性@ $a_1, \cdots,$ @a_m 或者简单类型元素 $S_1, \cdots,$ S_n 与 A 没有直接关系，此时创建新结点 $info$ 减少冗余，$info$ 的属性为@ $a_1, \cdots,$ @a_m，子元素为 $S_1, \cdots, S_n$。规范情形如图 5.8 所示。

根据规范情形 2，下面给出其规范规则。

规范规则 5.2　创建复杂元素结点。

设规范 S 为 $S'=(SE', CE', D', A', SP', CP', R', Type', r')$，其中：

SE' : $=SE$;

CE' : $=CE \bigcup info$;

D' : $=D$;

A' : $=A$;

r' : $=r$;

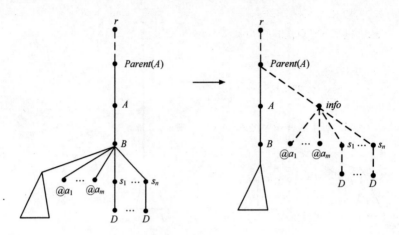

图 5.8 规范情形 2

$R'(info) := @a_1 \bigcup, \cdots, \bigcup @a_m;$

$CP'(info) := S_1 \bigcup, \cdots, \bigcup S_n;$

$CP'(Parent(A)) := CP(Parent(A)) \bigcup info;$

$R'(B) := R(B) - \{@a_1 \bigcup, \cdots, \bigcup @a_m\};$

$CP'(B) := CP(B) - \{S_1 \bigcup, \cdots, \bigcup S_n\};$

$Type'$ 在 $Type$ 的意义上加上 $info$ 所对应的数据类型和相应的数据约束;

SP' 与 SP 意义相同;

$F' := F - r/\cdots/A/B/@a_i \xrightarrow{s} r/\cdots/A/B/S_j/D \bigcup r/\cdots/Parent(A)/info/@$

$a_i \xrightarrow{s} r/\cdots/ Parent (A)/info/S_j/D \ (i \in [1,m], j \in [1,n])。$

5.4.3 XML Schema 规范化算法

定义 5.12 (异常最大化 XSFD) 设 F 为 S 上的 XSFD 的集合,$X \xrightarrow{s} Y \in F$,

若满足下面的条件,称 $X \xrightarrow{s} Y$ 为异常最大化 XSFD。

(1) $X \xrightarrow{s} Y$ 不满足(XSFD)范式的条件。

(2) 不存在与(1)条件相同的 XSFD 左部路径集相同。

算法符号说明:$S = (SE, CE, D, A, SP, CP, R, Type, r)$,$F$ 为 S 上的

XSFD 集,$S' = (SE', CE', D', A', SP', CP', R', Type', r')$。

下面给出规范化算法。

算法 5.3 Normalization_XML_SFD_NF (S, F) {不完全信息下规范 XML

Schema 为 XSFD 范式的算法}

输入：XML Schema S, F；

输出：满足 XSFD 范式的 XML Schema S'；

begin

(1) $S' := S$；

(2) if　S' 是 (XSFD)NF　then

　　　break；

(3) while 每个异常最大化 XSFD $\in F$　do

Case1：if $r/\cdots/A \xrightarrow{s} \{r/\cdots/A/B/@a_i,\ r/\cdots/A/B/S_j/D\} \in F\ (i \in [1, m], j \in [1, n])$ and Membership

　　　$(r/\cdots/A \xrightarrow{s} \{r/\cdots/A/B,\ r/\cdots/A/B/S_j\}, F) = false$　then

　　　　利用规范规则 5.1 规范；

Case2：if $r/\cdots/A/B/@a_i \xrightarrow{s} r/\cdots/A/B/S_j/D \in F\ (i \in [1, m], j \in [1, n]))$ and Membership

　　　$(r/\cdots/A/B/@a_i \xrightarrow{s} r/\cdots/A/B/S_j, F) = false$ then

　　　　　if　如果在 F 中不存在某些 XSFD 的左部路径集与 $\{r/\cdots/A/B/@a_i\}$ 有交
　　　　　集 then
　　　　　　利用规范规则 5.2 规范；
　　　　　else 利用规范规则 5.2 规范；
　　　　　　保留 $@a_1, \cdots,\ @a_k$ 仍为复杂元素 B 的属性；

(4) return (S')；

　　end.

定理 5.4　算法 Normalization_XML_SFD_NF 是正确的、可终止的，其时间
复杂度为 $O(bn^2 + bm)$。其中，b 为 F 中异常最大化 XSFD 的个数，n 为 F 中 XSFD
的个数，m 为 $Paths(S)$ 中的元素类型路径个数。

证明　（正确性）根据 XSFD 范式的定义，显然正确性成立。

（可终止性）算法 Normalization_XML_SFD_NF 的可终止性主要由异常最大
化 XSFD 的个数和算法 Membership 决定，异常最大化 XSFD 的个数是有限的，所
以可终止，算法 Membership 也可终止，所以整个算法是可终止的。

（时间复杂度分析）算法 Normalization_XML_SFD_NF 的时间复杂度由算法
Membership 时间复杂度和算法 Membership 执行的次数决定，而算法 Member-
ship 时间复杂度为 $O(n^2 + m)$，Membership 的执行次数由异常最大化 XSFD 的个
数决定的，即为 b。所以整个算法总的时间复杂度为 $O(bn^2 + bm)$。证毕。

5.5　存在 XSMVD 的性质

在第 4 章，重点研究了左右部路径为单个路径的 XSMVD 在不完全信息下

XML 文档中引起的数据冗余,提出规范不完全信息下 XML 文档为 XSMVD 范式的规范化算法,此规范化算法只能消除左右部路径都为单路径的 XSMVD 引起的数据冗余。针对不完全信息环境下 XML 文档中的元素之间、属性之间以及元素与属性之间的一对多的联系,还存在左右部路径为路径集合的 XSMVD,而迄今为止没有解决存在此类 XSMVD 的 XML Schema 规范化算法。为此本章将讨论 XML Schema 的左右部路径为路径集合的 XSMVD 的定义,通过实例分析此类 XSMVD 引起数据冗余的原因,提出了 XSMVD 弱范式,最后给出了规范 XML Schema 为 XSMVD 弱范式的规范化算法。

为了描述不完全信息下 XML 文档树中结点之间以及子树之间的关系,下面给出基于 XML Schema 的子树信息相等、子树信息等价和子树信息相容的定义。

定义 5.13　(子树信息相等)设 XML Schema 为 S,T 为满足 S 的不完全信息下 XML 文档树,$P = \{p_1, \cdots, p_n\} \subseteq DApaths(S)$,$T_1 \subseteq T$,$T_2 \subseteq T$,$T_1 \longleftrightarrow P$,$T_2 \longleftrightarrow P$,$\forall\ v_{i1}, v_{i2} \in [[p_i]]$($i \in [1, n], v_{i1} \in T_1, v_{i2} \in T_2$)。若 $val(v_{i1}) = val(v_{i2})$ 成立,则称子树信息相等,记作 $T_1 \equiv_{in} T_2$;否则称子树信息不相等,记作 $T_1 \not\equiv_{in} T_2$。

定义 5.14　(子树信息等价)设 S,T,P,T_1、T_2、v_{i1}、v_{i2} 的意义同定义 5.13。若 v_{i1}、v_{i2} 满足下面的条件之一,则称子树信息等价,记作 $T_1 \doteq_{in} T_2$;否则称子树信息不等价,记作 $T_1 \not\doteq_{in} T_2$。

(1) $val(v_{i1})$ 和 $val(v_{i2})$ 均为完全信息,则 $val(v_{i1}) = val(v_{i2})$ 成立;

(2) $val(v_{i1})$ 和 $val(v_{i2})$ 均为不完全信息,它们的语义信息相同(对应的实值个数相等,取值范围相同)。进行不完全信息代换时,$val(v_{i1})$ 和 $val(v_{i2})$ 代换为同一完全信息。

定义 5.15　(子树信息相容)设 S,T,P,T_1、T_2、v_{i1}、v_{i2} 的意义同定义 5.13。若 v_{i1}、v_{i2} 满足下面条件之一,则称子树信息相容,记作 $T_1 \doteq_{in} T_2$;否则称子树信息不相容,记作 $T_1 \not\doteq_{in} T_2$。

(1) $T_1 \doteq_{in} T_2$ 成立。

(2) 若 $val(v_{i1})$ 为完全信息,$val(v_{i2})$ 为不完全信息,至少存在一个不完全信息代换过程,使 $val(v_{i1}) = val(v_{i2})$ 成立。

(3) 若 $val(v_{i1})$ 和 $val(v_{i2})$ 均为不完全信息,且它们限定的代换范围的交集不是空的,即至少有一种不完全信息代换过程,使 $val(v_{i1}) = val(v_{i2})$ 成立。

为了描述完全 XML 文档树中元素与元素之间、元素与属性之间以及属性与属性之间的一对多的联系,下面给出 XML 多值依赖的定义。

定义 5.16　(S 上的 XML 多值依赖)设 XML Schema 为 S,在 S 上的 XML 多值依赖(记作 XMVD)具体表现形式为:$P \rightarrow\rightarrow Q \mid R$,其中 $P \subseteq DApaths(S)$,$Q \subseteq DApaths(S)$,$R = DApaths(S) - PQ$。满足 S 的完全 XML 文档树(即不包含

不完全信息）为 $\widehat{T}$，在 $\widehat{T}$ 中的任意两个子树 $\widehat{T}_1$、$\widehat{T}_2$（$\widehat{T}_1 \longleftrightarrow DApaths(S)$，$\widehat{T}_2 \longleftrightarrow DApaths(S)$）满足 $\widehat{T}_1|_P \equiv_{in} \widehat{T}_2|_P$，则在 $\widehat{T}$ 中必存在子树 $\widehat{T}_3$（$\widehat{T}_3 \longleftrightarrow DApaths(S)$ 且可以与 $\widehat{T}_1$、$\widehat{T}_2$ 相同）满足如下条件：

(1) $\widehat{T}_3|_P \equiv_{in} \widehat{T}_1|_P$ 或 $\widehat{T}_3|_P \equiv_{in} \widehat{T}_2|_P$。

(2) $\widehat{T}_3|_Q \equiv_{in} \widehat{T}_1|_Q$ 且 $\widehat{T}_3|_R \equiv_{in} \widehat{T}_2|_R$。

由于子树 $\widehat{T}_1$，$\widehat{T}_2$ 的对称性，一定存在另一个子树 $\widehat{T}_4$（$\widehat{T}_4 \longleftrightarrow DApaths(S)$ 且可以与 T_1，T_2 相同）满足以下条件：

(1) $\widehat{T}_4|_P \equiv_{in} \widehat{T}_2|_P$ 或 $\widehat{T}_4|_P \equiv_{in} \widehat{T}_1|_P$。

(2) $\widehat{T}_4|_Q \equiv_{in} \widehat{T}_2|_Q$ 且 $\widehat{T}_4|_R \equiv_{in} \widehat{T}_1|_R$。

则称 XMVD：$P \longrightarrow\!\!\!\rightarrow Q \mid R$ 在 $\widehat{T}$ 上成立，或者称 $\widehat{T}$ 满足 XMVD：$P \longrightarrow\!\!\!\rightarrow Q \mid R$。

为了描述不完全信息下 XML 文档树中元素与元素之间、元素与属性之间以及属性与属性之间的一对多的联系，下面给出 XML 强多值依赖的定义。

定义 5.17　（S 上的 XML 强多值依赖）给定 XML Schema S，在 S 上的 XML 强多值依赖（记作 XSMVD）具体表现形式为：$P \xrightarrow{S}\!\!\!\rightarrow Q \mid R$，其中 $P \subseteq DApaths(S)$，$Q \subseteq DApaths(S)$，$R = DApaths(S) - PQ$。满足 S 的不完全信息下 XML 文档树为 T，在 T 中的任意两个子树 T_1、T_2（$T_1 \longleftrightarrow DApaths(S)$、$T_2 \longleftrightarrow DApaths(S)$ 满足 $T_1|_P \doteq_{in} T_2|_P$，则在 T 中必存在子树 T_3（$T_3 \longleftrightarrow DApaths(S)$ 且可以与 T_1，T_2 相同）满足如下条件：

(1) $T_3|_P \doteq_{in} T_1|_P$ 或 $T_3|_P \doteq_{in} T_2|_P$。

(2) $T_3|_{[Q-P]} \doteq_{in} T_1|_{[Q-P]}$ 并且 $T_3|_R \doteq_{in} T_2|_R$。

由于子树 T_1，T_2 的对称性，一定存在另一个子树 T_4（$T_4 \longleftrightarrow DApaths(S)$ 并且可以与 T_1，T_2 相同）满足以下条件：

(1) $T_4|_P \doteq_{in} T_2|_P$ 或 $T_4|_P \doteq_{in} T_1|_P$。

(2) $T_4|_{[Q-P]} \doteq_{in} T_2|_{[Q-P]}$ 并且 $T_4|_R \doteq_{in} T_1|_R$。

则称 XSMVD：$P \xrightarrow{S}\!\!\!\rightarrow Q \mid R$ 在 T 上成立，或者称 T 满足 XSMVD：$P \xrightarrow{S}\!\!\!\rightarrow Q \mid R$。

为了说明不完全信息下 XML 文档中的不完全信息被完全信息代换后，XSMVD 与 XMVD 的关系，下面给出 XSMVD 的性质。

定理 5.5　设 XML Schema 为 S，满足 S 的不完全信息下 XML 文档树为 T。若 XSMVD：$P \xrightarrow{S}\!\!\!\rightarrow Q$ 在 T 上成立，则 T 的任意完全化结果（T 中不完全信息用完全信息所代换得到的结果）中都有相应的 XMVD：$P \longrightarrow\!\!\!\rightarrow Q$ 成立。

证明　若 XSMVD：$P \xrightarrow{S}\!\!\!\rightarrow Q$ 在 T 上成立，则 T 的完全化结果有三种可能：

(1) $T_1|_P \not\doteq_{in} T_2|_P$。在这种情况下,不完全信息下 XML 文档树 T 的完全化结果中一定有 $T_1|_P \not\equiv_{in} T_2|_P$,故有 XMVD: $P \twoheadrightarrow Q$ 成立。

(2) $T_1|_P \doteq_{in} T_2|_P$ 并且不完全信息下 XML 文档树 T 完全化结果中一定有 $T_1|_P \not\equiv_{in} T_2|_P$,故有 XMVD: $P \twoheadrightarrow Q$ 成立。

(3) $T_1|_P \doteq_{in} T_2|_P$ 并且不完全信息下 XML 文档树 T 完全化结果中一定有 $T_1|_P \equiv_{in} T_2|_P$ 成立。

由于 XMVD: $P \xrightarrow{S} Q$ 在 T 上成立,故在 T 中必存在子树 T_3 满足如下条件:① $T_3|_P \doteq_{in} T_1|_P$ 或 $T_3|_P \doteq_{in} T_2|_P$。② $T_3|_{[Q-P]} \doteq_{in} T_1|_{[Q-P]}$ 并且 $T_3|_R \doteq_{in} T_2|_R$。

当不完全信息下 XML 文档树 T 完全化后,其结果中有:

(1) $T_3|_P \equiv_{in} T_1|_P$ 或 $T_3|_P \equiv_{in} T_2|_P$。

(2) $T_3|_{[Q-P]} \equiv_{in} T_1|_{[Q-P]}$ 并且 $T_3|_R \equiv_{in} T_2|_R$。

这说明 XMVD: $P \twoheadrightarrow Q-P$ 成立,故 $P \twoheadrightarrow Q$ 也成立。

由上述讨论的三种情况的结果可得:若 XMVD: $P \xrightarrow{S} Q$ 在 T 上成立,则 T 的任意完全化结果中都有相应的 XMVD: $P \twoheadrightarrow Q$ 成立。证毕。

5.6　XSMVD 的推理规则集

为了解决 XSMVD 逻辑蕴涵的判定问题,需要从一组已知的 XSMVD 集,推导出其他 XSMVD 成立,这就需要一个 XSMVD 的推理规则集。首先,XSMVD 的推理规则集必须是正确的,即推导出的 XSMVD 确实是成立的;其次,XSMVD 的推理规则集应该是完备的,即可以推导出所有成立的 XSMVD。

5.6.1　XSMVD 推理规则集的正确性

下面给出 XSMVD 的推理规则集。

定理 5.6　给定 XML Schema S,$\{P, Q, R, W, V\} \subseteq DApaths(S)$,满足 S 的不完全信息下 XML 文档树为 T,则下列推理规则是正确的。

(1) 补规则。若 XSMVD: $P \xrightarrow{S} Q$ 成立,则有 XSMVD: $P \xrightarrow{S} DApaths(S)-PQ$ 也成立。

(2) 自反规则。若 $Q \subseteq P \subseteq DApaths(S)$,则有 XSMVD: $P \xrightarrow{S} Q$ 也成立。

(3) 增广规则。$V \subseteq DApaths(S)$,$W \subseteq DApaths(S)$,$V \subseteq W$,若 XSMVD: $P \xrightarrow{S} Q$ 成立,则有 XSMVD: $PW \xrightarrow{S} QV$ 也成立。

(4) 传递规则。若 XSMVD: $P \xrightarrow{S} Q$,$Q \xrightarrow{S} R$ 成立,则 XSMVD: $P \xrightarrow{S} R-Q$ 也成立。

(5) 并规则。若 XSMVD：$P \xrightarrow{S} Q$，$P \xrightarrow{S} R$ 成立，则 XSMVD：$P \xrightarrow{S} QR$ 也成立。

(6) 投影规则。若 XSMVD：$P \xrightarrow{S} Q$，$P \xrightarrow{S} R$ 成立，则 XSMVD：$P \xrightarrow{S} Q - R$，$P \xrightarrow{S} Q \bigcap R$ 也成立。

(7) 伪传递规则。若 XSMVD：$P \xrightarrow{S} Q$，$WQ \xrightarrow{S} R$ 成立，则 XSMVD：$WP \xrightarrow{S} R - WQ$ 也成立。

证明　(1) 由 XSMVD：$P \xrightarrow{S} Q$ 成立，根据 XSMVD 的定义，若在 T 中的任意两个子树 T_1、T_2（$T_1 \leftrightarrow DApaths(S)$、$T_2 \leftrightarrow DApaths(S)$）满足 $T_1|_P \doteq_{in} T_2|_P$，则存在子树 T_3（$T_3 \leftrightarrow DApaths(S)$ 且可以与 T_1、T_2 相同），使① $T_3|_P \doteq_{in} T_1|_P$ 或 $T_3|_P \doteq_{in} T_2|_P$。② $T_3|_{[Q-P]} \doteq_{in} T_1|_{[Q-P]}$ 并且 $T_3|_R \doteq_{in} T_2|_R$。其中 $R = DApaths(S) - PQ$。

由于子树 T_1，T_2 的对称性，则存在子树 T_4（$T_4 \leftrightarrow DApaths(S)$ 并且可以与 T_1，T_2 相同）使：① $T_4|_P \doteq_{in} T_2|_P$ 或 $T_4|_P \doteq_{in} T_1|_P$。② $T_4|_{[Q-P]} \doteq_{in} T_2|_{[Q-P]}$ 并且 $T_4|_R \doteq_{in} T_1|_R$。

又由于 $Q - P = DApaths(S) - (DApaths(S) - PQ) - P$，故 $T_4|_{[DApaths(S)-(DApaths(S)-PQ)-P]} \doteq_{in} T_2|_{[DApaths(S)-(DApaths(S)-PQ)-P]}$。因为 $T_1|_P \doteq_{in} T_2|_P$ 成立，所以一定有：① $T_4|_P \doteq_{in} T_2|_P$ 或 $T_4|_P \doteq_{in} T_1|_P$。② $T_4|_{[DApaths(S)-PQ-P]} \doteq_{in} T_1|_{[DApaths(S)-PQ-P]}$ 并且 $T_4|_{[DApaths(S)-(DApaths(S)-PQ)-P]} \doteq_{in} T_2|_{[DApaths(S)-(DApaths(S)-PQ)-P]}$。说明补规则成立。

(2) 若在 T 中存在子树 T_1、T_2（$T_1 \leftrightarrow DApaths(S)$、$T_2 \leftrightarrow DApaths(S)$）满足 $T_1|_P \doteq_{in} T_2|_P$，则有子树 T_3 并且 T_3 与 T_1 相同，使 $T_3|_P \doteq_{in} T_1|_P$ 成立。由于 $Q \subseteq P$，所以 $Q - P = \varnothing$，$T_3|_{[Q-P]} \doteq_{in} T_2|_{[Q-P]}$。又因为 T_3 与 T_1 相同，$T_3|_{[DApaths(S)-PQ]} \doteq_{in} T_1|_{[DApaths(S)-PQ]}$。故 XSMVD：$P \xrightarrow{S} Q$ 成立。

(3) XSMVD：$PW \xrightarrow{S} QV$ 成立，只要证明对不完全信息下 XML 文档树 T 的任意一次完全化结果（T 中不完全信息用完全信息代换所得到的结果）中有 XMVD：$PW \rightarrow\rightarrow QV$ 成立即可。

XSMVD：$PW \xrightarrow{S} QV$ 成立。若在 T 中存在两个子树 T_1、T_2（$T_1 \leftrightarrow DApaths(S)$、$T_2 \leftrightarrow DApaths(S)$）满足 $T_1|_{[PW]} \neq_{in} T_2|_{[PW]}$，则 XSMVD：$PW \xrightarrow{S} QV$ 成立；若 $T_1|_{[PW]} \doteq_{in} T_2|_{[PW]}$ 成立，则有以下两种可能：① $T_1|_{[PW]} \equiv_{in} T_2|_{[PW]}$，显然，满足 XMVD：$PW \rightarrow\rightarrow QV$ 成立。② $T_1|_{[PW]} \equiv_{in} T_2|_{[PW]}$，则有 $T_1|_P \equiv_{in} T_2|_P$。又由 XSMVD：$P \xrightarrow{S} Y$ 成立，$V \subseteq W$，故对于 T 的任意完全化结果中仍有 $V \subseteq W$。根据完全信息环境下 XMVD 的扩展规则有 XMVD：$PW \rightarrow\rightarrow QV$ 成立。故

XSMVD：$PW \xrightarrow{S} QV$ 成立。

（4）若证明 XSMVD：$P \xrightarrow{S} R{-}Q$ 成立，只要证明它的任意一次完全化结果中 XMVD：$P{\rightarrow\rightarrow}R{-}Q$ 成立即可。

因为 XSMVD：$P \xrightarrow{S} Q, Q \xrightarrow{S} R$ 成立。对于任意子树 $T_1, T_2 \in T$（$T_1 \longleftrightarrow DApaths(S), T_2 \longleftrightarrow DApaths(S)$），若 $T_1|_P \not\doteq_{in} T_2|_P$，则其完全化的结果中有 $T_1|_P \not\equiv_{in} T_2|_P$，此时满足 XMVD：$P{\rightarrow\rightarrow}R{-}Q$ 成立；若 $T_1|_P \doteq_{in} T_2|_P$ 成立，在完全化的结果中有以下两种可能的情况：① $T_1|_P \not\equiv_{in} T_2|_P$，显然，满足 XMVD：$P{\rightarrow\rightarrow}R{-}Q$。② $T_1|_P \equiv_{in} T_2|_P$。由 XSMVD：$P \xrightarrow{S} Q, Q \xrightarrow{S} R$ 成立，所以对于它们的任意完全化结果中都有 XMVD：$P{\rightarrow\rightarrow}Q, Q{\rightarrow\rightarrow}R$ 成立。根据完全信息环境下 XMVD 的传递规则成立得 XMVD：$P{\rightarrow\rightarrow}R{-}Q$ 成立。故 XSMVD：$P \xrightarrow{S} R{-}Q$ 成立。

（5）由 XSMVD：$P \xrightarrow{S} Q, P \xrightarrow{S} R$ 成立，根据 XSMVD 的增广规则，$P \xrightarrow{S} PQ, PQ \xrightarrow{S} QR$ 都成立；再由 $PQ \xrightarrow{S} QR$ 成立，根据 XSMVD 的补规则，$PQ \xrightarrow{S} DApaths(S){-}PQR$ 成立；再由 $P \xrightarrow{S} PQ$ 和 $PQ \xrightarrow{S} DApaths(S){-}PQR$ 成立，根据 XSMVD 的传递规则 $P \xrightarrow{S} DApaths(S){-}PQR$ 也成立，再根据 XSMVD 的自反规则 $P \xrightarrow{S} QR$ 成立，所以并规则成立。

（6）由 XSMVD：$P \xrightarrow{S} Q, P \xrightarrow{S} R$ 成立，根据 XSMVD 的并规则得 $P \xrightarrow{S} QR$ 成立。令 $W = DApaths(S){-}PQR$，根据 XSMVD 的补规则得 $P \xrightarrow{S} W$ 成立；由 $P \xrightarrow{S} R$ 成立，根据 XSMVD 的并规则得 $P \xrightarrow{S} WR$ 成立；根据 XSMVD 的自反规则得 $P \xrightarrow{S} DApaths(S){-}PWR$ 成立，对其右部化简得：

$DApaths(S){-}PWR = PQR{-}PR = Q{-}PR = Q{-}R{-}P$，从而得 $P \xrightarrow{S} Q{-}R$ 成立。

设 $W = DApaths(S){-}PQ$，由 XSMVD：$P \xrightarrow{S} Q$ 和 XSMVD 的自反规则，得 $P \xrightarrow{S} W$ 成立。由 $P \xrightarrow{S} Q{-}R$ 再根据 XSMVD 的并规则得 $P \xrightarrow{S} W(Q{-}R)$ 成立，再由 XSMVD 的自反规则得 $P \xrightarrow{S} DApaths(S){-}(PW(Q{-}R))$ 成立。因为：$DApaths(S){-}(PW(Q{-}R)) = (PQ){-}(P(Q{-}R)) = Q{-}(P(Q{-}R)) = Q \cap R{-}P$，从而得 $P \xrightarrow{S} Q \cap R$ 也成立。

综上讨论，投影规则成立。

（7）若 XSMVD：$P \xrightarrow{S} Q, WQ \xrightarrow{S} R$ 成立，则对于任意子树 $T_1, T_2 \in T$（$T_1 \longleftrightarrow DApaths(S), T_2 \longleftrightarrow DApaths(S)$），若 $T_1|_{[PW]} \doteq_{in} T_2|_{[PW]}$，由 XSMVD：

$P \xrightarrow{S} Q$ 成立,一定有子树 $T_3 \in T(T_3 \longleftrightarrow DApaths(S))$ 存在,使:① $T_3|_P \doteq_{in} T_1|_P$ 或 $T_3|_P \doteq_{in} T_2|_P$。② $T_3|_{[Q-P]} \doteq_{in} T_1|_{[Q-P]}$ 并且 $T_3|_A \doteq_{in} T_2|_A$,其中 $A = DApaths(S)-P-Q$。

由 $T_3|_{[WQ]} \doteq_{in} T_1|_{[WQ]}$ 成立,就一定有子树 $T_4(T(T_4 \longleftrightarrow DApaths(S))$ 使:① $T_4|_{[WQ]} \doteq_{in} T_3|_{[WQ]}$ 或者 $T_4|_{[WQ]} \doteq_{in} T_1|_{[WQ]}$。② $T_4|_{[R-WQ]} \doteq_{in} T_3|_{[R-WQ]}$,$T_4|_B \doteq_{in} T_1|_B$,其中 $B = DApaths(S)-R-WQ$。

从而,对于不完全信息下 XML 文档树 T 的任意一个完全化的结果 T',若 $T'_1|_{[PW]} \equiv_{in} T'_2|_{[PW]}$ 成立,则 $T'_3|_{[PQW]} \equiv_{in} T'_1|_{[PQW]}$ 成立,于是有 $T'_4|_{[QW]} \equiv_{in} T'_1|_{[QW]}$ 成立(T'_1,T'_2,T'_3,T'_4 为子树 T_1,T_2,T_3,T_4 的完全化结果子树)。故有 $T'_4|_{[DApaths(S)-(R-QW)]} \equiv_{in} T'_1|_{[DApaths(S)-(R-QW)]}$,可以得出:

(a) $T'_4|_{[DApaths(S)-(R-QW)-P]} \equiv_{in} T'_1|_{[DApaths(S)-(R-QW)-P]}$ 成立。

又因为 $T'_4|_W \doteq_{in} T_1|_W$,$T'_4|_{[P-(R-QW)]} \equiv_{in} T'_1|_{[P-(R-QW)]}$ 成立,同时,$T'_4|_{[P\cap(R-QW)]} \equiv_{in} T'_3|_{[P\cap(R-QW)]} \equiv_{in} T'_1|_{[P\cap(R-QW)]}$ 也成立,所以可以得出:

(b) $T'_4|_{PW} \equiv_{in} T'_1|_{PW}$。

(c) $T'_4|_{[R-PWQ]} \equiv_{in} T'_3|_{[R-PWQ]} \equiv_{in} T'_1|_{[R-PWQ]}$。

由(a)(b)(c)得 XSMVD:$PW \xrightarrow{S} R-QW$ 成立。所以 XSMVD 的伪传递规则成立。

综合以上讨论,推理规则(1)~(7)成立。证毕。

5.6.2 XSMVD 推理规则集的完备性

为了证明推理规则集的完备性,下面引入一些基本概念。

定义 5.18 (Σ' 逻辑蕴涵 XSMVD)设 Σ' 为 S 上的 XSMVD 集合,满足 S 的不完全信息下 XML 文档树为 T 且 T 满足 Σ'。若 XSMVD:$P \xrightarrow{S} Q$ 在 T 上也成立,则称 Σ' 逻辑蕴涵 XSMVD:$P \xrightarrow{S} Q$,记作 $\Sigma' \models P \xrightarrow{S} Q$。

定义 5.19 (Σ' 的强闭包)设 Σ' 为 S 上的 XSMVD 集合,根据 XSMVD 的推理规则集(1)~(7)推导出的所有 XSMVD 的集合称为 Σ' 的强闭包,记作:Σ'^+_S。

定义 5.20 (路径集 P 强闭包)设 Σ' 为 S 上的 XSMVD 集合,$P \subseteq DApaths(S)$,则关于路径集 P 的强闭包 $P^+_{MS} = \{Q \mid P \xrightarrow{S} Q$ 可用 XSMVD 的推理规则集(1)~(7)推出$\}$。

定义 5.21 (分割的并集)设 Σ' 为 S 上的 XSMVD 集合,$P \subseteq DApaths(S)$,那么(相对于 Σ')路径集 P 的强依赖基定义为 $DApaths(S)-P$ 的一个分割 $\{Q_1, \cdots, Q_k\}(Q_1, \cdots, Q_k$ 的并集为 $DApaths(S)-P)$,即:

$$DEPATH_S(P) = \{Q_j \mid P \xrightarrow{S} Q_j, Q_j \subseteq DApaths(S)-P, \text{且对于每一个 } W \subset$$

$Q_j, P \xrightarrow{S} W$ 不在 Σ'^{+}_{S} 中},其中 $j \in [1, k]$。

定理 5.7 XSMVD 推理规则集(1)～(7)对于 XSMVD 之间的逻辑蕴涵的推理是完备的。

证明 根据逆否命题的等价性,要证明完备性成立,即要证明对于某个不能由 XSMVD 的集合 Σ' 根据 XSMVD 推理规则集推导出的 XSMVD $\sigma : P \xrightarrow{S} Q$,则 σ 一定不为 Σ' 所逻辑蕴涵,或者说,至少存在一个不完全信息下 XML 文档树 T,使 T 满足 Σ',但 T 不满足 σ。

下面采用这样的方法来构造不完全信息下 XML 文档树 T:令 $Q_1, \cdots, Q_k \in DEPATH_S(P)$ 并且 $Q_1, \cdots, Q_k$ 覆盖 $DApaths(S) - P^{+}_{MS}$,在 T 中共有 2^k 个子树,记为 $T_1, \cdots, T_m$,其中 $m = 2^k$。$\forall\, p \in P^{+}_{MS}$,满足 $T_1|_p \dot{=}_{in} T_2|_p \dot{=}_{in}, \cdots, \dot{=}_{in} T_m|_p = \varphi_1$,其中,$\varphi_1 = \{$"$a$","$b$"$\}$;路径 $Q_1, \cdots, Q_k$ 为二进制序列分配于 φ_1 或者 φ_2,其中,$\varphi_2 = \{$"c","d"$\}$。$\forall\, T_i \in T\ (i \in [1, m])$,$\forall\, q, q' \in Q_j (j \in [1, k])$,$T_i|_q \dot{=}_{in} T_i|_{q'}$。不完全信息下 XML 文档树 T 如图 5.9 所示。

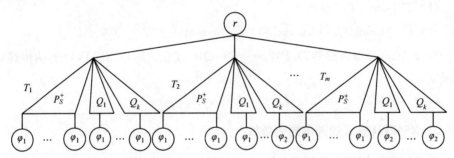

图 5.9 不完全信息下 XML 文档树 T

不完全信息下 XML 文档树 T 有以下性质:

(1) 在 T 上每个以 Q_j 为右部的 XSMVD 成立。

(2) 一个 XSMVD,右部是 Q_j 的非空子集,当且仅当它的左部与 Q_j 相交,则此 XSMVD 在 T 上成立。

证明 (1)证明 $\phi \xrightarrow{S} Q_j$ 在 T 上成立。对任意 T_i、$T_j \in T$,有 $T_i|_{\phi} \dot{=}_{in} T_j|_{\phi}$ 成立,所以 $T_i|_{\phi} \dot{=}_{in} T_j|_{\phi}$ 也成立。由 T 的构造可以看出 T 中总存在 T_l、T_m,使 $T_l|_{\phi} \dot{=}_{in} T_i|_{\phi}$,$T_l|_{Q_j} \dot{=}_{in} T_i|_{Q_j}$,$T_l|_{[DApaths(S) - Q_j]} \dot{=}_{in} T_j|_{[DApaths(S) - Q_j]}$。$T_m|_{\phi} \dot{=}_{in} T_j|_{\phi}$,$T_m|_{Q_j} \dot{=}_{in} T_j|_{Q_j}$,$T_m|_{[DApaths(S) - Q_j]} \dot{=}_{in} T_i|_{[DApaths(S) - Q_j]}$,可得 $\phi \xrightarrow{S} Q_j$ 在 T 上成立,由 XSMVD 的增广规则可得 XSMVD:$Q \xrightarrow{S} Q_j$ 在 T 上成立。

(2) (必要性) $\forall\, T_i \in T (i \in [1, m])$,$\forall\, q, q' \in Q_j (j \in [1, k])$,$T_i|_q \dot{=}_{in} T_i|_{q'}$。为了讨论的方便,设 $Q_j = A \cup B$,于是有 $T_i|_A \dot{=}_{in} T_j|_A$ 成立蕴涵 $T_i|_B \dot{=}_{in} T_j|_B$ 成

立。所以 T 满足 XSFD $A \xrightarrow{s} B$ 及 $B \xrightarrow{s} A$，根据 XSMVD 的定义，T 也满足 $A \xrightarrow{s} B$ 及 $B \xrightarrow{s} A$，即 Q_j 中的每一个全路径都多值依赖于 Q_j 中的其他全路径。该 XSMVD 左部与 Q_j 相交，根据 XSMVD 的增广规则得此 XSMVD 在 T 上成立，必要性成立。

（充分性）（反证法）设 $g = Q \xrightarrow{s} R, R \subseteq Q_j, Q_j \cap Q = \varnothing, R \neq \varnothing$。选取这样的子树 T_i、$T_j \in T$，使 $T_i|_{Q_j} \neq_{in} T_j|_{Q_j}$。设 $\forall q \in Q_j, \forall v \in T_i|_{Q_j}, val(v) = \varphi_2, \forall v' \in T_j|_{Q_j}, val(v') = \varphi_1$。因为有 $Q \in P_{MS}^+$，所以有 $T_i|_Q \doteq_{in} T_j|_Q = \varphi_1$ 成立。假设存在 $T_l \in T$，使得 $T_l|_R \doteq_{in} T_i|_R = \varphi_2$ 成立。由 $Q_j - R \subseteq DApaths(S) - QR$，于是有 $\forall v \in T_l|_{[Q_j-R]}, val(v) = \varphi_2, \forall v \in T_j|_{[Q_j-R]}, val(v) = \varphi_1$，所以 $T_l|_{[DApaths(S)-QR]} \neq_{in} T_j|_{[DApaths(S)-QR]}$ 成立，根据 XSMVD 的定义 g 在 T 上不成立，充分性成立。

综合上述讨论不完全信息下 XML 文档树 T 的性质(1)和(2)都成立。

下面，证明不完全信息下 XML 文档树 T 满足 Σ'。

设 $Q \xrightarrow{s} R$ 为 Σ'^+_S 中的任意一个 XSMVD。下面证明 $Q \xrightarrow{s} R$ 在 T 上成立。首先证明 $Q \xrightarrow{s} R \cap Q_j$ 成立，其中，$j \in [1, k]$。下面分三种情况讨论。

① $R \cap Q_j = \varnothing$ 时，显然，T 满足 $Q \xrightarrow{s} \varnothing$；

② $R = Q_j$ 时，由 T 的构造知，T 满足 $Q \xrightarrow{s} R \cap Q_j$；

③ $R \cap Q_j$ 是 Q_j 的非空真子集时，证明 $Q \cap Q_j \neq \varnothing$。

若 $Q \cap Q_j = \varnothing$，由 XSMVD 的增广规则可知 $(DApaths(S) - Q_j) \xrightarrow{s} R$ 在 Σ'^+_S 中。由 $P \xrightarrow{s} (DApaths(S) - Q_j)$ 在 Σ'^+_S 中，再根据 XSMVD 的传递规则得 XSMVD：$P \xrightarrow{s} R - (DApaths(S) - Q_j)$ 成立，即 $P \xrightarrow{s} R \cap Q_j$ 在 Σ'^+_S 中，这与 Q_j 的定义相矛盾，所以 $Q \cap Q_j \neq \varnothing$，再由 T 的性质(2)知 T 满足 $Q \xrightarrow{s} R \cap Q_j$。

根据 T 的构造知 T 满足 $Q \xrightarrow{s} R \cap P_{MS}^+$，由 XSMVD 的合并规则可得 $Q \xrightarrow{s} R$。

其次，证明不完全信息下 XML 文档树 T 不满足 XSMVD σ：$P \xrightarrow{s} Q$ 成立。

假设 σ 不在 Σ'^+_S 中。存在某个 $j, Q \cap Q_j$ 必定是 Q_j 的非空真子集，否则，由 $P \xrightarrow{s} Q \cap P_{MS}^+$ 和 $P \xrightarrow{s} Q \cap Q_j$ 在 Σ'^+_S 中可得：$P \xrightarrow{s} Q$ 在 Σ'^+_S 中，引起了矛盾。这样，由 T 的性质(2)可得 $P \xrightarrow{s} Q \cap Q_j$ 在 T 上不成立。因为 T 满足 $P \xrightarrow{s} Q_j$，若 T 也满足 $P \xrightarrow{s} Q$，由分解律可知 T 满足 $P \xrightarrow{s} Q \cap Q_j$，导出矛盾，所以 T 不满足 XSMVD σ：$P \xrightarrow{s} Q$。

综合以上讨论，XSMVD 推理规则集的完备性成立。证毕。

5.7　XSMVD 弱范式

为了解决不完全信息下 XML Schema 设计中 XML 文档的数据冗余和操作异常,本节研究了不完全信息下存在 XML 强多值依赖的 XML Schema 规范化问题。提出了弱键路径和 XML 强多值依赖弱范式的定义,通过实例分析了在 XML Schema 中 XML 强多值依赖引起数据冗余的原因,提出了规范规则,给出了规范化算法。解决了当 XML 文档中出现大量不完全信息时的数据冗余问题,实现了存在 XML 强多值依赖时 XML Schema 更合理的设计。

定义 5.22　(弱键路径)设 XML Schema $S=(SE, CE, D, A, SP, CP, R, Type, r)$,$DApaths(S)$ 为 S 上的全路径集合,$X \subseteq DApaths(S)$,T 为满足 S 的不完全信息下 XML 文档树。若对于任意两个子树 T_1、$T_2 \subseteq T$ 且 $T_1 \longleftrightarrow DApaths(S)$、$T_2 \longleftrightarrow DApaths(S)$ 满足 $T_1|_X =_n T_2|_X$,X 为单个路径,称 X 为弱键路径,X 为多个路径的集合,称 X 为弱键路径集。

定义 5.23　(S 满足 XSMVD 弱范式)设 S 和 T 的意义同定义 5.22,Σ' 为 S 上的 XSMVD 集合,T 满足 Σ'。任意 $X \xrightarrow{S} Y \in \Sigma'$,其中 X、$Y \subseteq DApaths(S)$,若 X 都为弱键路径(集),称此 S 满足 XSMVD 弱范式。

例 5.5　下面给出一个学校课程安排($Schedules$)情况的 XML Schema S_1,如图 5.10 所示,其中"1"表示复杂元素对应的子元素个数和属性的个数。

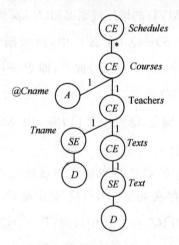

图 5.10　XML Schema S_1

这一模式 S_1 表示要存储课程($Courses$)有哪些老师($Teachers$)讲授以及对应哪些教材($Texts$),其中 $Cname$,$Tname$ 和 $Text$ 分别表示课程名、老师名和教材名。T_1 为满足 S_1 的不完全信息下 XML 文档树,如图 5.11 所示。

在 T_1 中具体安排哪门课程目前是不确定的,但知道为{"数据库原理","数据库原理与设计","数据库原理与应用"}中的一门,具体由哪些老师讲授目前也是不确定的,但知道可能由{"$John$","$Mary$","$Smith$","$Joan$"}中的两名老师讲授。不完全信息的语义为 $\varphi_1 \doteq \varphi_3 = \{$"数据库原理","数据库原理与设计"$\}$, $\varphi_2 \doteq \varphi_4 = \{$"数据库原理","数据库原理与应用"$\}$。$\varphi_5 \doteq \varphi_6 = \{$"$John$","$Mary$"$\}$, $\varphi_7 \doteq \varphi_8 = \{$"$Smith$","$Joan$"$\}$。

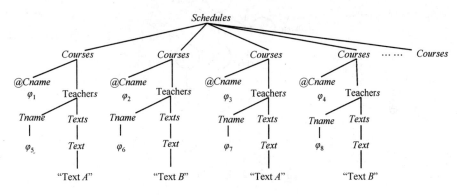

图 5.11　满足 S_1 的不完全信息下 XML 文档树 T_1

由 XSMVD 的定义得 XML 强多值依赖 $Schedules. Courses. @Cname \xrightarrow{\ S\ }$ $Schedules. Courses. Teachers. Tname. D \mid Schedules. Courses. Teachers. Texts.$ $Text. D$ 在 T_1 上成立。但在 T_1 中 $Schedules. Courses. @Cname$ 不为弱键路径,所以 S_1 不满足 XSMVD 弱范式,由图 5.11 也可以看出,在 T_1 中存在大量冗余数据。

在 T_1 中存在的数据冗余正是由于 S_1 在设计上存在问题。在 S_1 中,教材($Texts$)与课程($Courses$)有直接联系而与老师($Teachers$)没有直接联系,而 S_1 中把两个没有直接联系的实体嵌套在了一起,即教材($Texts$)嵌套在了老师($Teachers$)的下面;其次,一门课程($Cname$)可以由多名老师($Tname$)讲授且对应多门教材($Text$),而在 S_1 中一门课程($Cname$)只能由一名老师($Tname$)讲授且对应一门教材($Text$),与原本所表达的意义不符。根据上述原因可以对 S_1 进行规范,把与课程($Courses$)有直接关系的教材($Texts$)嵌套在课程($Courses$)的下面,更改 S_1 为一门课程($Cname$)可以由多名老师($Tname$)讲授且对应多门教材($Text$),用"$*$"表示这种一对多的关系。S_1 修改后对应的 XML Schema S_2 如图 5.12 所示。满足 S_2 的不完全信息下 XML 文档树 T_2 如图 5.13 所示,其中,不完全信息的语义为 $\varphi_1 = \{$"数据库原理","数据库原理与设计"$\}$, $\varphi_2 = \{$"数据库原理","数据库原理与应用"$\}$, $\varphi_3 = \{$"$John$","$Mary$"$\}$, $\varphi_4 = \{$"$Smith$","$Joan$"$\}$。在 T_2 中,路径 $Schedules. Courses. @Cname$ 对应的路径结点集的最后结点的值为 φ_1 和

φ_2，而 $val(\varphi_1) \doteq_{in} val(\varphi_2)$，满足弱键定义的条件，所以路径 $Schedules.\,Courses.\,@Cname$ 为弱键路径，S_2 满足 XSMVD 弱范式，在语义信息和结构信息没有改变的情况下，的确在 T_2 中减少了冗余数据。

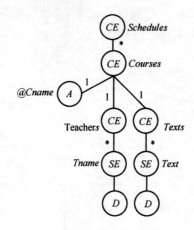

图 5.12 XML Schema S_2

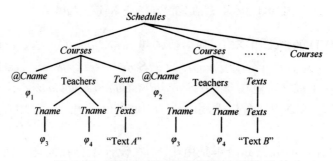

图 5.13 满足 S_2 的不完全 XML 文档树 T_2

例 5.6 满足 S_1 的不完全 XML 文档树 T_3 如图 5.14 所示，T_3 中课程的名字是确定的，为 "DB"，不完全信息的语义范围为 $\varphi_1 \doteq \varphi_2 = \{\text{"John"}, \text{"Mary"}\}$，$\varphi_3 \doteq \varphi_4 = \{\text{"Smith"}, \text{"Joan"}\}$，其他信息与 T_1 相同。由于 S_1 设计的不合理，S_1 转变为 S_2 之后，所对应的不完全 XML 文档树 T_4 如图 5.15 所示。其中，不完全信息的语义为 $\varphi_1 = \{\text{"John"}, \text{"Mary"}\}$，$\varphi_2 = \{\text{"Smith"}, \text{"Joan"}\}$。路径 $Schedules.\,Courses.\,@Cname$ 为弱键路径，并且由于通过路径 $Schedules.\,Courses.\,@Cname$ 的路径结点集的最后结点的值也不相容，根据强键的定义，$Schedules.\,Courses.\,@Cname$ 为强键路径，可见 T_4 没有冗余数据，从而说明当 XML Schema 满足 XSMVD 弱范式时，当 XML 文档出现大量不完全信息，可能仍存在数据冗余，当 XML 文档中不完全信息量比较少的情况下，会消除冗余数据。

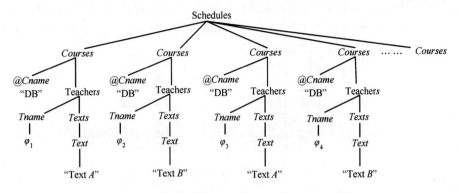

图 5.14 满足 S_1 的不完全信息下 XML 文档树 T_3

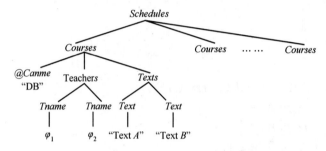

图 5.15 满足 S_2 的不完全信息下 XML 文档树 T_4

5.8 规范 XML Schema 为 XSMVD 弱范式

5.8.1 规范 XML Schema 为 XSMVD 弱范式规范规则

根据上面的实例分析,若 XSMVD: $X \xrightarrow{S} Y \mid Z$ 中的路径(集合)Z 中存在复杂元素 B 嵌套在路径(集合)Y 中复杂元素 A 的下面,而 B 与 A 没有直接关系,而与 A 的父亲元素有直接关系。为了减少数据冗余,则移动 B 所在的子树为 $Parent(A)$ 的子元素;若实体之间的语义为一对多的关系,则由原来的语义关系"1"修改为" * "(表示一个或多个)。下面根据不同的情况,给出相应的规范规则。

若 XSMVD: $X \xrightarrow{S} Y \mid Z(Z=DApaths(S)-XY)$ 中的 Y 和 Z 均为单个路径时,此规范情形如图 5.16 所示,其中,$tree_X$ 表示由路径集合 X 所构成的子树。

根据图 5.16 规范情形 1,给出如下规则。

规范规则 5.3 移动属性或简单元素所在的子树。

设 S 规范为 $S'=(SE', CE', D', A', SP', CP', R', Type', r')$,其中:
$SE':=SE$;

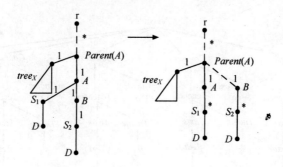

图 5.16　规范情形 1

CE'：$=CE$；

D'：$=D$；

A'：$=A$；

R'：$=R$

r'：$=r$；

$CP'(Parent(A))$：$=CP(Parent(A))\bigcup B$；

$CP'(A)$：$=(CP(A)-B)^*$；

$CP'(B)$：$=(CP(B))^*$；

$Type'$ 与 $Type$ 的意义相同；

SP' 与 SP 的意义相同；

R' 与 R 的意义相同；

Σ''：$=\Sigma'-\{tree_X \xrightarrow{S} r/\cdots/Parent(A)/A/S_1/D \mid r/\cdots Parent(A)/A/B/S_2/$ $D\}\bigcup \{tree_X \xrightarrow{S} r/\cdots/Parent(A)/A/S_1/D \mid r/\cdots/Parent(A)/B/S_2/D\}$；

　　若 XSMVD：$X \xrightarrow{S} Y \mid Z(Z=DApaths(S)-XY)$ 中 Y 为路径集合的情况，而 Z 为单个路径的情况，需要在规范情形 1 的基础上增加新的结点，此规范情形如图 5.17 所示。

　　根据图 5.17 规范情形 2，给出如下规则。

　　规范规则 5.4　移动子树并且创建一个复杂元素结点。

　　设规范 S 为 $S'=(SE'，CE'，D'，A'，SP'，CP'，R'，Type'，r')$，其中：

SE'：$=SE$；

CE'：$=CE\bigcup As$；

D'：$=D$；

A'：$=A$；

r'：$=r$；

$CP'(Parent(A))$：$=CP(Parent(A))\bigcup B$；

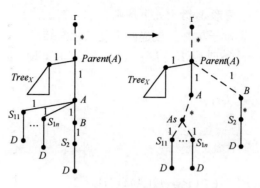

图 5.17　规范情形 2

$CP'(A):=As^*$;

$CP'(As):=S_{11},\cdots,S_{1n}$;

$CP'(B):=(CP(B))^*$;

$Type'$ 在 $Type$ 的意义上加上 As 所对应的数据类型和相应的数据约束；

R' 与 R 的意义相同；

SP' 与 SP 意义相同；

$\Sigma'':= \Sigma' - (tree_X \xrightarrow{s} r/\cdots/Parent(A)/A/S_{11}/D, \cdots, r/\cdots/Parent(A)/A/$ $S_{1n}/D \mid r/\cdots/Parent(A)/A/B/S_2/D) \bigcup (tree_X \xrightarrow{s} r/\cdots/Parent(A)/A/As/$ $S_{11}/D,\cdots, r/\cdots/Parent(A)/A/As/S_{1n}/D \mid r/\cdots/Parent(A)/B/S_2/D)$;

若 XSMVD：$X \xrightarrow{s} Y \mid Z(Z=DApaths(S)-XY)$ 中的 Y 为单个路径而且 Z 为路径集合时，根据 XSMVD 的补规则，规范情形与规范情形 2 相同。

若 XSMVD：$X \xrightarrow{s} Y \mid Z(Z=DApaths(S)-XY)$ 中的 Y 与 Z 均为路径集合的情况，需要在规范情形 2 的基础上增加新的结点，此规范情形如图 5.18 所示。

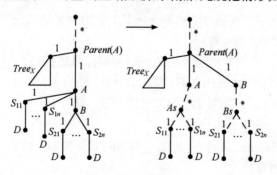

图 5.18　规范情形 3

根据图 5.18 规范情形 3,给出如下规则。

规范规则 5.5　移动子树并且创建两个复杂元素结点。

设规范 S 为 $S' = (SE', CE', D', A', SP', CP', R', Type', r')$,其中:

$SE' := SE$;

$CE' := CE \cup As \cup Bs$;

$D' := D$;

$A' := A$;

$r' := r$;

$CP'(Parent(A)) := CP(Parent(A)) \cup B$;

$CP'(A) := As^*$;

$CP'(As) := S_{11}, \cdots, S_{1n}$;

$CP'(B) := Bs^*$;

$CP'(Bs) := S_{21}, \cdots, S_{2n}$;

$Type'$ 在 $Type$ 的意义上加上 As 和 Bs 所对应的数据类型和相应的数据约束;

R' 与 R 的意义相同;

SP' 与 SP 意义相同;

$$\Sigma'' := \Sigma' - (tree_X \xrightarrow{S} r/\cdots/Parent(A)/A/S_{11}/D, \cdots, r/\cdots/Parent(A)/A/S_{1n}/D \mid r/\cdots/Parent(A)/A/B/S_{21}/D, \cdots, r/\cdots/Parent(A)/A/B/S_{2m}/D) \cup (tree_X \xrightarrow{S} r/\cdots/Parent(A)/A/As/S_{11}/D, \cdots, r/\cdots/Parent(A)/A/As/S_{1n}/D \mid r/\cdots/Parent(A)/B/Bs/S_{21}/D, \cdots, r/\cdots/Parent(A)/B/Bs/S_{2m});$$

5.8.2　规范 XML Schema 为 XSMVD 弱范式算法

定义 5.24　(异常最大化 XSMVD)设 Σ' 为 S 上的 XSMVD 的集合,$X \xrightarrow{S} Y \mid Z \in \Sigma'$,若满足下面的条件,称 $X \xrightarrow{S} Y \mid Z$ 为异常最大化 XSMVD。

(1) X 不为弱键路径(集)。

(2) 不存在与(1)条件相同的 XSMVD 左部路径集相同。

算法符号说明:$S = (SE, CE, D, A, SP, CP, R, Type, r)$,$\Sigma'$ 为 S 上的 XSMVD 集,$S' = (SE', CE', D', A', SP', CP', R', Type', r')$。

下面给出规范化算法。

算法 5.4　Normalization_XML_WNF $((S, \Sigma'))$ {规范 XML Schema 为 XSMVD 弱范式的算法}

输入: XML Schema S, Σ';

输出:满足 XSMVD 弱范式的 XML Schema S';

begin

　　　　$S' := S$；　／＊初始化

　　　　if S' 是 XSMVD 弱范式 then

　　　　　break；

　　　　while 每个异常最大化 XSMVD：$X \xrightarrow{S} Y \mid Z \in \Sigma'$　do

　　Case1：if　Y 和 Z 为单个路径且 X 不为弱键路径(集) then

　　　　　　利用规范规则 5.3 规范；

　　Case2：if　Y 为路径集合，Z 为单个路径且 X 不为弱键路径(集) or Z 为路径集合 and Y 为单个路径且 X 不为弱键路径(集) then

　　　　　　利用规范规则 5.4 规范；

　　Case3：if Y 与 Z 都为路径集合 and　X 不为弱键路径(集) then

　　　　　　利用规范规则 5.5 规范；

　　return (S')；

　　end.

定理 5.8　算法 Normalization_XML_WNF 是正确的,可终止的,其时间复杂度为 $O(n)$。其中,n 为 Σ' 中异常最大化 XSMVD 的个数。

证明　(正确性)算法 Normalization_XML_WNF 满足 XSMVD 弱范式的定义,正确性成立。

(可终止性)算法 Normalization_XML_WNF 执行的时间由异常最大化 XSMVD 的个数决定,所以是可终止的。

(时间复杂度分析)算法 Normalization_XML_WNF 的时间复杂度由 Σ' 中异常最大化 XSMVD 的个数决定的,故整个算法总的时间复杂度为 $O(n)$。证毕。

5.9　本 章 小 结

　　为了实现了整个 XML 数据库模式更合理的设计,本章对存在 XML 双类结点强函数依赖的 XML Schema 规范化进行了研究。给出了 XML Schema、满足 XML Schema 的不完全信息下 XML 文档树等概念,为了在不完全信息下 XML 文档树的叶子结点和内部结点定义 XML 双类结点强函数依赖,基于结点信息等价和结点信息相容的定义给出了结点等价和结点相容的概念,提出 XML 双类结点强函数依赖的推理规则集,提出了路径集强闭包和 XML 双类结点强函数依赖的成员籍问题的算法。给出了 XML 双类结点强函数依赖范式的定义,提出了规范 XML Schema 为 XML 双类结点强函数依赖范式的规范化算法,此算法消除了不完全信息下 XML 文档中的 XML 双类结点强函数依赖引起数据冗余,避免了插入、删除、修改异常,保证了数据的一致性,实现了合理的 XML Schema 模式设计。存在 XML 双类结点强函数依赖的 XML Schema 规范化研究在查询优化、索引设计、存储发布、数据集成等方面具有重要意义。

给出了 XML Schema,满足 XML Schema 的不完全信息下 XML 文档树、子树信息等价、子树信息相容的定义,提出了左右部路径为全路径集合的 XML 强多值依赖的定义、性质以及相应的推理规则集,并对推理规则集的正确性和完备性进行了证明。给出了弱键路径(集)和 XML 强多值依赖弱范式的定义,通过实例分析了 XML Schema 中数据冗余的原因,提出了规范规则,给出了规范化算法。本章的理论研究和实例分析表明若 XML 文档存在大量不完全信息,一般情况下,此规范化理论能完全消除数据冗余,也能减少数据冗余;若达到完全消除数据冗余,XML 文档不能出现大量不完全信息。也就是说不完全信息下 XML 文档树被规范化的程度,由不完全信息的量所决定,当量不较少的时候,能够完全消除数据冗余;当量不太大的时候,能够减少数据冗余。

本章从数据库设计的角度出发,对不完全信息环境下的 XML 数据约束进行研究,直接对 Web 世界中的不完全信息下 XML 文档以及模式进行规范化,从而得到规范化的不完全信息下 XML 文档以及模式,完整地保留了不完全信息下 XML 文档中的语义和结构信息。存储、集成、查询、发布和传输交换规范化的不完全信息下 XML 数据,保证了数据在互联网上的一致性,提高了数据质量。目前需要通过 Internet 交换和处理的不完全信息下 XML 数据大大增加,对不完全信息下 XML 数据库规范化理论的深入研究具有重要的理论意义和实用价值。

进一步应该进行的工作是:

(1) 存在型不完全信息引入 XML 文档后,XML 文档的语义变得很复杂。针对结点信息之间以及子树信息之间的一对一、多对一以及一对多的数据约束,可以采用与 XSFD 和 XSMVD 定义相反的方法来定义此数据约束,即 XML 弱函数依赖和 XML 弱多值依赖,研究消除由 XML 弱函数依赖和 XML 弱多值依赖所引起的数据冗余。

(2) 存在型不完全信息表示语义不完全信息,把存在型不完全信息引入 XML 文档中,建立含有存在型不完全信息 XML 数据模型,提出查询算法。

(3) 研究本书所给出的不完全信息的理论和方法有机的融入 XML 文档和 XML 数据库系统中,除了正常处理 XML 文档和 XML 数据库系统所应完成的功能外,还必须能充分完成处理不完全信息环境下的 XML 数据查询问题。

第 6 章　概率数据模型分析和数据的转换

存在型不完全信息表示语义不完全信息,客观世界中不仅存在不完全信息,而且还存在逻辑型不完全信息,即概率信息。

从 20 世纪 80 年代末开始,针对概率数据库的研究工作就从未间断,这类研究工作将不确定性引入到关系数据模型中去,取得较大研究进展。近年来,针对不确定性数据的研究工作则在更广的范围之内取得更大的进展,概率 XML 数据的管理系统由概率 XML 数据模型、概率 XML 数据存储、概率 XML 代数、概率 XML 查询等部分组成。

6.1　概率 XML 数据管理简述

6.1.1　概率 XML 数据模型

概率 XML 数据管理的首要问题是如何在一般的 XML 数据中以概率的形式表示不确定信息。在 XML 数据中,能够表达概念、属性和关系的成分是元素结点、属性结点、结点的嵌套、结点的序和交叉引用(ID/IDREF)等。在概率 XML 数据中增加概率数据的表示结点,即建立概率 XML 数据模型。根据概率 XML 数据模型是否依赖于关系型数据,可分为基于关系的半结构化对象,与关系型数据无关的概率 XML 数据 *SPO*;根据概率 XML 数据模型依赖于图或树数据结构,可分为概率 XML 数据图;概率 XML 数据树。

SPO 是 Edward Hung 等提出的一种半结构的基于关系的概率数据模型,下面讨论根据半结构对象 *SPO* 的建立过程。

例 6.1　表 6.1 为某大学某学院教师的级别的聘任情况,级别 *rank* 的概率关系数据表,其中 *no* 是教师的唯一编号为关键字,*name* 是教师的名字。

首先由表 6.1 重新建立表 6.2,表 6.2 的数据与表 6.1 的含义相同。

表 6.1　教师概率关系数据表 *rank*

no	*name*	*rank*	*ps*
0001	*WangMing*	*ass*	0.3
0001	*WangMing*	*ins*	0.7

表 6.2　教师概率关系数据表 *rank*

no	0001
name	*WangMing*
rank	*ps*
ass	0.3
ins	0.7
DR	$\{A, B\}$

由表 6.2 建立的 *SPO* 对象 *rank_spo* 如下：

$<$? xml version="1.0"? $>$

$<$spopath expression="s"$>$

　　　$<$*context*$>$

　　　　　$<$*no*$>$0001$<$/*no*$>$

　　　　　$<$*name*$>$Wang Ming$<$/*name*$>$

　　　$<$/*context*$>$

　　　$<$*table*$>$

　　　　　$<$*row*$><$*rank*$>$ass$<$/*rank*$><$*ps*$>$0.3$<$/*ps*$><$/*row*$>$

　　　　　$<$*row*$><$*rank*$>$ins$<$/*rank*$>$　　$<$*ps*$>$0.7$<$/*ps*$><$/*row*$>$

　　　$<$/*table*$>$

　　　$<$*conditional*$>$

$<$*DR*$>$\{*A*,*B*\}$<$/*DR*$>$

　　　$<$/*conditional*$>$

$<$/*spo*$>$

由表 6.2 建立的半结构对象的 *rank_spo* 的 DTD 文件如下：

$<$? xml version="1.0"? $>$

$<$! ELEMENT *spo*(*context*, *table*, *conditional*)$>$

$<$! ELEMENT *context*(*no*, *name*)$>$

$<$! ELEMENT *name*(♯*PCDATA*)$>$

$<$! ELEMENT *no*(♯*PCDATA*)$>$

$<$! ELEMENT *table*(*row*+)$>$

$<$! ELEMENT *conditional*(*DR*)$>$

$<$! ELEMENT *row*(*rank*, *ps*)$>$

$<$! ELEMENT *rank*(♯*PCDATA*)$>$

$<$! ELEMENT *ps*(♯*PCDATA*)$>$

$<$! ELEMENT *DR*(♯*PCDATA*)$>$

$<$! ATTLIST *spo* CDATA ♯*REQUIRED*$>$

　　概率 XML 数据(简记为 PXML 数据)指的是普通 XML 数据空间的概率分布，PXML 数据的数据模型对于上层的查询处理和优化有着非常重要的影响。因此，要实现 PXML 数据的管理，必须解决 PXML 数据的数据模型问题。通常概率数据的存在往往是有约束条件的。PXML 数据的数据模型根据是否满足一定的概率约束条件，可分为两大类：无约束条件的概率 XML 数据模型和有约束的概率 XML 数据模型。一般来说，在无约束条件的概率 XML 数据模型的基础上加上具体文件中不同数据之间的概率值的限制条件，就构成了有约束的概率 XML 数据模型。因此，无约束条件的概率 XML 数据模型是有约束的概率 XML 数据模型的基础。

　　XML 数据可表示为 XML 数据树,因此,在普通 XML 树中通过添加表示概率属性结点的方法构建概率 XML 树是描述 PXML 数据的最常用的方法。在PXML 树中,根据概率结点对应的概率值的关系,可以把概率属性结点的分布类型分为四种:

　　(1) 独立类型结点 ind,独立结点在 PXML 树出现的概率是独立的,不受其他结点的影响;

　　(2) 互斥类型结点 mux,互斥结点在 PXML 树只能出现一个而其他结点不出现的结点,或者全都不出现;

　　(3) 孩子结点组合类型结点 exp,exp 结点有多个孩子结点,选择不同的孩子结点组成孩子结点的集合,孩子集合的不同子集 $w_1,\cdots,w_l$ 的概率值分别为 $p^v(w_1),\cdots,p^v(w_l)$,满足 $\sum_{i=1}^{l} p^v(w_i) = 1$;

　　(4) 外部变量驱动类型结点 cie,cie 结点的存在是由独立的外部事件变量 $e_1,\cdots,e_m$ 决定的,对于每个事件 $e_i(1{\leqslant}i{\leqslant}m)$,由已知的 e_i 为真的概率 $p(e_i)$,计算该结点的孩子结点的存在概率。

　　PXML 数据的数据模型的研究主要涉及分布结点形式,不同的概率 XML 数据类型以上述的分布结点形式表示概率值,提出和应用了以有向图和树为基础的PXML 模型作为 PXML 数据的数据模型。Nierman A,Jagadish H V 作了概率XML 数据库的研究的第一步,根据不确定的数据的特点提出了概率 XML 模型 $PXML^{\{ind,mux\}}$,Li T,Shao Q H,Chen Y 沿用了这一模型,在该模型中,引入了用来说明在 XML 数据中特定的元素不确定性的概率属性结点 $Prob$(在 XML 数据指定的位置)。

　　$Prob$ 根据(兄弟)结点的概率值之间的关系用结点 $dist$ 表示,分为互斥型 mux的和独立型 ind 两种类型,独立结点就是其出现的概率是独立的,不受其他结点的影响,互斥结点就是只能出现一个其他结点不出现的结点,或者全都不出现。该模型能有效地表示概率 XML 文件,缺点是概率 XML 数据的格式与普通 XML 数据有一定的区别,概率 XML 文件中应有结点 $dist$ 的类型和 $Prob$ 的概率值的说明。为适应表示概率数据,源 XML 文件的 DTD 必须作相应的修改。由表 6.1 建立的PXML 数据如下所示:

```
<T>
  <teacher>
    <no>0001</no>
    <name>Wang Ming</name>
    <rank>
    <dist>
      <mux>
```

```
            <poss prob='0.3'> ass </poss>
            <poss prob='0.7'> ins</poss>
            </mux>
        </dist>
        </rank>
        </teacher>
</T>
```

DTD 文件中初始的 *dist* 和 *val* 定义修改如下：

```
        <! ELEMENT dist (val+)>
        <! ATTLIST dist type (independent | multually−exclusive)"independent">
        <! ELEMENT val (#PCDATA)>
        <! ATTLIST val Prob CDATA "1">
```

6.1.2　概率 XML 代数

由关系代数的定义可知，XML 查询代数是对满足一定数据模型的 XML 数据集合的操作集合，PXML 代数的实现方法主要有两种：(1)扩展 XML 代数(extended XML Algebra,简记为 e_ XML Algebra)的方法，在已建立的 XML 代数的基础上增加概率数据的操作；(2)在关系代数的基础上实现概率 XML 的操作，这种方法适用于以 XML 数据库为基础实现概率 XML 数据的管理。

目前，关于 PXML 代数的主要工作集中在第(2)种。

1. e_ XML Algebra

扩展 XML 代数的方法由 Nierman A,Jagadish H V 首先应用，该代数系统以 TIMBER 的实现为基础，在查询解析器和查询执行器中增加概率 XML 数据管理的函数。这种方法直接应用了 TAX 代数系统，实现比较简单，但修改和扩展 XML 代数的方式不灵活。

2. SP_algebra

SP_algebra 是由关系代数的扩展实现的，概率关系代数是概率 XML 代数的实现基础。Cavallo 和 Barbara 等提出通过在元组中增加概率属性表示概率数据的方法扩展关系模型为概率关系模型，并定义了把关系数据转换为概率关系数据的映射函数。概率关系模型的代数操作是应用概率理论和 Dempster-Shafer 理论扩展关系代数操作，Suk Lee 等应用 Dempster-Shafer 理论和概率理论作为理论基础，在概率关系模型中定义了相关的代数操作。Fuhr 和 Roellke 在总结前人工作的基础上，归纳了概率关系模型中概率数据的表示方法、代数操作的符号和定义。

代数操作的研究在概率 XML 数据的管理方面是任重而道远，如何建立第一种概率 XML 代数,乃至纯概率 XML 代数将是概率 XML 数据查询的重要工作。

6.1.3　概率 XML 数据查询

　　由于 PXML 数据是特殊的 XML 数据,PXML 数据的查询既有概率关系数据库查询的特点,也有 XML 数据库查询思想的特点。

　　首先,介绍概率关系数据库查询及优化策略,这为概率 XML 数据的查询提供了研究思路。概率关系数据库的查询方法一般可分为两种:

　　(1) 可能世界集合的查询,关键是如何列出概率 XML 数据对应的可能世界的集合,会产生大量的中间结果。

　　(2) 直接查询,关键是查询的正确性和有效性。Fuhr 提出的查询方案是,给出全部的关系实例集合和对应的存在概率,然后在每个关系实例上完成查询。这种方法由于需要列出全部的关系实例的集合,查询效率较低。因此,直接在概率关系数据库上进行查询是另一种可取的查询方法。另外,连接操作和聚集操作是概率关系数据的代数操作中不可避免的两个问题,由于元组中增加了概率属性,概率关系数据库的查询复杂程度提高了。

　　其次,介绍从查询语义和查询方案两个角度分析概率 XML 数据的查询。根据查询结果的性质,PXML 的查询语义可分为两种:

　　(1) 面向对象的语义,查询结果为概率 XML 树的结点对象和属性。

　　(2) 面向数值的语义,查询结果为结点的标签。

　　在第二种语义中,查询结果为概率数值时,概率计算的准确性要依赖于分布结点类型的判断。

　　查询方案的研究可以归纳为以下两个方向:

　　(1) 在 PXML 数据对应的所有可能世界数据的集合上执行查询。一般地,一个 PXML 数据对应于实际中的很多可能世界的数据,根据 PXML 数据的集成方法可以列出在 PXML 数据对应的所有可能 XML 数据及其概率,然后在所有的可能世界的集合上执行查询。显然,这是一种比较简单的方法,但由于需要列出 PXML 数据对应的所有可能世界的集合的数据元素,查询效率显然不高。

　　(2) 直接在概率 XML 数据上执行查询。这是可行的查询方案,查询的关键问题是如何选择一组需要的概率结点。

　　从以上的分析可以看出,由于概率 XML 数据库的查询与基于 XML 的概率数据的表示方式有关,随着新的基于 XML 的概率数据的表示方法的提出,PXML 的查询方案应不仅仅局限于所有的可能世界的集合查询和概率 XML 数据查询两种方案。

6.1.4　概率 XML 数据库系统

由概率 XML 查询方法的分析可知,自 2002 年以来研究者们所建立的概率 XML 数据库系统有 PROTDB/PEPX 系统、基于 SPO 数据模型的数据库系统 SPDBMS和概率 XML 管理模块三种方案。本书只介绍第二种方案。

SPDBMS 在关系数据库之上设计的半结构概率数据库原型系统,如图 6.1 所示。核心是应用服务器,能把 SPO 表示为关系表,把 SP-Algebra 操作符转换为 SQL 段的序列处理来自不同客户要求的查询结果。

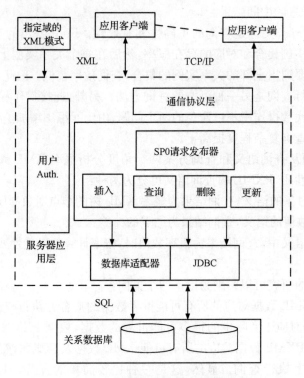

图 6.1　SPDBMS 系统的基本结构

6.2　概率数据模型分析

可能世界模型是一种经典的数据模型,在概率数据管理中,最常用的模型也是可能世界模型。该模型从一个概率数据库演化出很多确定的数据库实例,称为可能世界实例,而且所有实例的概率之和为 1。

概率数据的类型主要有基于关系的概率数据模型和基于 XML 的概率数据模型。通常根据可能世界模型表示的概率关系模型可表示为 1 范式,由 1 范式的概率关系模型的基础上用半结构化信息单元表示概率数据的方法，即是在 XML 数据增加概率数值表示结点。由于 XML 文件可建模为图、树等，而树结构最符合 XML 数据的结构特点，因此，XML 数据树已成为经典的 XML 数据模型，概率 XML 数据树也是概率 XML 数据的常用模型。

6.2.1　概率关系数据模型

一般来说，现实世界中的对象可表示为元组 T 的集合 $D_1 \times D_2 \times \cdots \times D_n$，其中 D_i 为属性的域值，则关系 R 的集合为 $G(D_1 \times D_2 \times \cdots \times D_n)$。

在关系数据库中概率属性是表示与概率有关的普通属性，概率属性的域值 D_i 为 $\widetilde{D_i} = [0,1] \times D$，则概率元组 pT 的集合为 $\widetilde{D_1} \times \widetilde{D_2} \times \cdots \times \widetilde{D_n}$。

设 $p_i(pT)$ 是元组 pT 的属性 i 的概率，Π 为投影运算符号，则值为 $\Pi_i(pT)$，设主键为 k 的概率关系数据 pR 的集合为 $G(\widetilde{D_1} \times \widetilde{D_2} \times \cdots \times \widetilde{D_n})$，则 pR 的键值为 v 的所有元组的集合为：

$$\overline{\Pi}_v(pR) = \{pT \in pR \mid \Pi_k(pT) = v\}$$

概率关系 pR 中域值 D_i 对应的元组 PT 为：

$$D_i \mid pR = \{v \in D_i \mid (\exists pT \in pR) \cdot \Pi_i(pT) = v\}$$

与关系数据库不同的是，概率关系数据 pR 应保持下面的两个约束条件：

$$(\forall v \in D_k \mid pR) \sum_{pT \in \Pi_v(pR)} \left(\prod_{1 \leqslant i \leqslant n} G_i(pT) \right) = 1$$

$$(\forall v \in D_k \mid pR)(\forall i \neq k)\left(\forall pT, pT' \in \overline{\Pi} v(pR) \right) \cdot \prod_i(pT)$$

$$= \prod_i(pT') \Rightarrow G_i(pT) = G_i(pT')$$

根据可能世界模型的语义可知，概率关系数据库中概率元组 PT 的概率计算公式为

$$\prod_{1 \leqslant i \leqslant n} G_i(pT)$$

由于 $pW \subseteq pR$，则

$$(\forall v \in D_k \mid pR) \cdot \mid \overline{\prod_v}(pW) \mid = 1$$

$$(\forall pT \in pR)(\exists pT' \in pW) \cdot \prod_k(pT) = \prod_k(pT')$$

则概率关系数据 pR 的可能世界的集合 pWS_{pR} 为：

$$pWS_{pR} = \{pW \subseteq pR \mid pW \text{ 是可能世界}\}$$

由此可得到，概率关系数据 pR 的 1NF 为 $pR \in G(\widetilde{D_1} \times \widetilde{D_2} \times \cdots \times \widetilde{D_n})$

概率关系数据 pR 的 3NF 为 $pR \in D_k \times G\widetilde{D_i}(i = 1, \cdots, n)$

其中 $\widetilde{D_1} = [0,1] \times D_1, \cdots, \widetilde{D_n} = [0,1] \times D_n$。

6.2.2　概率 XML 数据模型

根据关系数据库的证据生成与合成的理论,XML 是一种典型的半结构化数据,概率 XML 数据作为一种特殊的半结构化数据可以用半结构化的数据表示。下面从半结构化信息化的定义出发给出概率数据在 XML 文件中的表示方法,并建立数据模型。

定义 6.1　(半结构化的信息单元(简记为 SIU))半结构化的信息单元(semis-Structured Information Unit,简记为 SIU)有下述的三种形式:

如果 e 是元素名,v 是元素值,则 $<e>v</e>$ 是 SIU。

如果 e 是元素名,v 是元素值,f 是属性名,k 是属性值,则 $<e\ f=k>v</e>$ 也是 SIU。

如果 e 是元素名,$g_1,\cdots,g_n$ 是 SIU,则 $<e>g_1,\cdots,g_n<e>$ 也是 SIU。

概率 XML 数据也是嵌套的结构,元素名 *elementname* 的 *elementvalue* 的可能世界 *elementvalue$_i$* 的概率分布为 p_i,可表示为如下的概率 XML 数据的形式:

$<dist>$

　$<poss\ value='p_1'>$

　　$<elementname_1>elementvalue_1</elementname_1>$

$\cdots$

　　$<elementname_n>elementvalue_n</elementname_n>$

　$</poss>$

　$\cdots$

　$<possvalue='p_n'>$

　　$<elementname_1>elementvalue_1</elementname_1>$

$\cdots$

　　$<elementname_n>elementvalue_n</elementname_n>$

　$</poss>$

$<dist>$

半结构化的信息单元可表示为数据树,由 XML 建模为 XML 树,下面给出概率 XML 树的相关定义。

定义 6.2　(XML 树)XML 树 T 定义为五元组 $T=(N,E,r,lable,value)$,其中,N 是结点的有限集合,$E\subseteq N,r$ 是 T 的根,$lable:N\rightarrow name$,对 N 中的每个结点分配一个标签(字符串),$value$ 为叶子结点 $leaf(leaf\in N-\{r\})$ 分配一个数值。

定义 6.3　(概率 XML 树的可能世界模型)概率 XML 树 PT 的可能世界模型是二元组 $(t_i,p_i)(i=1,\cdots,n)$ 的有限集合。其中,t_i 是 XML 树,p_i 是正的实数且 $\sum_{i=1}^n p_i=1$。

定义 6.4　(概率 XML 数据模式)概率 XML 数据模式定义为 $PDTD=(E,$

$A,rule,att,str)$，其中，$E=\{e_1,e_2,\cdots,e_n\}$ 是一个有限元素集合，$e_i(1\leqslant i\leqslant n)$ 是概率 XML 数据集合中的元素；$A=\{a_1,a_2,\cdots,a_m\}$ 是一个属性集合，$a_j(1\leqslant j\leqslant m)$ 是概率 XML 数据集合中的属性；$rule（E）$ 是概率 XML 数据集合的规则集合；$att（<e_1,a_{11},p_{11}>,\cdots,<e_1,a_{1n},p_{1n}>,<e_2,a_{21},p_{21}>,\cdots,<e_2,a_{2m},p_{2m}>,\cdots）$ 是概率 XML 数据集合的元素及其取值对应关系，其中 $\sum_{i=1}^{n}p_{1i}=1,\sum_{i=1}^{m}p_{2i}=1,\cdots$；$str$ 是 E 到 A 的幂集上的一个映射。

定义 6.5　（概率 XML 数据树）概率 XML 数据树定义为一个六元组 $PT=(N,E,r,lable,V,prob)$。其中，N 表示结点的有限集合，$N=N_{ord}\bigcup N_{dist}\bigcup N_{poss}$，其中 N_{ord} 表示普通结点的集合，N_{dist} 表示分布结点的集合，N_{poss} 表示可能结点的集合；$N_{dist=}N_{ind}\bigcup N_{mux}$，$N_{ind}$ 表示有孩子结点的索引分布结点，且孩子结点是相互独立的结点集合，N_{mux} 表示有孩子结点的可能分布结点，且孩子结点是相互排斥的结点的集合。$E\subseteq N\times N$ 为边的集合；r 为 PT 的根结点；$label：N_{ord}\rightarrow L$ 表示普通结点的标志函数，其中 L 表示元素名字和属性名字的集合；对于每一个 $n\in N_{dist}$，$label（n）=dist$；对于每一个 $n\in N_{poss}$，$label（n）=poss$。$V：N_l\rightarrow D$ 表示叶子结点的数据值，其中，N_l 表示叶子结点 $N_l\subset N_{ind}\subset N_{poss}$，$D$ 表示数据值的集合。$prob：N_{ord}\bigcup N_{poss}\rightarrow P$ 表示结点的概率值（$0\leqslant P\leqslant 1$），没有分配 P 的结点的概率值认为 1。

注意：本书用 PT 表示概率 XML 数据树，与 pT 表示概率元组相区别。

定理 6.1　设 N_l 表示概率 XML 数据树 PT 中的一个叶子结点，则从根结点到叶子结点的路径表达式结点集的概率计算公式：$Pr（n_1,n_2,\cdots,n_k）=prob（n_1）\times prob（n_2）\times\cdots\times prob（n_k）$ 成立。其中，n_1 为 PT 的根结点。

证明　根据在概率链中计算概率的方法，计算公式显然是正确的。

定理 6.2　两个概率树 PT_1 和 PT_2 是相等的当且仅当 $pws\ PT_1=pws\ PT_2$。

证明　根据可能世界模型的原理，$PT_1\equiv PT_2$ 的含义是 PT_1 的确定实例的集合与 PT_2 的确定实例的集合是相同的，即 $pws\ PT_1=pws\ PT_2$。

如果 $pws\ PT_1=pws\ PT_2$，则 $PT_1\equiv PT_2$。其中，符号 $pws\ PT_1$ 的含义是 PT_1 的所有可能世界的实例的集合，符号 $pws\ PT_2$ 的含义是 PT_2 的所有可能世界的实例的集合。证毕。

如果 $|N^{PT_1}|<|N^{PT_2}|$，则 PT_1 是比 PT_2 稀疏。其中 N^{PT_1} 表示 PT_1 的结点总数，N^{PT_2} 表示 PT_2 的结点总数。概率树变换为更紧凑形式的等价形式称为简化。

6.2.3　概率 XML 树的路径表达式的类型

建立的概率 XML 树，按照最大策略解析概率 XML 数据树 PT，可以得到绝对路径表达式集合。

解析的绝对路径表达式集合与概率 XML 树是一一对应的。下面给出概率 XML 树的路径表达式类型。

定义 6.6　（绝对路径表达式（简记为 apath））绝对路径表达式（absolutepath expression）定义为概率 XML 树 PT 中从根结点 r 到任一叶子结点 $V(n_l)(V(n_l) \in D)$ 的结点序列。

本书中用符号 $APATH_{PT}$ 表示概率 XML 树 PT 中所有绝对路径表达式的集合，$|APATH_{PT}|$ 是概率 XML 树 PT 中所有绝对路径表达式的集合的元素的个数。

定义 6.7　（扩展路径表达式（简记为 epath））扩展路径表达式（extended path expression）定义为概率 XML 树 PT 中删除叶子结点的绝对路径表达式。

用符号 $EPATH_{PT}$ 表示概率 XML 树 PT 中所有扩展路径表达式的集合，$|EPATH_{PT}|$ 是概率 XML 树 PT 中所有扩展路径表达式的集合的元素的个数。显然，对于每一个 $apath \in APATH_{PT}$，$epath = \mathrm{delete}(last(apth))$。

定义 6.8　（基本路径表达式（简记为 path））基本路径表达式（basic absolute-path expression）定义为概率 XML 树 PT 中删除叶子结点和分布结点的绝对路径表达式。

用符号 $PATH_{PT}$ 表示概率 XML 树 PT 中所有基本路径表达式的集合，$|PATH_{PT}|$ 是概率 XML 树 PT 中所有基本路径表达式集合的元素的个数。显然，对于每一个 $path \in PATH_{PT}$，$path = \mathrm{delete}(path. n_i\{dist, ind, mux, poss\})$。

定义 6.9　（候选路径表达式（简记为 cpath））候选路径表达式（candidate absolutepath expression）定义为扩展路径表达式集合中不含分布结点的路径表达式。

用符号 $CPATH_{PT}$ 表示概率 XML 树 PT 中所有候选路径表达式的集合，$|CPATH_{PT}|$ 是概率 XML 树 PT 中所有候选路径表达式的集合的元素的个数，即扩展路径表达式集合与基本路径表达式集合的交集的元素的个数。

显然，对于任一个 $cpath \in CPATH_{PT}$，$IPATH_{PT} = EPATH_{PT} \bigcap PATH_{PT}$；对于任一个 $ipath \in IPATH_{PT}$，$cpath = ipath/last(ipath)$。

其中，关键路径表达式（key absolutepath expression，简记为 kpath）是候选路径表达式集合的元素之一。

定义 6.10　（概率 XML 单元树）概率 XML 单元树 $PT_{\min}$ 是有且只有一个不含分布结点的绝对路径表达式和扩展路径表达式的相容集合两部分组成。

定义 6.11　（概率 XML 单元模式树）概率 XML 单元模式树 $MT_{\min}$ 是有且只有一个不含分布结点和叶子结点的绝对路径表达式和扩展路径表达式两部分组成。

由概率 XML 单元模式树的定义可知,概率 XML 单元模式树是概率 XML 模式树的子树。一般的概率 XML 单元树和概率 XML 单元模式树如图 6.2 和图 6.3所示。

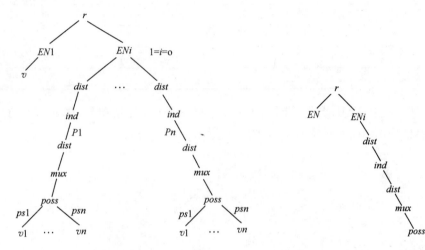

图 6.2　概率 XML 单元树　　　　　　图 6.3　概率 XML 单元模式树

例 6.1　教师的级别、系别和课别的概率关系数据,如表 6.3 所示。其中 $<rank,ps>$ 表示级别及其概率;表 6.4 为表 6.3 的第一行元组的 1NF 概率关系数据,其中 $rank\text{-}ps$ 表示级别概率;表 6.5 为表 6.4 的三范式形式。

表 6.3　非 1NF 的教师的概率关系数据表 teacher

name	ind	$<rank,ps>$
WangMing	0.8	$\{<ass,0.6>,<ins,0.4>\}$
WangMing	0.9	$\{<ass,0.3>,<ins,0.7>\}$

表 6.4　1NF 的教师的概率关系数据表 teacher

name	rank	rank-ps
WangMing	ass	0.48
WangMing	ins	0.32
WangMing	ass	0.27
WangMing	ins	0.63

表 6.5　3NF 的教师的概率关系数据表 teacher

(a) 教师的编号 teacher_no

no	name
0001	WangMing

续表

（b）教师的级别 teacher_rank			
no	ind	rank	rank -ps
0001	0.8	ass	0.6
0001	0.8	ins	0.4
0001	0.9	ass	0.3
0001	0.9	ins	0.7

　　下述的概率 XML 数据片断描述了一个概率 XML 元素单元,模式用 DTD 文件说明,概率 XML 单元树 *rank* 如图 6.4 所示。

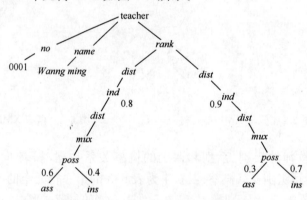

图 6.4　teacher 的概率 XML 单元树

　　概率 XML 文件 *rank* 如下：

```
<T>
<teacher>
  <no>0001</no>
<name>Wang Ming</name>
<rank>
  <dist>
  <ind value='0.8'>
    <dist>
       <mux>
       <poss prob='0.6'> ass </poss>
       <poss prob='0.4'> ins</poss>
       </mux>
</dist>
  </ind>
  </dist>
```

$<dist>$
　　$<ind\ value=\text{'}0.9\text{'}>$
　　$<dist>$
　　　　$<mux>$
　　　　$<poss\ prob=\text{'}0.3\text{'}>\ ass\ </poss>$
　　　　$<poss\ prob=\text{'}0.7\text{'}>\ ins</poss>$
　　　　$</mux>$
　　$</dist>$
　　$</ind>$
　　$</dist>$
　　$</rank>$
$</teacher>$
$</T>$

概率 XML 的模式文件 *rank_dtd* 如下：

$<!\ \text{ELEMENT T}\ (teacher)>$
$<!\ \text{ELEMENT teacher}\ (no,\ name,\ rank)>$
$<!\ \text{ELEMENT}\ no\ (\#PCDATA)>$
$<!\ \text{ELEMENT}\ name\ (\#PCDATA)>$
$<!\ \text{ELEMENT}\ rank\ (dist+)>$
$<!\ \text{ELEMENT}\ dist\ (ind\ |\ mux)>$
$<!\ \text{ELEMENT}\ ind\ (dist)>$
$<!\ \text{ATTLIST}\ ind\ value\ CDATA\ \#REQUIRED>$
$<!\ \text{ELEMENT}\ mux\ (poss+)>$
$<!\ \text{ELEMENT}\ poss\ (\#PCDATA)>$
$<!\ \text{ATTLIST}\ possCDATA\ \#REQUIRED>$

6.2.4　概率 XML 树的路径表达式的关系

　　下面分析路径表达式的关系，路径表达式的关系类型分为三类：相等、等价和相容。

　　定义 6.12　（路径表达式相等（简记为＝））如果两个路径表达式的结点序列是完全相同的，则称路径表达式相等（path expression same）。

　　由定义知，对于任意 $apath_1, apath_2 \in APATH_{PT}$，List_Node$(apath_1)=$ List_Node$(apath_1)$，

　　其中 List_Node 是列出路径表达式的从根结点到叶子结点序列，则称路径表达式 $apath_1$ 与 $apath_2$ 相等，记作 $apath_1 = apath_2$。

　　定义 6.13　（路径表达式等价（简记为 $\doteq$ ））如果概率 XML 树 PT 中扩展路径表达式 $epath$ 删除分布结点后，与基本路径表达式 $path$ 相同，则称 $epath$ 与

path 路径表达式等价(path equivalence)。

由定义可知,对于任意 $epath \in EPATH_{PT}$,使 $path = \text{delete}(epath.\{dist, ind, mux, poss\})$,$path \in PATH_{PT}$ 成立,则称路径表达式 $epath$ 与 $path$ 等价,记作 $epath \doteq path$。

性质 6.1　在概率 XML 树 PT 中 $1 \leqslant |EPATH_{PT} \cap PATH_{PT}| \leqslant |PATH_{PT}| - 1$,$|PATH_{PT}| \leqslant |EPATH_{PT}|$。

证明　由概率 XML 树的扩展路径表达式定义 6.7 和基本路径表达式定义 6.8 可知,不等式显然成立。在概率 XML 树 PT 中至少有一条不含任何分布结点的基本路径表达式,最多为扩展路径表达式的个数减 1;基本路径表达式应少于扩展路径表达式。证毕。

定理 6.3　在概率 XML 树 PT 中设 $DEPATH_{PT} = EPATH_{PT} - (EPATH_{PT} \cap PATH_{PT})$,$|DEPATH_{PT}|_{\max} = n - 1$;$|DEPATH_{PT}|_{\min} = 1$,其中 $|EPATH_{PT}| = n$;$DEPATH_{PT}$ 可划分为若干个等价类的集合。

证明　由扩展路径表达式定义 6.7 和基本路径表达式定义 6.8 可知,可知 $1 \leqslant |DEPATH_{PT}| \leqslant n - 1$ 成立。

对于任意一个 $path \in PATH_{PT}$,存在 $epath \in EPATH_{PT}$ 且 $epath \doteq path$,则
$$DEpath_{PT} = \{epath \mid path \in PATH_{PT} \wedge epath \doteq path \wedge e \mid path \in EPATH_{PT}\}$$
$$DEPATH_{PT} = \{DEpath_{PT} \mid DEpath_{PT} \subseteq Dpath_{PT} \wedge \bigcup DEpath_{PT} = EPATH_{PT} - (EPATH_{PT} \cap PATH_{PT})\}。$$
证毕。

定义 6.14　(路径表达式相容(简记为 $\doteqdot$))如果概率 XML 树 PT 中绝对路径表达式 $apath$ 删除叶子结点后,与扩展路径表达式 $epath$ 相同,则称 $apath$ 与 $epath$ 路径表达式相容(path consistent)。

由概率 XML 树的绝对路径表达式定义 6.6 和扩展路径表达式定义 6.7 可知,对于任意 $epath \in EPATH_{PT}$,有且只有一条绝对路径表达式 $apath \in APATH_{PT}$,使 $epath = \text{delete}(last(apth))$ 成立,则称这路径表达式 $epath$ 与 $apath$ 相容,记作 $epath \doteqdot apath$。

定理 6.4　在概率 XML 树 PT 中设 $DPATH_{PT} = PATH_{PT} - (EPATH_{PT} \cap PATH_{PT})$,$|DPATH_{PT}|_{\max} = m - 1$;$|DPATH_{PT}|_{\min} = 1$,其中 $|PATH_{PT}| = m$;$DPATH_{PT}$ 可划分为若干个相容类的集合。

证明　由概率 XML 树的绝对路径表达式定义 6.6、扩展路径表达式定义 6.7 和基本路径表达式定义 6.8 可知,$1 \leqslant |DPATH_{PT}| \leqslant m - 1$ 成立。

对于任意一个 $dpath \in DPATH_{PT}$,存在 $epath \in EPATH_{PT}$,$epath \in DEPATH_{PT}$,$apath \in APATH_{PT}$,如果 $epath \doteqdot apath$,则
$$Dpath_{PT} = \{apath \mid apath \in APATH_{PT} \wedge epath \in DEPATH_{PT} \wedge epath \doteqdot apath\},DPATH_{PT} = \{Dpath_{PT} \mid Dpath_{PT} \subseteq Dpath_{PT} \wedge \bigcup Dpath_{PT} = PATH_{PT} -$$

$(EPATH_{PT} \bigcap PATH_{PT})\}$。证毕。

6.2.5　概率 XML 树的路径表达式中结点的关系

下面分析结点 $poss$ 的孩子结点的关系,结点 $poss$ 的孩子结点关系的类型分为三类:结点相同、结点等价和结点相容。

定义 6.15　(结点相同)对于任意结点 $node_1$ 和 $node_2 \in children(poss)$,存在 $poss \in apath$,使 $label(parent(node_1)) = label(parent(node_2)) = poss$,$value(node_1) = value(node_2)$,$prob(node_1) = prob(node_2)$ 成立,即 $node_1$ 和 $node_2$ 的取值和概率是相同的。则称结点 $node_1$ 和 $node_2$ 是相等的,记作 $node_1 = node_2$。

定义 6.16　(结点等价)对于任意结点 $node_1$ 和 $node_2 \in children(poss)$,存在 $poss \in apath$,$label(parent(node_1)) = label(parent(node_2))$,$value(node_1) \neq value(node_2)$,$prob(node_1) \neq prob(node_2)$ 成立,即 $node_1$ 和 $node_2$ 的取值和概率均是不相同的。则称结点 $node_1$ 和 $node_2$ 是等价的,记作 $node_1 \doteq node_2$。

定义 6.17　(结点相容)对于任意结点 $node_1,node_2,\cdots,node_n \in children(poss)$,存在 $poss \in apath$,使 $label(parent(node_1)) = label(parent(node_2)) = \cdots label(parent(node_n))$,$value(node_1) \neq value(node_2) \neq \cdots \neq value(node_n)$,$prob(node_1) + prob(node_2) + \cdots + prob(node_n) \leqslant 1$ 成立,即 $node_1,node_2,\cdots,node_n$ 是概率之和小于等于 1 的取值不同的结点。则称结点 $node_1,node_2,\cdots,node_n$ 是相容的,记作 $node_i \doteq node_j (i,j = 1,\cdots,n,\ i \neq j)$。

根据结点 $poss$ 的孩子结点数,概率 XML 树 PT 可分为如下的两种类型:

(1) 如果概率 XML 树 PT 中每个 $poss$ 结点至少有两个或两个以上的普通孩子结点,则为类型 1(type 1)。

(2) 如果概率 XML 树中 PT 每个结点 $poss$ 有且仅有一个普通孩子结点,则为类型 2(type 2)。

由此可见,类型 1 的概率 XML 文件树可以分解为类型 2 的概率 XML 文件树,类型 2 的概率 XML 文件树可以合并为类型 1 的概率 XML 文件树。

根据概率 XML 文件树的定义 6.5 可知,任意一条绝对路径表达式的结点序列中必然含有 $poss$ 结点,$poss$ 结点的孩子结点的个数是分解和合并概率 XML 文件树的依据。

6.3　概率关系数据与概率 XML 数据的转换

由于概率 XML 数据是网络上概率数据交换的主流形式,而现存大量的概率关系数据与概率 XML 数据之间的转换是必要的。从 1998 年随着 XML 数据作为一种数据交换标准的提出,研究者们提出了一系列的方法把关系数据转换为 XML

数据,这些方法为概率关系数据转换为概率 XML 数据提供了一种数据转换的思想。

概率关系模型是一种非经典的概率关系数据模型,用二元组<属性,概率>表示概率关系元组的不确定性,概率关系模型上的概率关系是概率关系模型上元组的有限集合,而且任何两个元组均不相等。

定义 6.18　(概率关系)概率关系 PR 是概率关系模式 PRS 的一个 1 范式概率关系,属性的集合为 $C=\{c_1,\cdots,c_m\}$,有且只有一个复合属性 $c_i=<a,ps>$,$i=2,\cdots,m$,其中 a 是概率关系的属性名称,ps 是该属性取值的概率,且 $\sum\limits_{u=1}^{|<a,ps>|} ps \leqslant 1$。

定义 6.19　(概率关系模式)设 $PR=\{pr_1,\cdots,pr_n\}$ 是概率关系模式 PRS 的概率关系 PR 的集合。其中,对于任意一个概率关系 pr_i 的属性集合 $a_i=\{c_1,\cdots,c_n\}$,存在属性二元组 $c_l=<a_l,ps>$,$l=2,\cdots,m$;对于同一属性 c_l 的取值集合 $\{<a_{lq},ps_q>\}$,ps 必须满足约束条件 $\sum\limits_{u=1}^{<a_{l_q},ps_q>} ps_q=1$。

设 $C=\{c_1,\cdots,c_m\}$ 是概率关系模式 PRS 的所有属性的集合。设元组 $k=(pr_i,pr_j)$ 是两个概率关系的外键,FK 是 PR 的外键的集合。

由定义 6.18 可知,表示概率值的二元组的约束条件为:每个概率关系数据的属性列有 0 个或 1 个含有概率数据的二元组属性,概率关系模式的属性列集合中至少有一个二元组属性。

定义 6.20　(概率关系模式图)设元组 $PRG=<N,E,name>$ 是由 PRS 产生的图,其中 $N=T\cup(C-FK)$ 是图中的结点,$E\subseteq T\times(T\cup(C-FK))$ 是边,命名函数 $name$:$N\rightarrow M$,其中 M 是名字的集合。

定义 6.21　(包含映射)设 $f(PR\rightarrow C)$ 是由概率关系 PR 到属性 c_i 的一一映射,则 $\forall c_i\in C\exists f(PR\rightarrow c_i)$。

定义 6.22　(外键映射)设 $g(pr_i\rightarrow pr_j)$ 是连接两个概率关系 pr_i 和 pr_j 的映射,则 $\forall k=(pr_i,pr_j)\exists g(pr_i\rightarrow pr_j)$。

定义 6.23　(联合映射)设 $h(pr_i\rightarrow pr_j)$ 是连接两个概率关系 pr_i 和 pr_j 的映射,而且 te_i 是 pr_i 的相关的概率关系到属性的一一映射,则 $\forall(pr_j\in te_i,pr_k\in te_i)|tc_i\subseteq FK,(\exists h(pr_j\longleftrightarrow pr_k))\wedge(N=N-pr_i)$。

6.3.1　概率关系模式转换为概率 XML 模式

关系模式转换为 XML 模式的一般方法是直接映射,即把关系模式的各个关系映射成 XML 模式,映射时保持关系模式的数据依赖关系以及主外键等语义信息。由此可见,概率关系模式转换为概率 XML 模式的转换过程的关键是路径表达式的映射规则。

由概率关系模式转换为概率 XML 模式的各种路径表达式的映射规则如下：

1）由概率关系 PR 可求出基本路径表达式集合

设概率关系 PR 的属性集合 $C = \{c_1, \cdots, c_m\}$，则由 PR 建立的概率 XML 树 PT 基本路径表达式表达式集合为：

$$path_{PR} = \{PR/c_1, \cdots, PR/c_m\}$$

则概率关系模式 PRS 的所有的基本路径表达式集合的并集为：

$$PATH_{PRS} = \bigcup_{i=1}^{m} path_{PR}$$

2）由概率关系 PR 求出扩展路径表达式集合

设 PR 的属性集合 $C = \{c_1, \cdots, c_m\}$，则由 PR 建立的概率 XML 树 PT 扩展路径表达式集合为：

$$epath_{PR} = \{PR/c_1, \cdots, PR/c_l/dist/mux/poss, \cdots, PR/c_m\}$$

则概率关系模式 PRS 的所有的扩展路径表达式集合为：

$$EPATH_{PRS} = \bigcup_{i=1}^{n} epath_{PR}$$

3）由概率关系 PR 求出候选路径表达式集合

由基本路径表达式集合 $PATH_{PRS}$ 和扩展路径表达式集合 $EPATH_{PRS}$，则概率关系模式 PRS 的候选路径表达式集合为：$CPATH_{PRS} = PATH_{PRS} \bigcap EPATH_{PRS}$

根据上述的映射规则，概率关系模式转换为概率 XML 模式的算法的基本思想：

（1）是由概率关系模式 PRS 获取根结点 r，作为 PDTD 的开始标记；

（2）分别读取每个概率关系数据表的表名，作为根结点 r 的孩子结点；

（3）读取每个概率关系数据表的属性列，根据属性列的两种类型分别说明其约束关系。

概率关系模式 PRS 转换为概率 XML 模式 $PDTD$ 的算法如下。

算法6.1　PRS_2_PDTD(PRS)（由 PRS 求出 $PDTD$）

　　输入：概率关系模式 PRS；

　　输出：$PDTD$；

　　begin

　　（1）$PDTD := \varnothing$；

　　　　$r := name(PRS)$；

　　　　$PDTD := PDTD \cup \{r\}$；　/* 概率关系模式名为概率 XML 树的根结点 */

　　　　$element := \varnothing$；

　　（2）for $i = 1$ to $| PRS |$ do

　　　　　$r\_PRS\_i := name(PRS[i])$；　/* 表名为子树的根结点 */

$$element := element \bigcup \{r\_PRS\_i\};$$
$$element(i) := \varnothing;$$
$$\text{for } j=1 \text{ to } |column(PRS[i])| \text{ do}$$
$$\quad sub\_element(i) := element(i) \bigcup a(j);$$
$$\quad \text{if } ps \in a(j) \text{ then}$$
$$\quad\quad\quad a(j)(dist) \in PDTD;$$
$$\quad\quad\quad dist(mux) \in PDTD;$$
$$\quad\quad\quad mux(poss) \in PDTD;$$
$$\quad\quad\quad element(element(i)) \in PDTD;$$
$$\quad\quad\quad r(element) \in PDTD;$$
$$\quad\quad return(PDTD)$$
$$\quad end.$$

定理 6.5　算法 PRS_2_PDTD 是正确的、可终止的,其时间复杂度为 $O(mn)$。其中,m 为概率关系模式 PRS 的关系数据集合的个数,n 为概率关系数据 PRS 的属性的最大个数。

证明　(正确性)根据定义 6.18、定义 6.19、定义 6.20 可知,本算法是由概率关系模式 PRS 的数据表集合抽取 PDTD 的过程。算法 PRS_2_PDTD 执行步骤 (2)通过二重 for 循环语句首先依次获取 PRS 的任意一个概率关系数据 PR 的表名,接着通过二重 for 循环语句分析所有的概率关系数据 PR。于是,分析并处理了概率关系模式 PRS 的数据表集合的每一个概率关系元素,故而算法 PRS_2_PDTD 是正确的。

(可终止性)因为概率关系模式 PRS 的数据表集合的元素是有限的,每一个概率关系数据 PR 的属性列也是有限的,所以算法 PRS_2_PDTD 中第一部分的 for 循环语句的循环语句的循环控制变量也是有限量,外层循环的循环控制变量终值为概率关系模式 PRS 的数据表集合的元素个数 n,内层循环的循环控制变量终值为任意一个概率关系数据 PR 的属性个数也是有限的。算法 PRS_2_PDTD 在循环执行有限次后,会自动终止,故算法 PRS_2_PDTD 是可终止的。

(时间复杂度分析)抽取 PDTD 算法中由二重循环组成,外层循环的循环控制变量终值为概率关系模式的数据表集合的元素个数 m,内层循环的循环控制变量终值为相应的概率关系数据 PR 的属性的个数 k,且 $k=2,\cdots,n$,则最好情况下总共执行的次数为 $2n$,最坏情况下总共执行的次数为 mn,所以算法 PRS_2_PDTD 的时间复杂度为 $O(mn)$。因此,整个算法总的时间复杂度为 $O(mn)$。证毕。

为说明算法 PRS_2_PDTD 的正确性,下面举例说明。

例 6.2　教师的级别、系别和课别的概率关系数据,如表 6.6 所示。其中 $<rank, ps>$ 表示级别及其概率,$<dept, ps>$ 表示系别及其概率,$<course, ps>$ 表示授课及其概率。表 6.7 为表 6.6 的第一行元组的 1NF 概率关系数据,其中

rank-ps,*dept-ps* 和 *course-ps* 分别表示级别、系别和授课的概率。

表 6.6　非 1NF 的教师的概率关系数据表 teacher

name	$\langle rank,ps\rangle$	$\langle dept,ps\rangle$	$\langle course,ps\rangle$
WangMing	$\{\langle ass,0.3\rangle,\langle ins,0.7\rangle\}$	$\{\langle d1,0.2\rangle,\langle d2,0.8\rangle\}$	$\{\langle c1,0.3\rangle,\langle c2,0.5\rangle,\langle c3,0.2\rangle\}$
ZhangMin	$\{\langle a.prof,0.7\rangle,\langle prof,0.3\rangle\}$	$\{\langle d1,0.3\rangle,\langle d4,0.7\rangle\}$	$\{\langle c2,0.3\rangle,\langle c3,0.4\rangle,\langle c4,0.3\rangle\}$
zhaoLi	$\{\langle ass,0.5\rangle,\langle ins,0.5\rangle\}$	$\{\langle d4,0.2\rangle,\langle d5,0.8\rangle\}$	$\{\langle c3,0.5\rangle,\langle c4,0.2\rangle,\langle c5,0.3\rangle\}$
Feng Yan	$\{\langle a.prof,0.4\rangle,\langle prof,0.6\rangle\}$	$\{\langle d2,0.6\rangle,\langle d3,0.4\rangle\}$	$\{\langle c1,0.3\rangle,\langle c2,0.7\rangle\}$
He Lu	$\{\langle ins,0.6\rangle,\langle a.prof,0.4\rangle\}$	$\{\langle d2,0.6\rangle,\langle d4,0.4\rangle\}$	$\{\langle c3,0.2\rangle,\langle c4,0.3\rangle,\langle c5,0.5\rangle\}$

表 6.7　1NF 的教师的概率关系数据表 teacher

name	rank	rank-ps	dept	dept-ps	course	course-ps
WangMing	*ass*	0.3	*d1*	0.2	*c1*	0.3
WangMing	*ass*	0.3	*d1*	0.2	*c2*	0.5
WangMing	*ass*	0.3	*d1*	0.2	*c3*	0.2
WangMing	*ins*	0.7	*d1*	0.2	*c1*	0.3
WangMing	*ins*	0.7	*d1*	0.2	*c2*	0.5
WangMing	*ins*	0.7	*d1*	0.2	*c3*	0.2
WangMing	*ass*	0.3	*d2*	0.8	*c1*	0.3
WangMing	*ass*	0.3	*d2*	0.8	*c2*	0.5
WangMing	*ass*	0.3	*d2*	0.8	*c3*	0.2
WangMing	*ins*	0.7	*d2*	0.8	*c1*	0.3
WangMing	*ins*	0.7	*d2*	0.8	*c2*	0.5
WangMing	*ins*	0.7	*d2*	0.8	*c3*	0.2

表 6.8　3NF 的教师的概率关系数据表 teacher

(a) 教师的编号 teacher_no

no	name
0001	*WangMing*
0002	*ZhangMin*
0003	*zhaoLi*
0004	*Feng Yan*
0005	*He Lu*

(b) 教师的级别 teacher_rank		
no	rank	rank-ps
0001	ass	0.3
0001	ins	0.7
0002	a. prof	0.7
0002	prof	0.3
0003	ass	0.5
0003	ins	0.5
0004	a. prof	0.4
0004	prof	0.6
0005	ins	0.6
0005	a. prof	0.4
(c) 教师的系别 teacher_dept		
no	dept	dept-ps
0001	d1	0.2
0001	d2	0.8
0002	d1	0.3
0002	d4	0.7
0003	d4	0.2
0003	d5	0.8
0004	d2	0.6
0004	d3	0.4
0005	d2	0.6
0005	d4	0.4
(d) 教师的授课 teacher_course		
no	course	course -ps
0001	c1	0.3
0001	c2	0.5
0001	c3	0.2
0002	c2	0.3
0002	c3	0.4
0002	c4	0.3
0003	c3	0.5
0003	c4	0.2
0003	c5	0.3
0004	c1	0.3
0004	c2	0.7
0005	c3	0.2
0005	c4	0.3
0005	c5	0.5

由算法 6.1 可得到表 6.7 概率关系模式对应的概率 DTD 文件：

$<$! ELEMENT teacher（*no*, *name*, *dist*）$>$

$<$! ELEMENT *no*（$\sharp PCDATA$）$>$

$<$! ELEMENT *name*（$\sharp PCDATA$）$>$

$<$! ELEMENT *dist*（*poss*$+$）$>$

$<$! ELEMENT *poss*（*rank*, *dept*, *course*）$>$

$<$! ATTLIST *poss* CDATA $\sharp REQUIRED$）$>$

$<$! ELEMENT *rank*（$\sharp PCDATA$）$>$

$<$! ELEMENT *dept*（$\sharp PCDATA$）$>$

$<$! ELEMENT *course*（$\sharp PCDATA$）$>$

由算法 6.1，概率 XML 树 teacher 的结构如图 6.5 所示，可得到表 6.7 的概率 DTD 树和表 6.8 的概率 DTD 树，如图 6.6 所示。

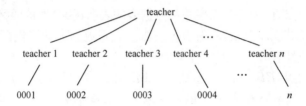

图 6.5　概率 XML 树 teacher 的结构图

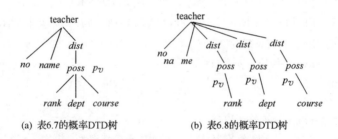

(a) 表6.7的概率DTD树　　　　　　(b) 表6.8的概率DTD树

图 6.6　概率 XML 树 teacher 的概率 DTD 树

6.3.2　概率 XML 模式转换为概率关系模式的算法

概率 XML 模式转换为概率关系模式的转换过程是的关键是概率关系模式转换为概率 XML 模式的逆过程，转换方法的关键也是路径表达式的映射规则。

由概率 XML 模式的路径表达式转换为概率关系模式的映射规则为：

1) 由概率 XML 模式的基本路径表达式集合求出概率关系模式的属性

设概率 XML 模式的基本路径表达式集合的并集为

$$PATH_{PDTD} = \bigcup_{i=1}^{m} path_{PDTD}$$

基本路径表达式对应的概率关系模式的属性集合为

$$path_{PDTD} = \{PR/c_1, \cdots, PR/c_m\}$$

则概率关系模式 PR 的属性集合 $C = \{c_1, \cdots, c_m\}$。

2）由概率 XML 模式的扩展路径表达式集合求出概率关系模式

设概率 XML 模式 PDTD 的所有的扩展路径表达式集合为

$$EPATH_{PDTD} = \bigcup_{i=1}^{n} epath_{PDTD}$$

扩展路径表达式为

$$epath_{PDTD} = \{PR/c_1, \cdots, PR/c_l/dist/mux/poss, \cdots, PR/c_m\}$$

则 PR 的属性集合为 $C = \{c_1, \cdots, c_m\}$

根据上述的映射规则,概率 XML 模式转换为概率关系模式的算法的基本思想:①由概率 XML 模式树的根结点作为概率关系模式 PRS 的名称;②分别读取根结点的孩子结点,作为每个概率关系数据表的表名;③根据扩展路径表达式的元素结点的类型及其次序关系,映射为每个概率关系数据表的属性列的名称和根据属性列的普通属性和分布类型两种类型。

算法符号说明:EPATH 表示概率 XML 模式 PDTD 的扩展路径表达式集合,PATH 表示基本路径表达式集合,table 表示概率关系模式 PRS 的关系表,$C = <C_i, ps>(i=1, \cdots, m)$ 表示其属性列。

概率 XML 模式 PDTD 转换为概率关系模式 PRS 的算法如下。

算法 6.2 PDTD_2_PRS(EPATH, PATH)（由 PDTD 求出 PRS 的 table）

  输入:EPATH, PATH;

  输出:table, $C = <C_i, ps>(i=1, \cdots, m)$;

  begin

  (1) $C_: = \varnothing$;

    $r_: = first\_node(PATH)$;

    $table_: = r$;/＊概率 XML 模式树的根结点为概率关系模式名＊/

    $KPATH_: = EPATH \cap PATH$;

    $m_: = |KPATH|$;

    /＊不含分布结点的路径表达式及个数＊/

    $DPATH_: = PATH - KPATH$;

    $n = |DPATH|$;

    /＊含分布结点的路径表达式及个数＊/

  (2) for $i = 1$ to m do

    $kpath_: = KPATH[i]$;

    $new\_kpath_: = delete(kpath, r)$;/＊删除根结点＊/

    $new\_r_: = first\_node(new\_kpath)$;/＊取第一个结点为属性名＊/

    $C[i]_: = new\_r$;

(3) for $j=1$ to n do

   $dpath: = DPATH[j]$;

   $new\_dpath: = delete(Dpath, r)$; /＊删除根结点＊/

   $new\_r: = first\_node(new\_dpath)$; /＊属性名＊/

   $C[j+m]: = new\_r$;

   $C[m+n+1]: = PS$;

  return($table, C$);

 end.

定理 6.6　算法 PDTD_2_PRS 是正确的、可终止的,其时间复杂度为 $O(m+n)$。其中,m 为不含分布结点的路径表达式的个数,n 为含分布结点的路径表达式的个数。

证明　(正确性)根据扩展路径表达式定义 6.7 和基本路径表达式定义 6.8 的可知,算法 PDTD_2_PRS 执行步骤(1)由路径表达式的结点提取概率关系数据 PR 的表名和属性列的过程。算法 PRS_2_PDTD 执行步骤(2)通过 for 循环语句首先获取不含分布结点的路径表达式的第二个结点作为概率关系模式的属性列,执行步骤(3)for 循环语句获取含分布结点的路径表达式的第二个结点作为概率关系模式的属性列。于是,分析并处理了概率 XML 模式的每一个扩展路径表达式,故而算法 PDTD_2_PRS 是正确的。

(可终止性)因为概率 XML 模式的扩展路径表达式和基本路径表达式的个数有限的,所以算法 PDTD_2_PRS 执行步骤(1)、(2)for 循环语句的循环语句的循环控制变量也是有限量。算法 PRS_2_PDTD 在循环执行有限次后,会自动终止,故算法 PDTD_2_PRS 是可终止的。

(时间复杂度分析)由于 PDTD 算法中由两个 for 循环组成,第一个 for 循环的循环控制变量终值为不含分布结点的路径表达式的个数 m,第二个 for 循环的循环控制变量终值为含分布结点的路径表达式的个数 n,所以算法 PRS_2_PDTD 的时间复杂度为 $O(m+n)$。因此,整个算法 PDTD_2_PRS 总的时间复杂度为 $O(m+n)$。证毕。

6.3.3　概率关系数据转换为概率 XML 数据树的算法

概率关系数据转换为概率 XML 数据的一般方法是将概率关系数据映射为概率 XML 树,即把概率关系数据的元组一一映射为绝对路径表达式。因此,由概率关系求出绝对路径表达式的集合的映射规则为:

设 PR 的属性集合 $C = \{c_1, \cdots, c_m\}$,则由 PR 建立的概率 XML 树 PT 的绝对路径表达式的集合 $apath_{PR}$ 为

$$apath_{PR} = \{PR/c_1/v_1(c_1), \cdots, PR/c_l/dist/muv/poss/\{<v, p>\}, \cdots,$$
$$PR/c_m/v_m(c_m)\}$$

则概率关系 *PR* 的所有绝对路径表达式集合为

$$APATH_{PRS} = \bigcup_{i=1}^{n} apath_{PR}$$

概率关系数据转换为概率 XML 数据树的算法思想：(1)由概率关系数据 *PRS* 获取概率 XML 树的根结点 *r*；(2)读取每个概率关系数据 *PR* 的元组，并映射为绝对路径表达式；(3)合并绝对路径表达式集合，建立概率 XML 数据树。

算法 6.3　PRS_2PT(*PR*)(由 *PRS* 求出绝对路径表达式集合)

　　输入：概率关系数据 *PR*；

　　输出：概率 XML 树的绝对路径表达式集合 *APATH*；

　　begin

　　(1) *r*:=*name*(*PR*)；

　　　　APATH:= $\varnothing$；

　　(2) for *i*＝1 to | *PR* | do

　　　　　element:=*name*(*PR*(*i*))；/∗表名为子树的根结点∗/

　　　　　A:= $\varnothing$；

　　　　　for *j*＝1 to| *row*(*PR*[*i*])| do

　　　　　　　for *k*＝1 to |*column*(*PR*[*i*])| do

　　　　　　　　if　*ps* $\notin$ *column*(*PR*[*i*]) then

　　　　　　　　　　A:=*A* $\bigcup$ { *r* / *element* / *c*(j)/*v*(*c*(j)) }；

　　　　　　　else

　　　　　　　　　　A:=*A* $\bigcup$ {*r* / *element* /*c*(j)/*dist*/muv/*poss*[*ps*]/ *v*(*c*(j))}；

　　　　　APATH:=*APATH* $\bigcup$ *A*；

　　　　return(*APATH*)；

　　end.

定理 6.7　算法 PRS_2PT 是正确的、可终止的，其时间复杂度为 $O(mnl)$。其中，*m* 为概率关系模式 *PRS* 的概率关系数据 *PR* 的个数，*n* 为概率关系模式 *PRS* 中概率关系数据 *PR* 的属性的最大个数，*l* 为概率关系模式 *PRS* 中概率关系数据 *PRS* 的元组最大个数。

证明　(正确性)算法 PRS_2PT 执行步骤(1)通过 for 循环语句首先求出概率关系模式 *PRS* 的概率关系数据 *PR* 对应的根元素 *r*，执行步骤(2)的三重循环语句逐一求出概率关系数据 *PR* 的每个元组对应的概率 XML 树的绝对路径表达式。于是，分析并处理了所求概率关系模式 *PRS* 的关系数据集合的每个元组，故算法 PRS_2PT 是正确的。

(可终止性)算法 PRS_2PT 中，因为给定的概率关系模式 *PRS* 的概率关系数据 *PR* 的个数是有限的，概率关系数据 *PRS* 的属性和元组的路径表达式个数均是有限的，所以算法执行步骤(2)for 循环语句的循环语句的循环控制变量均是有限的，最外层循环的循环控制变量终值为概率关系模式 *PRS* 的概率关系数据 *PR* 的

个数 m，次外层循环的循环控制变量终值为概率关系模式 PRS 中概率关系数据 PR 的属性的最大个数 n，最内层循环的循环控制变量终值为概率关系模式 PRS 中概率关系数据 PR 的元组的最大个数 l。算法 PRS_2PT 在循环执行有限次后，会自动终止，即算法是可终止的。

(时间复杂度分析)算法 PRS_2PT 执行步骤(2)由三重循环组成，最外层循环的循环控制变量终值为概率关系数据 PR 的个数 m，次外层循环的循环控制变量终值为概率关系数据 PR 的属性的最大个数 n，最内层循环的循环控制变量终值为该概率关系数据 PR 的元组的最大个数 l，所以算法总的时间复杂度为 $O(mnl)$。证毕。

例 6.3　(续例 6.2)应用算法 6.2 将表 6.7 的概率关系数据转换为概率 XML 树。由算法 6.2 可得到基本路径表达式集合、扩展路径表达式集合和候选路径表达式集合，如图 6.7、图 6.8 和图 6.9 所示，最后由算法 6.2，得到的概率 XML 树如图 6.10 所示。

(a) 基本路径表达式 1　(b) 基本路径表达式 2　(c) 基本路径表达式 3　(d) 基本路径表达式 4　(e) 基本路径表达式 5

图 6.7　基本路径表达式集合

(a) 基本路径表达式 1　(b) 基本路径表达式 2　(c) 基本路径表达式 3　(d) 基本路径表达式 4　(e) 基本路径表达式 5

图 6.8　扩展路径表达式集合

(a) teacher/*no*　(b) teacher/*name*

图 6.9　候选路径表达式集合

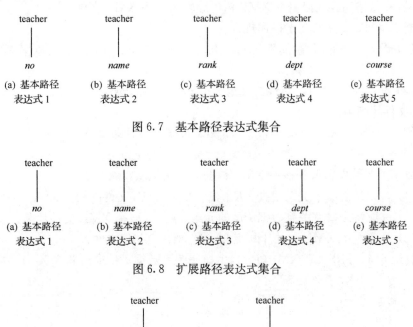

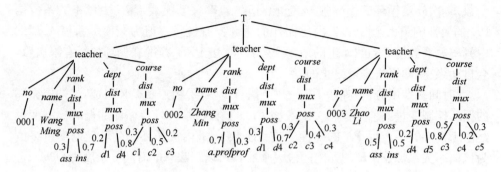

图 6.10　Teacher 概率 XML 数据树 T

6.3.4　概率关系数据转换为概率 XML 数据的算法

由概率 XML 模式与概率关系模式的转换可知,概率关系数据与概率 XML 树之间是一一对应的,获得概率 XML 树可编辑为概率 XML 文件。

概率 XML 文件的元素描述规则为:

(1) 设 c 为普通属性,属性二元组为 $< c, v(c) >$,则由 c 建立的概率 XML 文件片断为:$<c> v(c) </c>$;

(2) 设 c 为分布属性,属性二元组为 $< c, \{<v(c), ps>\} >$,则由 c 建立的概率 XML 文件片断为:

$$< c > < dist > < mux > < poss\ prob = ps > v(c) < /poss >$$
$$< /mux > < /dist > < /c >$$

概率关系数据转换为概率 XML 数据的算法思想:

(1) 首先是由概率关系数据 PRS 获取概率 XML 文件的根元素 r;

(2) 读取每个概率关系数据 PR 的元组,映射为概率 XML 文件片断;

(3) 合并概率 XML 文件片断集合,建立概率 XML 文件。

算法 6.4　PRS_2P_XML(PR)(由概率关系数据 PR 求出概率 XML 数据)

　　输入:概率关系数据 PR;

　　输出:概率 XML 文件 PXML D;

　　begin

　　(1) $r := name(PR)$;

　　　　$root := r$;

　　　　$D := \varnothing$;

　　(2) for $i = 1$ to $|PR|$ do

　　　　$element := name(PR[i])$;

　　　　$d := \varnothing$;

　　　　for $j = 1$ to $row(PR[i])$ do

$$for\ k=1\ to\ column(PR\ [i])\ do$$

$$if\ ps\notin pr(j)\ then$$

$$d_:=d\bigcup< element><c(k)> v(\tilde{c}(k))</c(k))></ element>$$

$$else$$

$$d_:=d\bigcup\{<element><c(k)> <dist><mux><poss\ prob=ps$$

$$>v(c(k))</poss></mux></dist></c(k)></element>$$

$$D_:=D\bigcup d;$$

$$D_:=<root>D</root>;$$

$$return(D);$$

end.

定理 6.8　算法 PRS_2P_XML 是正确的、可终止的,其时间复杂度为 $O(mnl)$。其中,m 为概率关系模式 PRS 的概率关系数据 PR 的个数,n 为概率关系模式 PRS 中概率关系数据 PR 的属性的最大个数,l 为概率关系模式 PRS 中概率关系数据 PR 的元组的最大个数。

证明　(正确性)算法 PRS_2P_XML 执行步骤(1)是初始化,D 的根元素 r 是概率关系数据 PR 的名字 name;执行步骤(2)通过次外层循环和最内层循环的 for 循环语句,求出概率关系数据 PR 的每个元组对应的概率 XML 文件片断。按照这种过程,分析并处理了所求概率关系模式 PRS 的关系数据集合的每个元组,故而算法 PRS_2P_XML 是正确的。

(可终止性)因为给定的概率关系模式 PRS 的概率关系数据 PR 的个数是有限的,概率关系数据 PR 的属性和元组的路径表达式个数均是有限的,所以算法 PRS_2P_XML 中执行步骤(2)的 for 循环语句的循环语句的循环控制变量均是有限量,最外层循环的循环控制变量终值为概率关系模式 PRS 的概率关系数据 PR 的最大个数 m,次外层循环的循环控制变量终值为概率关系模式 PRS 中概率关系数据 PR 的属性的最大个数 n,最内层循环的循环控制变量终值为概率关系模式 PRS 中概率关系数据 PR 的元组的最大个数 l。算法 PRS_2P_XML 在循环执行有限次后,会自动终止,即算法 PRS_2P_XML 是可终止的。

(时间复杂度分析)算法 PRS_2P_XML 执行步骤(2)由三重循环组成,最外层循环的循环控制变量终值为概率关系数据 PR 的最大个数 m,次外层循环的循环控制变量终值为概率关系数据 PR 的属性的最大个数 n,最内层循环的循环控制变量终值为该概率关系数据 PR 的元组的最大个数 l,所以算法总的时间复杂度为 $O(mnl)$。证毕。

6.4　本　章　小　结

本章概述了概率 XML 数据模型,概率 XML 代数,概率 XML 数据查询,概率

XML 数据库系统。

详细分析了概率关系数据和概率 XML 数据的模型、概率 XML 数据树的路径表达式的类型、关系,并给出了与概率操作相关的扩展函数的功能;分析和讨论了概率关系数据模型,概率 XML 数据模型,概率 XML 树的路径表达式的类型,概率 XML 树的路径表达式的关系,概率 XML 树的路径表达式中结点的关系;

分析、比较概率 XML 数据树的路径表达式和结点与普通的 XML 树的不同点是本章的第二个重要内容。本章的分析包括概率 XML 数据树的路径表达式的类型及关系,给出了相关的路径表达式的定义、性质和定理;也根据与分布结点的关系分析了有关结点的类型与关系,给出了相关的定义、性质和定理。

模式转换是基于关系的和基于概率的 XML 数据转换的第一个步骤,本章把基于概率的 XML 数据表示为概率 XML 数据树,较系统、深入的分析了概率关系模式与概率 XML 模式的模式转换策略,给出了概率关系模式与概率 XML 模式 PDTD 的双向模式转换算法。在理论上对算法的正确性和完备性进行了证明,并通过实例验证了该算法的正确性。

数据转换是基于关系的和基于概率的 XML 数据转换的第二个步骤,本章在较系统地、深入地分析了概率关系数据与概率 XML 数据树的数据转换策略,给出了概率关系数据与概率 XML 数据树的数据转换算法,并给出了编辑为概率 XML 数据文件的算法。在理论上对算法的正确性和完备性进行了证明,并通过实例验证了该算法的正确性。

综上所述,模式转换和数据转换算法的提出较好地解决了概率 XML 数据树的建立问题和概率 XML 文件的自动编辑问题。

第7章 概率 XML XQuery 和 XML EXQuery

W3C 的 XML 查询工作组于 2000 年 1 月首次发布了它的查询需求文档,之后又多次发布它的修改版本。该查询需求文档为 W3C 发布的 XML 查询数据模型、查询语言和查询代数等描述了目标、需求和使用情况等。在 W3C 的最新规范中也给出了形式语义(Formal Semantics),即从形式上定义语言的基于导航方式的底层代数,包括操作对象、操作、完备性等三个方面的研究设计查询代数的重要性。

XML 代数是对满足一定数据模型的 XML 文件集合的操作集,按照数据模型来分,可分为树代数、图代数两大类。本章在概率 XML 树的基础上,定义以概率 XML 元素单元作为操作对象的代数系统的操作符号、定义和操作范围,并给出逻辑优化策略。

XQuery 作为一种主流的 XML 查询语言,主要涉及两个方面,一是分析 XQuery 并扩展,使之成为实用的标准。二是设计相关的 XQuery 工具。由此可见,研究、讨论查询概率 XML 数据的函数,即扩展 XQuery(Extended XQuery,简记为 EXQuery)也是必要的。

7.1 以概率 XML 元素单元为操作对象的概率运算

定义 7.1 (XML 代数)XML 代数是一个四元组 (M, B, P, R),其中 M 是 XML 数据模型,B 是基本的单元信息,P 在数据模型实例上操作符号的集合,每个操作符号的输入为 B 的一个或两个数据集,输出为 B 的一个数据集;R 是用于优化的操作符号等价规则的集合(也称为优化规则)。

定义 7.2 (最小的概率 XML 树 PT_{min})最小的概率 XML 树 PT_{min} 是有且只有一个不含分布结点的绝对路径和有且只有一个概率 XML 信息单元组成。

由定义 7.2 可知,最小的概率 XML 树 PT_{min} 可由概率 XML 树 PT 分解而得到,一般的最小的概率 XML 树如图 7.1 所示,可见最小的概率 XML 树与一个概率元素单元是一一对应的。

概率 XML 树 PT 的分解过程的算法思想:(1)计算候选的完全关键路径表达式,并选择一条较短的路径作为关键路径,在图 7.2 中候选的关键路径表达式为 $r/EN1/v$,候选的完全的关键路径表达式为 $r/EN1$;(2)根据绝对路径表达式的相容性,划分概率 XML 元素单元;(3)概率 XML 树 PT 分解为最小的概率 XML 树 PT_{min} 的集合。

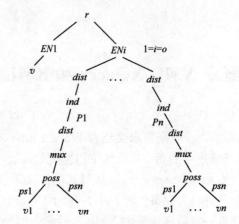

图 7.1　最小的概率 XML 树 r

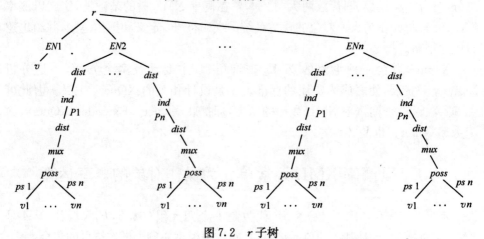

图 7.2　r 子树

例 7.1　分解图 7.1 为最小的概率 XML 树,分解的结果如图 7.3 所示。

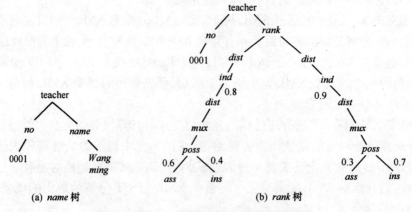

(a) *name* 树　　　　　　　　　　　(b) *rank* 树

图 7.3　图 7.1 的概率 XML 树分解结果图

7.1.1　叶子结点概率运算

设 pt 是概率 XML 模式 PDTD 上的一棵概率 XML 单元树,则这棵概率 XML 单元树在概率 XML 模式 PDTD 的投影运算即计算叶子结点的值及其相应的概率,记作 $\prod_{PDTD}(pt)$,定义如下:$\prod_{PDTD}(pt) = \{< v(leaf)_i, p_i >| \sum_{i=1}^{n} p_i = 1\}$

概率 XML 单元树的叶子结点概率的算法思想:

(1) 判断绝对路径表达式是否含有分布结点,如果一条绝对路径表达式中含有分布结点,则概率链存在,该路径表达式的叶子结点的概率即该绝对路径表达式的概率;如果不含有分布结点,则概率为 1。

(2) 取每条绝对路径表达式的叶子与对应的概率。

叶子结点概率算法如下。

算法 7.1　Project($APATH_{pt}$)(计算概率 XML 单元树的叶子结点及其概率)

输入:pt 的绝对路径表达式集合 $APATH_{pt}$;

输出:pt 的叶子结点及概率 $<leaf, prob>$;

begin

　　for $i=1$ to $|APATH_{pt}|$ do

　　$leaf[i]:=last(APATH_{pt}[i])$;

　　$prob[i]:=1$;

　　for $j=1$ to $length(APATH_{pt}[i])$ do

　　　　if $node[j]=ind$ then

　　　　　　$prob[i]:=prob[i] \times value(node[j])$;

　　　　　elseif $node[j]=poss$ then

　　　　　　$prob[i]:=prob[i] \times value(node[j])$;

　　return($[leaf, prob]$);

end.

定理 7.1　算法 Project 是正确的、可终止的,其时间复杂度为 $O(mn)$,其中 m 为概率 XML 单元树的绝对路径表达式的个数,n 为绝对路径表达式的结点的最大个数。

证明　(正确性)算法 Project 通过 for 循环语句首先求出概率 XML 单元树的绝对路径表达式集合的叶子结点,并假设概率为 1,接着通过内层循环的 for 循环语句逐一求出每个叶子结点对应的概率,所以算法 Project 是正确的。

(可终止性)因为给定的概率 XML 单元树的绝对路径表达式的个数是有限的,绝对路径表达式的结点的最大个数均是有限的,所以算法 Project 中存在的 for 循环语句的循环语句的循环控制变量均是有限量。算法 Project 在循环执行有限次后,会自动终止,即算法 Project 是可终止的。

（时间复杂度分析）算法 Project 由二重循环组成,外层循环的循环控制变量终值为概率 XML 单元树的绝对路径表达式的个数 m,内层循环的循环控制变量终值为绝对路径表达式的结点的最大个数 n,所以算法总的时间复杂度为 $O(mn)$。证毕。

例 7.2　计算图 7.2 的叶子结点及其概率。

$$\prod_{PDTD}(pt) = \{<0001,1>, <ass,0.48>, <ins,0.32>,$$
$$<ass,0.27>, <ins,0.63>\}$$

7.1.2　概率阈截取运算

设 pt 是概率 XML 模式 $PDTD_{pt}$ 上的一棵概率 XML 单元树,则这棵概率 XML 数据树在概率 XML 模式 $PDTD_{pt}$ 的概率阈 TH 截取即计算叶子结点的值及其相应的概率,记作 $S_\alpha(pt)$,定义如下:

$$S_\alpha(pt) = \{<v(leaf)_i, p_i>| \ p_i > \alpha\}$$

概率 XML 单元树的叶子结点的概率阈 α 截取的计算思想:①计算叶子结点及其概率;②根据给定的阈值取相应的结点叶子及其概率。$S_\alpha(pt)$ 的算法较简单,这里不再赘述。

例 7.3　计算图 7.2 的叶子结点及其概率。

$$S_{0.4}(pt) = \{<ass,0.48>, <ins,0.63>\}$$

7.1.3　平凡化运算

列出概率 XML 单元树的每个可能集合实例及其概率即概率 XML 单元树的平凡化(普通化)过程。设 pt 是概率 XML 模式 $PDTD_{pt}$ 上的一棵概率 XML 单元树,则概率 XML 树的平凡化的定义如下:

$$pws_{pt} = \{<t_i, p_i>| \ 0 \leqslant p_i \leqslant 1\}$$

平凡化的算法思想:

(1) 由 pt 的绝对路径表达式集合 $APATH_{pt}$ 和不含分布结点的路径表达式 $CPATH_{pt}$,计算含分布结点的绝对路径表达式 $APATH_{pt}$-$CPATH_{pt}$ 的每条绝对路径表达式的概率;

(2) 计算概率 XML 单元树的每个可能世界的实例树 t 及其概率 p_t。

算法 7.2　Generalization $(APATH_{pt})$(计算 pt 的可能世界实例)

　　输入:pt 的绝对路径表达式集合 $APATH_{pt}$;

　　输出:pt 的可能实例树的绝对路径表达式集合及其概率$<APATH_t, p_t>$;

　　begin

　　　　$PPATH_{pt} := APATH_{pt} - CPATH_{pt}$;

　　　(1) for $i=1$ to $|PPATH_{pt}|$ do

　　　　　　$P[i] := com\_prob(PPATH_{pt}[i])$;/ * 计算第 i 个含分布结点的绝对路径表

达式的概率 * /

(2)　　$PATH_{pt}[i]:=\mathrm{delete}(PPATH_{pt}[i],dist,ind,mux,poss);$

$A[i]:=(P[i],PATH_{pt}[i]\bigcup CPATH_{pt});$

return$(A[i]);$

end.

定理 7.2　算法 Generalization 是正确的、可终止的,其时间复杂度为 $O(m)$。其中 m 为概率 XML 单元树的含分布结点的绝对路径表达式的个数。

证明　(正确性)算法 Generalization 执行步骤(1)通过 for 循环语句求出概率 XML 单元树的含分布结点的绝对路径表达式及其概率,执行步骤(2)分别与不含分布结点的绝对路径表达式的集合的合并,所以算法 Generalization 是正确的。

(可终止性)因为给定的概率 XML 单元树的绝对路径表达式的个数是有限的,含分布结点的绝对路径表达式个数均是有限的,所以算法 Generalization 中存在的 for 循环语句的循环语句的循环控制变量均是有限量。算法 Generalization 在循环执行有限次后,会自动终止,即算法 Generalization 是可终止的。

(时间复杂度分析)算法 Generalization 执行步骤(1)由一重循环组成,循环控制变量终值为含分布结点的绝对路径表达式的个数 m,所以算法总的时间复杂度为 $O(m)$。证毕。

例 7.4　图 7.2 概率 XML 单元树的可能世界集合的元素,如图 7.4 所示。

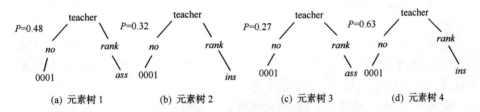

图 7.4　概率 XML 单元树的可能世界集合的元素

7.2　概率 XML 树的基本运算

7.2.1　并运算

设 pt_1 及 pt_2 是同一概率 XML 模式 $PDTD$ 上的两棵概率 XML 单元树,则这两棵概率 XML 单元树的并运算,记作 $pt_1\bigcup pt_2$。设 pt_1 和 pt_2 的根结点分别为 r_{pt1} 和 r_{pt2},当 $r_{pt1}=r_{pt2}$ 时,$pt_1\bigcup pt_2=APATH_{pt1}\bigcup APATH_{pt2}$;当 $r_{pt1}\neq r_{pt2}$ 时,$pt_1\bigcup pt_2=H(APATH_{pt1})\bigcup H(APATH_{pt2})$。

符号 $H(APATH_{pt1})$ 表示 $APATH_{pt1}$ 集合的补运算。

并运算的计算思想:

(1) 如果 $r_{pt1} = r_{pt2}$，则 pt 的绝对路径表达式集合 $APATH_{pt1} \bigcup APATH_{pt2}$；

(2) 设 pt 的根结点为 r_{pt}，则 $APATH_{pt1}$ 和 $APATH_{pt2}$ 的每个绝对路径表达式均增加首结点 r_{pt}，分别更新为 $H(APATH_{pt1})$ 和 $H(APATH_{pt2})$，$APATH_{pt} = H(APATH_{pt1}) \bigcup H(APATH_{pt2})$。

算法符号说明：$APATH_{pt1}$ 和 $APATH_{pt2}$ 分别表示 pt_1 和 pt_2 的绝对路径表达式集合。

算法 7.3　Union $(APATH_{pt1}, APATH_{pt2})$（计算两棵概率 XML 单元树的并集）

　　　　输入：$APATH_{pt1}, APATH_{pt2}$；

　　　　输出：pt 的绝对路径表达式集合 $APATH_{pt}$；

　　　begin

　(1) $r\_pt1 := \text{first\_node}(APATH_{pt1})$；/* 获取根结点 r_{pt1} */

　　　$r\_pt2 := \text{first\_node}(APATH_{pt2})$；/* 获取根结点 r_{pt2} */

　(2) if　$r\_pt1 = r\_pt2$　then

　　　　$APATH_{pt} := APATH_{pt1} \bigcup APATH_{pt2}$；

　　　else

　　　　　$H(APATH_{pt1}) := \text{concact}(r_{pt1}, APATH_{pt1})$；/* 增加新结点作为根结点 */

　　　　　$H(APATH_{pt2}) := \text{concact}(r_{pt2}, APATH_{pt2})$；/* 增加新结点作为根结点 */

　　　　　$APATH_{pt} := H(APATH_{pt1}) \bigcup H(APATH_{pt2})$；

　　　return$(APATH_{pt})$；

　　end.

定理 7.3　算法 Union 是正确的、可终止的，最好情况下时间复杂度为 $O(m+n)$，最坏情况下时间复杂度为 $O((m+n)^2)$。其中，m 为 pt_1 的绝对路径表达式的个数，n 为 pt_2 的绝对路径表达式的个数。

证明　（正确性）算法 Union 执行步骤(1)分别通过 first_node 求出概率 XML 单元树的根结点；执行步骤(2)根据根结点是否相同，分别计算概率 XML 单元树的绝对路径表达式集合的并，所以算法 Union 是正确的。

（可终止性）因为给定的概率 XML 单元树的绝对路径表达式的个数是有限的，所以算法 Union 的 first_node 和 concact 操作会自动终止，即算法 Union 是可终止的。

（时间复杂度分析）如果根结点相同，算法 Union 的时间复杂度由 first_node 操作决定，为 $O(m+n)$；如果根结点不同，算法总的时间复杂度由 first_node 操作和决定 concact 操作，算法总的时间复杂度为 $O((m+n)^2)$。证毕。

例 7.5　计算图 7.2(b)和图 7.5(a)的并，结果如图 7.5(b)所示。

7.2.2　交运算

设 pt_1 及 pt_2 是同一概率 XML 模式 $PDTD$ 上的两棵概率 XML 单元树，则这

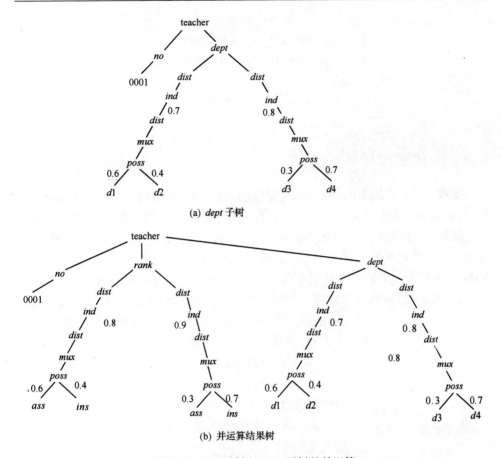

(a) *dept* 子树

(b) 并运算结果树

图 7.5 *rank* 子树和 *dept* 子树的并运算

两棵概率 XML 数据树的交运算,即绝对路径表达式集合的交集,记作 $pt_1 \cap pt_2$。设 pt_1 和 pt_2 的根节点分别为 r_{pt1} 和 r_{pt2},当 $r_{pt1} = r_{pt2}$ 时,$pt_1 \cap pt_2 = APATH_{pt1} \cap APATH_{pt2} = \{cpath\}_{pt1} \cap \{cpath\}_{pt2}$;当 $r_{pt1} \neq r_{pt2}$ 时,$pt_1 \cap pt_2 = \varnothing$。

交运算的算法思想:

(1) 如果 $r_{pt1} = r_{pt2}$,则 pt 的绝对路径表达式集合 $APATH_{pt} = APATH_{pt1} \cap APATH_{pt2} = \{cpath\}_{pt1} \cap \{cpath\}_{pt2}$;

(2) 如果 $r_{pt1} \neq r_{pt2}$,设 pt 的根结点为 r_{pt},$APATH_{pt} = \varnothing$。

算法符号说明:$APATH_{pt1}$ 和 $APATH_{pt2}$ 分别表示 pt_1 和 pt_2 的绝对路径表达式集合,$APATH_{pt}$ 表示 pt 的绝对路径表达式集合。

算法 7.4 Intersection ($APATH_{pt1}$, $APATH_{pt2}$)(计算两棵概率 XML 单元树的交集)

输入:$APATH_{pt1}$,$APATH_{pt2}$;

输出:$APATH_{pt}$;

begin

　　(1) r_pt1 := first_node($APATH_{pt1}$);/ * 获取根结点 r_{pt1}

　　　　r_pt2 := first_node($APATH_{pt2}$);/ * 获取根结点 r_{pt2}

　　(2) if $r\_pt1 = r\_pt2$ then

　　　　　　$APATH_{pt}$:= $APATH_{pt1} \bigcap APATH_{pt2}$;

　　　　else

　　　　　　$APATH_{pt}$:= $\varnothing$;

　　　　return($APATH_{pt}$);

end.

定理 7.4　算法 Intersection 是正确的、可终止的,时间复杂度为 $O(m+n)$。其中,m 为 pt_1 的绝对路径表达式的个数,n 为 pt_2 的绝对路径表达式的数。

证明　(正确性)算法 Intersection 执行步骤(1)首先分别通过 first_node 求出概率 XML 单元树的根结点,执行步骤(2)根据根结点是否相同,分别计算概率 XML 单元树的绝对路径表达式集合的交,所以算法 Intersection 是正确的。

　　(可终止性)因为给定的概率 XML 单元树的绝对路径表达式的个数是有限

图 7.6　*rank* 子树和 *dept* 子树的交运算过程

的,所以算法 Intersection 的 first_node 会自动终止,即算法 Intersection 是可终止的。

　　(时间复杂度分析)无论根结点是否相同,算法 Intersection 的时间复杂度由 first_node 操作决定,算法总的时间复杂度为 $O(m+n)$。证毕。

　　例 7.6　计算图 7.2(a)和图 7.5(a)的交,结果如图 7.6所示。

7.2.3　差运算

　　设 pt_1 及 pt_2 是同一概率 XML 模式 $PDTD$ 上的两棵概率 XML 单元树,则这两棵概率 XML 单元树的差运算,记作 $pt_1 - pt_2$,定义如下:

　　$pt = pt_1 - pt_2 = \{apath \mid apath \in APATH_{pt1}\ and\ apath \notin APATH_{pt2}\}$

　　算法思想:

　　(1) 如果 $r_{pt1} = r_{pt2}$,则 pt 的绝对路径表达式集合 $APATH_{pt} = APATH_{pt1} - APATH_{pt1} \bigcap APATH_{pt2}$;

　　(2) 如果 $r_{pt1} \neq r_{pt2}$,设 pt 的根结点为 r_{pt},则 $APATH_{pt} = APATH_{pt1}$。

　　算法符号说明:$APATH_{pt1}$ 和 $APATH_{pt2}$ 分别表示 pt_1 和 pt_2 的绝对路径表达式集合,$APATH_{pt}pt$ 表示 pt 的绝对路径表达式集合。

　　算法 7.5　Difference($APATH_{pt1}$, $APATH_{pt2}$)(计算两棵概率 XML 单元树的差)

　　　　输入:$APATH_{pt1}$, $APATH_{pt2}$;

输出：$APATH_{pt}$；

begin

(1) $r\_pt1 := first\_node(APATH_{pt1})$;/ * 获取根结点 r_{pt1} * /

　　$r\_pt2 := first\_node(APATH_{pt2})$;/ * 获取根结点 r_{pt2} * /

(2) if $r\_pt1 = r\_pt2$ then

　　　　$APATH_{pt} := APATH_{pt1} - APATH_{pt1} \bigcap APATH_{pt2}$;

　　else

　　　　$APATH_{pt} := APATH_{pt1}$;

　return($APATH_{pt}$);

end.

定理 7.5　算法 Difference 是正确的、可终止的，时间复杂度为 $O(m+n)$。其中，m 为 pt_1 的绝对路径表达式的个数，n 为 pt_2 的绝对路径表达式的数。

证明　（正确性）算法 Difference 执行步骤(1)分别通过 first_node 求出概率 XML 单元树的根结点，执行步骤(2)根据根结点是否相同，分别计算概率 XML 单元树的绝对路径表达式集合的交，所以算法 Difference 是正确的。

（可终止性）因为给定的概率 XML 单元树的绝对路径表达式的个数是有限的，所以算法 Difference 的 first_node 会自动终止，即算法 Difference 是可终止的。

（时间复杂度分析）无论根结点是否相同，算法 Difference 的时间复杂度由 first_node 操作决定，算法总的时间复杂度为 $O(m+n)$。证毕。

例 7.7　计算图 7.2(a)和图 7.5(a)的差，结果如图 7.7 所示。

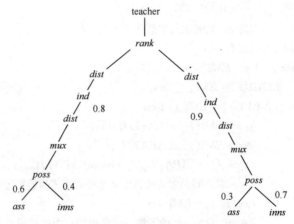

图 7.7　*rank* 子树和 *dept* 子树的差运算结果

7.2.4　连接运算

设 pt_1 和 pt_2 是概率 XML 模式 PDTD1 和 PDTD2 上的两棵概率 XML 单元树，则这两棵概率 XML 数据树的连接运算，记作 $pt_1 \bowtie pt_2$。

连接运算的算法思想：

（1）由 pt_1 和 pt_2 的绝对路径表达式集合计算元素结点及元素取值；

（2）如果存在 pt_1 的某个元素及取值与 pt_2 的某个元素及取值是相同的，则 pt_1 与 pt_2 可进行值连接，确定相同的元素和取值分别所在的绝对路径表达式，并连接得到新树；否则，不存在值连接的结果。

算法符号说明：$APATH_{pt2}$ 和 $APATH_{pt2}$ 分别表示连接树 pt_1 和 pt_2 的绝对路径表达式集合，$APATH_{pt}$ 表示连接树 pt 的绝对路径表达式集合。

算法 7.6　Join($APATH_{pt1}$，$APATH_{pt2}$)（计算概率 XML 单元树的值连接树）

输入：$APATH_{pt2}$，$APATH_{pt2}$；

输出：$APATH_{pt}$；

begin

（1）for $i=1$ to ｜ $APATH_{pt1}$ ｜ do

　　　$APATH_{pt1}[i]$:= delete($root$)；/＊删除根结点＊/

　　　$EM1[i]$:= $root(APATH_{pt1}[i])$；

　　　$EV1[i]$:= leaf($APATH_{pt1}[i]$)；

　　　　/＊求出 pt_1 的元素与取值的二元组＊/

（2）for $i=1$ to ｜ $APATH_{pt2}$ ｜ do

　　　$APATH_{pt2}[i]$:= delete($root$)；/＊删除根结点＊/

　　　$EM2[i]$:= $root(APATH_{pt2}[i])$；

　　　$EV2[i]$:= leaf($APATH_{pt2}[i]$)；

　　　　/＊求出 pt_2 的元素与取值的二元组＊/

（3）for $i=1$ to ｜$EM1$｜ do

　　　for $j=1$ to ｜$EM2$｜ do

　　　　if $EM1[i]= EM2[j]$ then

　　　　　if $EV1[i]= EV2[j]$ then

　　　　　　locate $EM1[i]$ in $APATH_{pt1}[i]$；

　　　　　　locate $EM2[j]$ in $APATH_{pt2}[j]$；

　　　　　　$apath[i]$:= $APATH_{pt1}[i]$ concat $APATH_{pt2}[j]$；

　　　　　　　/＊有共同元素的两条绝对路径表达式的连接运算＊/

　　　　　　$root(pt_2)$:= $EM1[i]$；

　　　　　　　/＊ pt_2 成为 pt_1 的子树，pt_2 的根结点为取相同元素的结点＊/

　　　　　　$prefix$:= $APATH_{pt2}[i]$；

　　　　　　　/＊$EM1$ 的绝对路径表达式为 pt_2 的绝对路径表达式的前缀＊/

（4）for $i=1$ to ｜ $APATH_{pt2}$ ｜ do

　　　$APATH_{pt2}[i]$:= $prefix$ / $APATH_{pt2}[i]$；

　　　　/＊求出 pt_2 子树的新绝对路径表达式＊/

$$APATH_{pt} := APATH_{pt1} \cup APATH_{pt2};$$
$$\text{return}(APATH_{pt});$$

end.

定理 7.6　算法 Join 是正确的、可终止的,存在连接树的情况下,时间复杂度为 $O(m+2n+mn)$;不存在连接树的情况下,算法的时间复杂度为 $O(m+n+mn)$。其中,m 为 pt_1 的绝对路径表达式的个数,n 为 pt_2 的绝对路径表达式的个数。

证明　(正确性)算法 Join 执行步骤(1)、(2)通过 for 循环语句首先分别求出 pt_1 和 pt_2 的元素结点及其取值,执行步骤(3)依次比较元素结点及其取值,如果存在元素结点及其取值相同,则连接,否则不连接。按照这种过程,分析并处理了 pt_1 和 pt_2 的每个绝对路径表达式;执行步骤(4)得到连接树的绝对路径表达式集合,于是,算法 Join 是正确的。

(可终止性)因为给定的 pt_1 和 pt_2 的绝对路径表达式的个数是有限的,pt_1 和 pt_2 的元素结点及其取值也是有限的,所以算法中存在的 for 循环语句循环控制变量均是有限量。算法 Join 的四部分在循环执行有限次后,会自动终止,即算法 Join 是可终止的。

(时间复杂度分析)算法 Join 由四部分组成,执行步骤(1)for 循环的循环控制变量终值为 pt_1 的绝对路径表达式的个数 m,时间复杂度为 $O(m)$;执行步骤(2)for 循环的循环控制变量终值为 pt_2 的绝对路径表达式的个数 n,时间复杂度为 $O(n)$;执行步骤(3)for 循环的外循环控制变量终值为 pt_1 的元素结点的个数 m,内循环的循环控制变量终值为 pt_2 的元素结点的个数 n,时间复杂度为 $O(mn)$;执行步骤(4)for 循环的循环控制变量终值为 pt_2 的绝对路径表达式的个数 n,时间复杂度为 $O(n)$。所以存在连接树的情况下,算法的时间复杂度为 $O(m+2n+mn)$;不存在连接树的情况下,算法总的时间复杂度为 $O(m+n+mn)$。证毕。

例 7.8　计算图 7.2(a)和图 7.8 的连接,结果如图 7.9 所示。

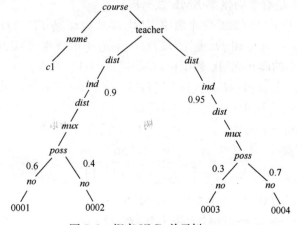

图 7.8　概率 XML 单元树 *course*

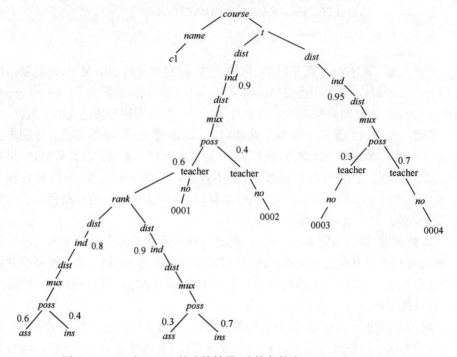

图 7.9　*rank* 和 *course* 的连接结果（连接条件为 teacher/*no*＝0001）

7.3　概率 XML 代数系统的相关特性

7.3.1　概率 XML 代数系统的封闭性

概率 XML 代数的重要性质是封闭性，即概率 XML 代数运算后得到的概率 XML 数据树仍然是有效的概率 XML 数据树。

设 *PDTD1* 及 *PDTD2* 是两个概率 XML 模式，pt_1 是 *PDTD1* 上的最小的概率 XML 数据树，pt_2，pt_3 和 pt_4 是 *PDTD2* 上的最小的概率 XML 数据树，pt_5 是 *PDTD3* 上的最小的概率 XML 数据树，α 是概率[0,1]，则有：

(1) $pt_2 \bigcup (pt_3 \bigcup pt_4) = (pt_2 \bigcup pt_3) \bigcup pt_4$

(2) $pt_2 \bigcap (pt_3 \bigcap pt_4) = (pt_2 \bigcap pt_3) \bigcap pt_4$

(3) $pt_1 \bigcap (pt_2 - pt_3) = (pt_1 \bigcap pt_2) - (pt_1 \bigcap pt_3)$

(4) $pt_1 \bowtie (pt_2 \bigcup pt_3) = (pt_1 \bowtie pt_2) \bigcup (pt_1 \bowtie pt_3)$

(5) $\prod_{PDTD2} (pt_2 \bigcup pt_3) = \prod_{PDTD2} (pt_2) \bigcup \prod_{PDTD2} (pt_3)$

(6) $S_\alpha (pt_2 \bigcup pt_3) = \max(S_\alpha(pt_2), S_\alpha(pt_3))$

(7) $S_\alpha (pt_2 \bigcap pt_3) = \min(S_\alpha(pt_2), S_\alpha(pt_3))$

定理 7.7　概率 XML 代数系统是封闭的。

证明　概率 XML 代数中所有基本运算的结果一定是满足该代数定义的一个概率 XML 数据树。这个概率 XML 数据树满足以下 3 个准则：

（1）概率 XML 运算的结果值必须取自相应的概率 XML 单元树的集合；

（2）概率 XML 运算的结果集合中没有两个概率 XML 单元树是完全相同；

（3）必须是概率 XML 单元树的有限集合。

7.3.2　查询操作有效性和完备性

衡量查询操作算法优劣的标准是查询回答的有效性和完备性。其中有效性是指查询操作能返回正确的回答；完备性是指查询操作能返回所有正确回答而无一遗漏。

在概率 XML 数据的查询中，查询回答存在下述情况：

强有效性：查询操作的结果一定是正确的，且与概率无关。

依赖于概率的有效性：若某查询操作的结果一定是正确的，且与概率有关。

强完备性：对应于依赖于概率的有效性，查询结果中必包含所有能由概率 XML 数据导出的满足要求的结果。

依赖于概率的完备性：对应于强有效性，查询结果中必包含所有能由概率 XML 数据导出的给定概率的结果。

在单一结点概率查询操作下的查询回答是由概率 XML 数据中确切满足查询要求的结点的概率，是强有效的，是依赖于概率的完备性。

在结点集合概率查询操作下的查询回答是由概率 XML 数据中确切满足查询要求的结点集合的概率，是依赖于概率的强有效的，是强完备性。

在绝对路径表达式概率查询操作下的查询回答与单一结点概率查询操作类似，与所在的概率 XML 单元树有关。从上面的讨论中可以看出，概率 XML 数据的查询的有效性和完备性是相互矛盾的，用户应该根据具体的查询要求，选取适当的查询操作，以获取所需的有效性和完备性。

7.4　EXQuery 函 数

概率 XML 数据作为一种特殊的半结构化的数据，与关系数据类似，应有相关的查询函数[85]。XQuery 查询语言（XML Query Language，XQuery）是 1999 年 W3C 提出的一种有效的 XML 文件的查询语言，是 XPath 的超集。

由于概率 XML 数据可表示为概率 XML 树，本节以解析的路径表达式为基础，研究查询概率 XML 数据函数的扩展，讨论执行查询操作有关扩展函数。

7.4.1　与路径表达式有关的函数

在概率 XML 数据树中路径表达式的类型可分为绝对路径表达式、扩展路径表达式和基本路径表达式三种类型,与路径表达式操作有关的函数主要涉及路径表达式的基本特征和转换函数等。

与路径表达式表达式操作有关的函数有如下三个。

1. 路径表达式的结点序列 List_Node(*apath*)

List_Node 的功能是给出绝对路径表达式 *apath* 从根结点到叶子结点的序列。

算法思想:逐一列出从根结点到叶子结点。

算法 7.7　List_Node(*apath*)(列出从根结点到叶子结点)

输入:绝对路径表达式 *apath*;

输出:结点序列 *nodevector*;

begin

(1) $nodevector:=\varnothing;i:=0;$/ * 结点向量初始化为空,长度为 0 * /

(2) while $apath\neq null$ do {/ * null 的含义是路径表达式为空 * /

　　　if $char(apath)=$ '/' then

　　　　$i:=i+1;nodevector:=nodevector\bigcup before(char(apath));$

　　　　$apath:=delete(char,/);$

　　return($nodevector$);

end.

定理 7.8　算法 List_Node 是正确的、可终止的,其时间复杂度为 $O(m)$。其中,m 为绝对路径表达式的长度。

证明　(正确性)由绝对路径表达式定义 6.6 可知,符号/是结点的间隔符号,执行步骤(1)是初始化过程,执行步骤(2)——判断字符是否与/相同,并记录两个间隔符号间的字符串即结点名称,由此可知算法 List_Node 是正确的。

(可终止性)由于算法中只有 while 结构,终止条件为绝对路径表达式不为空,所以算法是可终止的。

(时间复杂度分析)由于绝对路径表达式的结点个数是不同的,因此 while 循环的控制变量为 m,则算法总的时间复杂度为 $O(m)$。证毕。

2. 绝对路径表达式的长度 length(*apath*)

length 的功能是计算绝对路径表达式 *apath* 的长度。

算法思想:统计从根结点到叶子结点的个数。

算法 7.8　length (*apath*)(统计从根结点到叶子结点的个数)

输入：绝对路径表达式 $apath$；

输出：$apath$ 的长度 m；

begin

　　$nodeset$＝List_Node($apath$);/＊列出绝对路径表达式 $apath$ 的结点＊/

　　m：＝$|nodeset|$;/＊符号$||$是求出结点集合元素的个数 n＊/

　　return(m);

　　end.

定理 7.9　算法 length 是正确的、可终止的,其时间复杂度为 $O(m)$,其中 m 为绝对路径表达式的长度。

证明　算法 length 中调用算法 List_Node,由定理 7.7 可知,定理 7.8 显然正确。证毕。

3. 绝对路径表达式是否含有分布结点的判断函数 Isdistribution

Isdistribution 的功能是逐一读取 $apath$ 的每个结点,判断其类型,如果含有分布结点,则返回 1,否则返回 0。

算法思想：逐一判断从根结点到叶子结点的结点类型。

算法 7.9　Isdistribution($apath$)（判断从根结点到叶子结点的结点类型）

　　输入：绝对路径表达式 $apath$；

　　输出：绝对路径表达式 $apath$ 的类型含有分布结点,return(1);否则,return(0);

　　begin

　　(1) v：＝0；$nodeset$：＝List_Node($apath$);

　　(2) for i＝1 to $|nodeset|$ do

　　　　if $nodeset[i] \in \{prob, mux, poss\}$ then

　　　　　　v：＝1;

　　　　return(v);

　　end.

定理 7.10　算法 Isdistribution 是正确的、可终止的,其时间复杂度为 $O(m^2)$。其中,m 为绝对路径表达式的长度。

证明　(正确性)由算法 7.7 和定理 7.7 可知,算法 Isdistribution 执行步骤(1)求出结点向量,执行步骤(2)逐一判断结点的类型,如含有分布结点,则返回 1;否则返回 0。

(可终止性)由于算法由两部分组成,算法 Isdistribution 执行步骤(1)调用 List_Node;算法执行步骤(2)通过 for 循环判断结点的类型,所以算法是可终止的。

(时间复杂度分析)由于绝对路径表达式的结点个数是不同的,因此循环的控制变量为 m,则算法总的时间复杂度为 $O(m^2)$。证毕。

7.4.2　与路径表达式转换有关的函数

与路径表达式表达式转换有关的函数有如下两个。

1. 绝对路径表达式转换为基本路径表达式函数 Apath2Path

Apath2Path 的功能是绝对路径表达式转换为基本路径表达式。算法思想是删除含分布结点的绝对路径表达式的所有分布结点及叶子结点。

算法 7. 10　　Apath2Path($apath$)（绝对路径表达式转换为基本路径表达式）

　　　　输入：绝对路径表达式 $apath$；

　　　　输出：基本路径表达式 $path$；

　　　　begin

　　　　(1) v：＝Isdistribution($apath$)；

　　　　(2) if v ＝1 then

　　　　　　　　$nodeset$：＝List_Node($apath$)；

　　　　　　　　m：＝length($apath$)；

　　　　(3)　　　for i＝1 to m do

　　　　　　　　　　　if $nodeset[i] \in \{ prob;mux \}$ then

　　　　　　　　　　　　　$apath$：＝delete($nodeset[i]$)；

　　　　　　　　　　　 elseif $nodeset[i] \in \{poss\}$ then

　　　　　　　　　　　　　$apath$：＝delete($value$($nodeset[i]$))；

　　　　　　　　　　　 /＊delete 为删除结点、值操作＊/

　　　　　　　　　　　$path$：＝$apath$；

　　　　　　return($path$)；

　　　　end.

定理 7. 11　　算法 Apath2Path 是正确的、可终止的，其时间复杂度为 $O(m^2)$。其中，m 为绝对路径表达式的长度。

证明　（正确性）算法 Apath2Path 首先执行步骤(1)调用 Isdistribution，如果返回值为 1，执行步骤(2)调用 List_Node 和 length，一一判断结点类型并处理；如果返回值为 0，直接删除叶子结点，所以算法是正确的。

（可终止性）由于算法 Apath2Path 由两部分组成，第一部分是调用 Isdistribution；第二部分是通过 for 循环判断结点的类型，所以算法是可终止的。

（时间复杂度分析）算法 Apath2Path 由两部分组成，算法的时间复杂度均为 $O(m^2)$，无论是否含分布结点，因此算法总的时间复杂度为 $O(m^2)$。证毕。

2. 绝对路径表达式转换为扩展路径表达式函数 Apath2Epath

Apath2Epath 的功能是绝对路径表达式转换为扩展路径表达式。

算法思想：删除含分布结点的绝对路径表达式的叶子结点。

算法 7.11 Apath2Epath($apath$)（绝对路径表达式转换为扩展路径表达式）

    输入：绝对路径表达式 $apath$；

    输出：扩展路径表达式 $epath$；

    begin

    (1) v：＝Isdistribution($apath$)；

       if $v=1$ then

       $nodeset$：＝List_Node($apath$)；

       m：＝length($apath$)；

    (2)   for $i=1$ to m do

            if $nodeset[i] \in \{\ prob, mux, poss\ \}$ then

               $apath$：＝delete($nodeset[i]$)；

               $epath$：＝apath；

      return($epath$)；

   end.

定理 7.12 算法 Apath2Epath 是正确的、可终止的，其时间复杂度为 $O(m^2)$。其中，m 为绝对路径表达式的长度。

证明 （正确性）算法 Apath2Epath 执行步骤(1)调用 Isdistribution，如果返回值为 1，调用 List_Node 和 length，执行步骤(2)逐一判断结点类型并处理，如果返回值为 0，则无对应的扩展路径表达式，所以算法是正确的。

（可终止性）由于算法 Apath2Epath 由三个步骤组成，算法执行步骤(1)调用 Isdistribution；执行步骤(2)的循环控制变量是绝对路径表达式的结点的个数，执行步骤(3)是赋值。所以算法是可终止的。

（时间复杂度分析）算法 Apath2Epath 由两部分组成，无论是否含分布结点，每个被调用的算法的时间复杂度均为 $O(m^2)$，因此算法总的时间复杂度为 $O(m^2)$。

7.4.3 概率计算有关的函数

概率 XML 树中绝对路径表达式的概率计算是常用的概率计算函数，有关的函数如下：

计算绝对路径表达式的概率 Prob_Path($apath$)。

Prob_Path($apath$)的功能是绝对路径表达式 $apath$ 的概率。

算法思想：从根结点开始到该叶子结点的所有分布结点的概率之积。

算法 7.12 Prob_Path($apath$)（从根结点开始到该叶子结点的所有分布结点的概率之积）

    输入：绝对路径表达式 $apath$；

    输出：绝对路径表达式的概率 $prob$；

```
begin
(1) prob:=1;
    m=length(apath);
(2) for j=1 to m do
        if node=ind then
            prob:= prob×value(node);
        elseif node= poss then
            prob:= prob×value(node);
    return(prob);
end.
```

定理 7. 13　算法 Prob_Path 是正确的、可终止的,其时间复杂度为 $O(m^2)$。其中,m 为绝对路径表达式的长度。

证明　(正确性)算法 Prob_Path 执行步骤(1)调用算法 length,执行步骤(2)——判断结点类型并处理,所以算法 Prob_Path 是正确的。

(可终止性)由于算法由两部分组成,算法 Prob_Path 执行步骤(1)是调用 length;执行步骤(2)的循环控制变量是绝对路径表达式的长度,所以算法是可终止的。

(时间复杂度分析)算法由两部分组成,算法的时间复杂度均为 $O(m^2)$,因此算法总的时间复杂度为 $O(m^2)$。证毕。

7.4.4　路径表达式的划分有关的函数

概率 XML 树的绝对路径表达式集合可划分为若干个子集,这里按照绝对路径表达式分别转换为扩展路径表达式和基本路径表达式后根据相容关系、等价关系划分绝对路径表达式集合。

与概率 XML 树的路径表达式的划分有关的函数如下:

1. 与扩展路径表达式相容的绝对路径表达式集合函数 Consistent_Epath_Set

Consistent_Epath_Set(pt, $epath$) 的功能是求出 pt 的绝对路径表达式集合中 $APATH$ 与给定的扩展路径表达式 $epath$ 相容的绝对路径表达式集合。

算法思想:求出 pt 的绝对路径表达式集合的扩展路径表达式,并与给定的扩展路径表达式 $epath$ 比较。

算法符号说明:$APATH$ 表示概率 XML 树 pt 的绝对路径表达式的集合,$epath$ 表示扩展路径表达式,con_epath 表示扩展路径表达式 $epath$ 相容的绝对路径表达式集合。

算法 7. 13　Consistent_Epath_Set($APATH$, $epath$)(计算扩展路径表达式 $epath$ 的相容集合)

输入：$APATH, epath$；

输出：con_epath；

begin

(1) $con\_epath := \varnothing$；

　　$count\_con\_epath := 0$；

(2) for $i = 1$ to $|APATH|$　do

　　　　$apath := APATH[\text{i}]$；

　　　　$e\_path := \text{Apath2Epath}(apath)$；

　　　　/* 调用绝对路径表达式转换为扩展路径表达式函数 */

(3) 　　　if $e\_path = epath$ then

　　　　　/* 判断两条扩展路径表达式的结点序列是否相同 */

　　　　　　　$con\_epath := con\_epath \bigcup apath$；

　　　　　　　$count\_con\_epath := count\_con\_epath + 1$；

　　　　return(con_epath)；　　/* 如果 $count\_con\_epath \neq 0$,则返回 */

end.

定理 7.14　算法 Consistent_Epath_Set 是正确的、可终止的,其时间复杂度为 $O(m\,n^2)$。其中,m 为绝对路径表达式集合的元素个数,n 为绝对路径表达式的长度。

证明　(正确性)Consistent_Epath_Set 执行步骤(2)通过 for 循环调用 Apath2Epath,执行步骤(3)判断是否与给定的扩展路径表达式的结点相同,并分别处理,所以算法是正确的。

(可终止性)算法 Consistent_Epath_Set 通过 for 循环一一判断绝对路径表达式集合的每个元素,控制变量为绝对路径表达式集合的元素个数 m,所以算法是可终止的。

(时间复杂度分析)算法 Consistent_Epath_Set 的 for 循环由两部分组成,执行步骤(2)是调用 Apath2Epath,时间复杂度为 $O(n^2)$。其中,n 为 $apath$ 的长度,执行步骤(3)的时间复杂度为 $O(1)$。因此,算法总的时间复杂度为 $O(m\,n^2)$。证毕。

2. 与基本路径表达式等价的绝对路径表达式集合函数 Equal_Path _Set

Equal_Path _Set(pt, $path$) 的功能是求出 pt 的绝对路径表达式集合中 $APATH$ 与给定的基本路径表达式 $path$ 等价的绝对路径表达式集合。

算法思想：是求出 pt 的绝对路径表达式集合的基本路径表达式,并与给定的基本路径表达式 $path$ 比较。

算法符号说明：$APATH$ 表示概率 XML 树 pt 的绝对路径表达式的集合,$path$ 表示基本路径表达式,$equal\_path$ 表示基本路径表达式 $path$ 等价的绝对路径表达式集合。

算法 7.14　Equal_Path _Set($APATH, path$)（计算基本路径表达式 $path$ 的等价集合 eq_path）

　　　　输入：$APATH, path$；

　　　　输出：$equal\_path$；

　　　　begin

　　　　(1) $equal\_path := \varnothing$；

　　　　　　$count\_equal\_path := 0$；

　　　　(2) for $i=1$ to $|APATH|$ do

　　　　　　　$apath := APATH[i]$；

　　　　　　　$b_path := $Apath2Path$(apath)$；

　　　　　　　　/ * 调用绝对路径转换为基本路径函数 * /

　　　　　　　if $b\_path = path$ then

　　　　　　　/ * 判断两条基本路径表达式的结点序列是否相同 * /

　　　　　　　　　$equal\_path := equal\_path \bigcup apath$；

　　　　　　　　　$count\_equal\_path := count\_equal\_path + 1$；

　　　　　　return($equal\_path$)；

　　　end.

定理 7.15　算法 Equal_Path _Set 是正确的、可终止的，其时间复杂度为 $O(mn^2)$，其中 m 为绝对路径表达式集合的元素个数，n 为绝对路径表达式的长度。

证明　与定理 7.14 的证明过程基本相同，通过 for 循环一一判断绝对路径表达式集合的每个元素，定理 7.14 显然成立。证毕。

7.4.5　路径表达式关系判断的有关的函数

绝对路径表达式的关系类型分为相同、等价和相容。本节研究两条绝对路径表达式是同属于某一解析的概率 XML 数据树的路径集合的。绝对路径表达式关系的判断有关的函数如下：

1. 判断绝对路径表达式是否相同 Issame

Issame($apath1, apath2$)的功能是判断绝对路径表达式 $apath1, apath2$ 是否相同，如果相同，返回 1；否则，返回。

算法思想：逐一比较绝对路径表达式 $apath1, apath2$ 的结点个数和结点值。

算法 7.15　Issame($apath1, apath2$)（判断两条绝对路径表达式是否相同）

　　　　输入：概率 XML 树 pt 的绝对路径表达式 $apath1, apath2$；

　　　　输出：$apath1, apath2$ 相同 return(1)，否则，return(0)；

```
begin
```

(1) r_issame:$=0$;/ * $apath1,apath2$ 的关系变量 r_issame 初始化为 $0 * /$

(2) $node\_vector1$:$=$List_Node($apath1$);

　　$l1=|node\_vector1|$;/ * 求出 $apath1$ 的结点向量及长度 * /

(3) $node\_vector2$:$=$List_Node($apath2$);

　　$l2$:$=|\ node\_vector2|$;/ * 求出 $apath2$ 的结点向量及长度 * /

(4) if $l1=l2$ then

　　　　for $i=1$ to $l1$ do

　　　　　　for $j=1$ to $l2$ do

　　　　　　　　if $node\_vector1[i]=node\_vector2[j]$ then

　　　　　　　　　　r_issame:$=1$;

　　　　　　　　　　else r_issame:$=0$;

　　　return(r_issame);

```
    end.
```

定理 7. 16 算法 Issame 是正确的、可终止的,其时间复杂度为当路径表达式的长度不相同时,算法的时间复杂度为 $O(m+n)$;当路径表达式相同时,算法的时间复杂度为 $O(m^2)$。其中 m 和 n 分别为绝对路径表达式的长度。

证明 (正确性)算法 Issamet 由四部分组成,执行步骤(2)调用 List_Node 分别计算各路径表达式的结点序列,执行步骤(4)如果结点个数相同,判断对应的结点是否相同,所以算法 Issame 是正确的。

(可终止性)算法 Issamet 通过 for 循环——判断绝对路径表达式的每个结点,控制变量为绝对路径表达式的结点个数 m,所以算法是可终止的。

(时间复杂度分析)算法 Issamet 由四部分组成,算法执行步骤(1)的时间复杂度为 $O(1)$;算法执行步骤(2)是调用 List_Node,时间复杂度为 $O(m)$,其中 m 为 $apath1$ 的长度;执行步骤(3)是调用 List_Node,时间复杂度为 $O(n)$,其中 n 为 $apath2$ 的长度;执行步骤(4)如果 $m=n$ 调用二重 for 循环,判断结点是否相同,时间复杂度为 $O(m^2)$。因此当路径表达式的长度不相同时,算法的时间复杂度为 $O(m+n)$;当路径表达式相同时,算法总的时间复杂度为 $O(m^2)$。证毕。

2. 判断绝对路径表达式是否等价 Isequal

绝对路径表达式的等价关系是基于基本路径表达式的判断,如果两条绝对路径表达式转换为基本路径表达式是相等的,则绝对路径表达式是等价的。Isequal($apath1,apath2$) 的功能是判断路径表达式 $apath1,apath2$ 是否等价,如果等价,返回 1;否则,返回 0。

算法思想:逐一比较绝对路径表达式 $apath1, apath2$ 对应的基本路径表达式的结点个数和结点值。

算法 7.16　Isequal($apath1, apath2$)(判断两条绝对路径表达式 $apath1$, $apath2$是否等价)

　　　　输入:概率 XML 树 pt 的绝对路径表达式 $apath1, apath2$

　　　　输出: $apath1, apath2$ 等价 return(1),否则 return(0);

　　　　begin

　　　　(1) $r\_isequal$:=0;/* $apath1, apath2$ 的关系变量 $r\_isequal$ 初始化为 1 */

　　　　(2) $a1$:=Apath2Path($apath1$);

　　　　　　/* 绝对路径表达式 $apath1$ 转换为基本路径表达式 $a1$ */

　　　　(3) $a2$:=Apath2Path($apath2$);

　　　　　　/* 绝对路径表达式 $apath2$ 转换为基本路径表达式 $a2$ */

　　　　　　$node\_a1$:=List_Node($a1$);

　　　　　　　$l1$:=$| node\_a1|$;/* 求出 $a1$ 的结点及长度 */

　　　　　　$node\_a2$:=List_Node($a2$);

　　　　　　　$l2$:=$| node\_a2|$;/* 求出 $a2$ 的结点及长度 */

　　　　(4) if　$l1=l2$　then

　　　　　　for　$i=1$ to $l1$　do

　　　　　　　　for　$j=1$ to $l2$　do

　　　　　　　　　　if　$node\_a1[i]=node\_a2[i]$　then

　　　　　　　　　　　　$r\_isequal$:=1;

　　　　　　　　　　else　$r\_isequal$:=0;

　　　　　　return($r\_isequal$);

　　　　end.

定理 7.17　算法 Isequal 是正确的、可终止的,其时间复杂度为当路径表达式的长度不相同时,算法的时间复杂度为 $O(m^3+n^3)$;当路径表达式相同时,算法的时间复杂度为 $O(m^3)$。其中,m 和 n 分别为绝对路径表达式的长度。

证明　(正确性)算法 Isequal 由四个步骤组成,执行步骤(2)调用 Apath2Path 计算基本路径表达式,执行步骤(3)调用 List_Node 分别计算各基本路径表达式的结点序列,执行步骤(4)如果结点个数相同,判断对应的结点是否相等,所以算法 Isequal 是正确的。

(可终止性)算法 Isequal 执行步骤(3)通过 for 循环——判断绝对路径表达式的每个结点,控制变量为绝对路径表达式的结点个数 m,所以算法是可终止的。

(时间复杂度分析)算法 Isequal 由四个步骤组成,执行步骤(2)是调用 Apath2Path 和 List_Node,时间复杂度为 $O(m^3)$,其中 m 为 $apath1$ 的长度;执行步骤(3)是调用 List_Node,时间复杂度为 $O(n^3)$,其中 n 为 $apath2$ 的长度;执行步骤(4)是如果 $m=n$ 调用二重 for 循环,判断结点是否相同,时间复杂度为 $O(m^2)$。因此当路径表达式的长度不相同时,算法的时间复杂度为 $O(m^3+n^3)$;当路径表达式相同时,算法总的时间复杂度为 $O(m^3)$。证毕。

3. 判断绝对路径表达式是否相容 Isconsistent

绝对路径表达式的等价关系是基于扩展路径表达式的判断,如果两条绝对路径表达式转换为扩展路径表达式是相等的,则绝对路径表达式是相容的。Isconsistent $(apath1,apath2)$ 判断路径表达式 $apath1,apath2$ 是否相容,如果相容,返回 1;否则,返回 0。

算法思想:逐一比较绝对路径表达式 $apath1,apath2$ 对应的扩展路径表达式的结点个数和结点值。

算法 7.17 Isconsistent $(apath1,apath2)$(判断两条绝对路径表达式是否相容)

> 输入:概率 XML 树 pt 的绝对路径表达式 $apath1,apath2$;
> 输出:$apath1,apath2$ 相容 return(1),否则,return(0);
> begin
> (1)　　$r\_isconsistent:=0$;
> 　　　　/ * $apath1,apath2$ 的关系变量 r_Isconsistent 初始化为 0 * /
> (2)　　$e1:=$Apath2Epath$(apath1)$;
> 　　　　/ * 绝对路径表达式 $apath1$ 转换为扩展路径表达式 $e1$ * /
> 　　　　$e2:=$Apath2Epath$(apath2)$;
> 　　　　$node\_e1:=$List_Node$(e1)$;
> 　　　　$l1:=|node\_e1|$;/ * 求出 $e1$ 的结点向量及长度 * /
> 　　　　$node\_e2:=$List_Node$(e2)$;
> 　　　　$l2:=|node\_e2|$;/ * 求出 $e2$ 的结点向量及长度 * /
> (3)　　if $l1=l2$ then
> 　　　　　　for $i=1$ to $l1$ do
> 　　　　　　　　for $j=1$ to $l2$ do
> 　　　　　　　　　　if $node\_e1[i]=node\_e2[i]$ then
> 　　　　　　　　　　　　$r\_isconsistent:=1$;
> 　　　　　　　　　　　else　$r\_isconsistent:=0$;
> 　　　　return$(r\_isconsistent)$;
> end.

定理 7.18 算法 Isconsistent 是正确的、可终止的,其时间复杂度为当路径表达式的长度不相同时,算法的时间复杂度为 $O(m^3+n^3)$;当路径表达式相同时,算法总的时间复杂度为 $O(m^3)$。其中,m 和 n 分别为绝对路径表达式的长度。

证明 与定理 7.16 的证明过程基本相同,定理 7.17 显然成立。证毕。

7.4.6　结点关系判断有关的函数

1. 结点相同关系判断函数 Issame

Issame($node1,node2$) 的功能是判断结点 $node1,node2$ 是否相同,如果相同,返回 1;否则,返回 0。

算法思想:逐一比较结点 $node1,node2$ 对应的结点值和概率。

算法符号说明:$node1,node2$ 为结点标记、$<node1\_value, node1\_prob>$,$<node2\_value, node2\_prob>$为取值二元组。

算法 7.18　Issame($node1,node2,<node1\_value, node1\_prob>,<node2\_value, node2\_prob>$)(判断结点 $node1,node2$ 是否相同)

　　输入:$node1,node2,<node1\_value, node1\_prob>,<node2\_value, node2\_prob>$;
　　输出:如果相同 return (1);否则,return (0);
　　begin
　　　　$same\_node:=0;/*$ 结点 $node1,node2$ 相同关系初始化为 0 $*/$
　　　　if $node1$ 和 $node2$ ∈一个绝对路径表达式中 then
　　　　　　if $node1\_value=node2\_value$　and　$node1\_prob=node2\_prob$　then
　　　　　　　　$same\_node:=1;$
　　　　　　else　$same\_node:=0;$
　　　　return($same\_node$);
　　end.

定理 7.19　算法 Issame 是正确的、可终止的,其时间复杂度为 $O(1)$。

证明　(正确性)Issame 由 if 结构组成,分两步进行,如果在同一绝对路径表达式中,再判断结点值和概率,所以算法 Issame 是正确的。

(可终止性)本算法通过 if 判断结点及其概率,所以算法是可终止的。

(时间复杂度分析)算法只有 if 结构,算法总的时间复杂度为 $O(1)$。证毕。

2. 结点等价关系判断函数 Isequal

Isequal($node1,node2$)的功能是判断结点 $node1,node2$ 是否等价,如果等价,返回 1;否则,返回 0。

算法思想:判断 $node1$ 和 $node2$ 是否在一个扩展路径表达式的相容集合中的不同绝对路径表达式中。

算法符号说明:$node1,node2$ 为结点标记、$<node1\_value, node1\_prob>$,$<node2\_value, node2\_prob>$为取值二元组。

算法 7.19　Isequal($node1,node2,<node1\_value, node1\_prob>,<node2\_value, node2\_prob>$)(判断结点 $node1,node2$ 是否等价)

输入：*node*1,*node*2,<*node*1_*value*, *node*1_*prob*>,<*node*2_*value*, *node*2_*prob*>；

输出：如果等价 return(1)，否则，return(0)；

begin

　　equal_node：=0；/ * 结点 *node*1，*node*2 相同关系初始化为 0 * /

　　if *node*1 和 *node*2 ∈ 一个扩展路径表达式的相容集合中不同绝对路径表达式

　　　　　　　中 then

　　　　　if *node*1_*value*≠*node*2_*value* and *node*1_*prob*≠*node*2_*prob* then

　　　　　　　equal_node：=1；

　　　　　　　else *equal_node*：=0；

　　return(*equal_node*)；

　　end.

定理 7.20　算法 Isequal 是正确的、可终止的，其时间复杂度为 $O(1)$。

证明　与定理 7.18 的证明过程基本相同，定理 7.19 显然成立。证毕。

3. 结点相容关系判断函数 Isconsistent

Isconsistent (*node*1,*node*2,…,*node*n) 的功能是判断结点 *node*1,*node*2,…,*node*n 是否相容。如果相容，返回 1；否则，返回 0。算法思想：在一个扩展路径表达式的相容集合中的不同绝对路径表达式中且存在概率之和小于等于 1。

算法 7.20　Isconsistent (*node*1,*node*2,…,*node*n)（判断结点是否相容）

　　输入：*node*1,*node*2,…,*node*n 的<*node*1_*value*,*node*1_*prob*>,…,<*node*n_*value*,

　　　　*node*n_*prob*>；

　　输出：如果相容 return (1)；否则，return (0)；

　　begin

　　(1) *consistent _node*：=0；/ * 结点 *node*1，*node*2 相同关系初始化为 0 * /

　　(2) if *node*1,*node*2,…,*node*n 在一个扩展路径表达式的相容集合中的不同绝对路径

　　　　表达式中 then

　　　　　if *node*1_*value*≠*node*2_*value* and … and *node*1_*value*≠*node*n_*value* and

　　　　　　*node*1_*prob*≠*node*2_*prob* and … and *node*n_*prob*≠*node*n_*prob* and *node*1

　　　　　　_*prob*+…+ *node*n_*prob*≤1 then

　　　　　/ * 任意两个结点的值和概率不相同，且概率和小于等于 1 * /

　　　　　　consistent _node：=1；

　　　　　　else *consistent _node*：=0；

　　　return(*consistent _node*)；

　　end.

定理 7.21　算法 Isconsistent 是正确的、可终止的，其时间复杂度为 $O(1)$。

证明　与定理 7.19 的证明过程基本相同，定理 7.20 显然成立。证毕。

7.4.7　结点概率的计算函数

结点 node 概率的计算函数是 Prob_Node($apath$，$node$)。Prob_Node($apath$，$node$)的功能是计算在绝对路径表达式 $apath$ 中结点 $node$ 的概率。

算法思想：从根结点开始到该结点的所有分布结点的概率之积。

算法 7.21　Prob_ Node ($apath$，$node$)（结点 $node$ 概率的计算）

　　　输入：绝对路径表达式 $apath$，结点 $node$；

　　　输出：$node$ 的概率 $prob$；

　　　begin

　　　(1) v：=Isdistribution($apath$)；

　　　(2) if $v=0$ then

　　　　　　$prob$：=1；

　　　　else

　　　　　　$nodeset$：=List_Node($apath$)；

　　　　　　n：=length($apath$)；

　　　　　　for $i=1$ to n do

　　　　　　　　if $nodeset[i]=\{poss\}$ then

　　　　　　　　　　$prob$：=$p \times value(nodeset[i])$；

　　　　return($prob$)；

　　　end.

定理 7.22　算法 Prob_ Node 是正确的、可终止的，最好情况下时间复杂度为 $O(m^2)$，最坏情况下为 $O(m^4)$。其中 m 为绝对路径表达式的长度。

证明　（正确性）算法 Prob_Node 执行步骤(1)调用算法 Isdistribution，执行步骤(2)根据返回值由 if 结构计算结点的概率，所以算法 Prob_Node 是正确的。

（可终止性）由于算法 Prob_Node 由两部分组成，执行步骤(1)是调用 Isdistribution；执行步骤(2)是通过 if 结构计算指定的结点的概率，所以算法是可终止的。

（时间复杂度分析）算法 Prob_Node 执行步骤(1)的算法的时间复杂度均为 $O(m^2)$；执行步骤(2)的最好情况下的时间复杂度为 $O(1)$，最坏情况下的时间复杂度为 $O(m^2)$，因此总的算法的时间复杂度也分为两种情况，分别为 $O(m^2)$ 和 $O(m^4)$。证毕。

7.4.8　与树类型的判断有关的函数

全部解析的概率 XML 树 pt 的绝对路径表达式的集合是与概率 XML 树 pt 一一对应的，因此概率 XML 树类型的判断可通过分析绝对路径表达式的结点数。有关的函数如下：

1. 概率 XML 树类型 1 的判断函数 Istype1

Istype1(pt)的功能是判断概率 XML 树是否为类型 1。如果概率 XML 树是类型 1,则返回 1;否则,则返回 0。

算法思想:统计该树的结点总数,若存在概率之和为 1 的不同叶子结点的父结点 $poss$ 出现一次且仅一次,则概率 XML 树为类型 1。

算法 7.22　Istype1(pt)(判断概率 XML 树是否为类型 1)

输入:概率 XML 树 pt 的绝对路径表达式的集合 $APATH$;

输出:概率 XML 树 pt 是类型 1 return (1),否则,return(0);

begin

(1) $v\_istype1 := \varnothing$;

　　 $E := \varnothing$;

(2) for $i=1$ to $|APATH|$ do

　　 $apath := APATH[i]; E := E \cup$ Apath2Epath($apath$);

　　 /∗求出绝对路径表达式的全部扩展路径表达式∗/

　　 $c\_e := 0;$/∗相容的绝对路径表达式的结点数初始化为 0∗/

(3) for $i=1$ to $|APATH|$　do

　　 $apath := APATH[i]; is\_apath :=$ Isdistribution($apath$);

　　 /∗判断绝对路径表达式 $apath$ 的类型,并赋值为 is_apath∗/

　　 if $is\_apath = 0$ then

　　　　 $c_e := c_e + $length($apath$);

　　 else

　　　　 $e = $Apath2Epath($apath$);

　　　　 /∗绝对路径表达式 $apath$ 转换为扩展路径表达式 e∗/

　　　　 if $e \notin E$ then

　　　　　　 $E_e := $Consistent_Epath_Set($APATH, e$);

　　　　　　 /∗求出 e 的相容的绝对路径表达式的集合∗/

　　　　　　 $c_e := c_e + $length($e$)$+ | E_e |$;

　　　　　　 /∗求出 e 的相容的绝对路径表达式的结点数与相容的绝对路径表达式的个数之和,即 e 的相容的绝对路径表达式的最小的结点数∗/

(4) if $node\_numbe = c\_e$ then

　　　　 $v\_istype1 := 1$;

　　 else $v\_istype1 := 0$;

　　 return($v\_istype1$);

end.

定理 7.23　算法 Istype1 是正确的、可终止的,其时间复杂度为 $O(m^2 n)$。其中,m 为绝对路径表达式的长度,n 为绝对路径表达式的长度。

证明　（正确性）算法 Istype1 执行步骤（2）调用算法 Apath2Epath 计算绝对路径表达式的全部扩展路径表达式；执行步骤（3）判断绝对路径表达式并处理；执行步骤（4）通过 if 结构为结果变量赋值。所以算法 Istype1 是正确的。

（可终止性）由于算法 Istype1 由四个步骤组成，算法 Istype1 执行步骤（2）是调用 apath2epath，一层 for 循环，执行步骤（3）通过 for 循环计算结点的个数，执行步骤（4）判断个数是否相同并为结果变量赋值，所以算法是可终止的。

（时间复杂度分析）算法 Istype1 由四个步骤组成。执行步骤（1）的算法的时间复杂度为 $O(1)$，执行步骤（2）的时间复杂度为 $O(m^2)$，m 为绝对路径表达式的个数，执行步骤（3）算法的时间复杂度为 $O(n)$，n 为绝对路径表达式的长度，执行步骤（4）算法的时间复杂度为 $O(1)$，因此算法总的时间复杂度为 $O(m^2+n)$。证毕。

2. 概率 XML 树类型 2 判断函数 Istype2

Istype2(pt)的功能是判断概率 XML 树是否为类型 2。如果概率 XML 树是类型 2，则返回 1；否则，则返回 0。

算法思想：计算每个绝对路径表达式的结点的个数，并与树的结点个数比较。

算法 7.23　Istype2(pt)（判断概率 XML 树是否为类型 2）

　　输入：概率 XML 树 pt 的绝对路径表达式的集合 $APATH$；

　　输出：概率 XML 树 pt 是类型 2 return (1)，否则 return (0)；

　　begin

　　(1) $v\_istype2$：=0；/＊ 概率 XML 树 pt 的类型初始化为 0＊/

　　　　Node_number 为 pt 的结点总数；

　　　　c：=0；

　　(2) for i=1 to $|APATH|$ do

　　　　$apath$：=$APATH[i]$；l：= length($apath$)；

　　　　c：=$c+1$；}/＊根据绝对路径表达式的长度统计结点数＊/

　　(3)　　if $node\_number$=c then

　　　　　　$v\_istype2$：=1；

　　　　　else $v\_istype2$：=0；

　　　　return($v\_istype2$)；

　　end.

定理 7.24　算法 Istype2 是正确的、可终止的，其时间复杂度为 $O(m^2)$。其中，m 为绝对路径表达式的个数，n 为绝对路径表达式的长度。

证明　（正确性）算法由三个步骤组成，算法 Istype2 执行步骤（2）调用算法 length 计算每个绝对路径表达式的长度，执行步骤（3）通过 if 结构判断树中的结点个数是否与绝对路径表达式的结点总数相同，并为结果变量赋值，所以算法 Istype2是正确的。

（可终止性）算法 Istype2 由三个步骤组成,执行步骤(2)通过 for 循环调用 length 计算结点数;执行步骤(3)结果变量赋值,所以算法是可终止的。

（时间复杂度分析）算法 Istype2 执行步骤(2)由 for 结构的循环控制变量终值为绝对路径表达式的个数 m,length 的算法的时间复杂度为 $O(n)$,因此算法总的时间复杂度为 $O(mn)$。证毕。

7.5　本 章 小 结

由关系数据到 XML 数据的查询理论和技术可知,代数操作集合的定义都是至关重要的。本章从概率数据以 XML 数据表示的角度定义了最小的概率 XML 树,并以最小的概率 XML 树为代数操作的基本对象,定义了概率 XML 单元树的基本操作集合。详细分析操作集合的各个操作的算法思想、算法过程和运算实例。

本章中定义的基本操作的主要操作对象为概率数据,即基于解析的路径表达式集合,分为概率运算和集合运算两类,前者包括叶子结点概率运算、概率阈截取运算和平凡化运算三种,后者包括并运算、交运算、差运算和连接运算四种。从操作实现的角度详细分析了各个基本操作的算法思想、算法过程,并从理论上证明了操作算法的正确性、时间复杂度分析。

从关系数据到 XML 数据的管理,代数系统的定义都是至关重要的。面对各种各样的 XML 代数系统,直接应用到概率 XML 数据仍然是有一定的差距的。

XQuery 的函数是开放的算法集合可以进行扩展,本章在研究普通 XML 数据的一些扩展方式的基础上,说明了概率 XML 数据的 XQuery 函数的扩展的必要性,在第 6 章分析路径类型和结点类型的基础上,实现了与结点有关的函数、与路径有关的函数和与树的类型判断有关的函数等的 EXQuery。

综上所述,本章中基本操作的算法具有算法简单、易于实现的特点,适用于概率 XML 数据的概率数据的查询。

第 8 章　概率 XML 树的结点概率查询算法

结点概率的查询,由于概率数据依赖于结点及结点集合而存在,因此,在概率 XML 数据元素概率的查询问题可以在概率 XML 树中通过查询结点概率实现。

由于概率数据所对应的可能世界的实例的个数庞大,概率 XML 树解析后的绝对路径集合的元素个数较多,因此,概率 XML 树所对应的普通 XML 树的可能世界实例个数庞大,增加了基于可能世界实例方法的难度。

为讨论概率 XML 数据树的结点概率问题,本节的查询方法分为两个方面:①分解概率 XML 数据树为子概率 XML 数据树的集合,在子概率 XML 数据树对应的普通 XML 数据树的集合上查询。②根据路径表达式的分类,把绝对路径表达式集合划分为相容的路径表达式子集、等价的路径表达式子集,确定结点所在的扩展路径表达式和基本路径表达式,然后在相应的子集上查询所需的结点的概率。

由定义 6.5 概率 XML 数据树的定义,存在与查询无关的冗余结点,化简概率 XML 数据树是必要的。

8.1　子树个数的估计算法

设概率 XML 数据树 PT 的绝对路径表达式集合为 $APATH_{PT}$,元素结点 EN 所在的绝对路径表达式的集合,即 EN 所在的子树如图 8.1 所示,绝对路径表达式的集合为

$$APATH_{EN} = \{EN/dist/mux/poss[ps_i]/v_i \mid \sum_{i=1}^{|child(mux)|} ps_i = 1\}$$

由分析可知,图 6.10 所示的概率 XML 数据树的模式树如图 8.2 所示,可见解析该树可得到扩展路径表达式的集合。

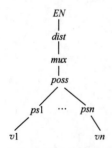

图 8.1　EN 所在的绝对路径表达式的集合

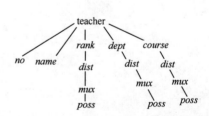

图 8.2　概率 XML 数据树的模式树

设 $i=1, apath \in APATH_{EN}$，则
$$apath = EN/dist/mux/poss[p_1]/v_1$$
对应的向量 V_{apath} 为
$$V_{path} = (EN, dist, mux, poss[p_1], v_1)$$
因此，绝对路径表达式的向量集合为
$$V_{APATH_{EN}} = \{(EN, dist, mux, poss[ps_i], v_i) \mid \sum_{i=1}^{|child(mux)|} ps_i = 1\}$$

下面研究概率 XML 树中如图 8.1 形式的绝对路径表达式的集合的个数的估计算法。

基本思想：

(1) 将全部的绝对路径表达式转换为向量，即绝对路径表达式集合转换为绝对路径表达式向量集合，按照是否根据含有分布结点标记绝对路径表达式向量集合的每个元素；

(2) 根据输入的绝对路径表达式对应的扩展路径表达式的形式估计其个数。

算法的符号说明：PA 为概率 XML 数据树的绝对路径表达式集合，pt 为子树的扩展路径表达式集合。算法如下。

算法 8.1　Pattern_Estimation(PA, pt)（计算绝对路径表达式的集合的个数）

　　　输入：PA, pt；

　　　输出：子树的个数 n；

　　　begin

　　(1)　Preprocess(PA)；

　　　　　$PV := B$；

　　　　　Preprocess(pt)；

　　　　　$pv := B$；

　　(2)　for $i=1$ to $|pv|$ do

　　　　　　　$l(i) := 1$；

　　　　　　　if $last(pv(i)) = 0$ then

　　　　　　　　　$l(i) := 0$；

　　　　　case 1：

　　　　　　　Count($F1$, pv)；

　　　　　case 0：

　　　　　　　Count($F2$, pv)；

　　　　　otherwise：

　　　　　　　Count(PV, pv)；

　　　　　　$n := m$；

　　　　　return(n)；

end.

在 Pattern_Estimation 算法中调用了两个子算法,Preprocess 是绝对路径表达式的向量的集合的预处理算法,算法思想为绝对路径表达式集合 PA 转换为绝对路径表达式向量集合 B,绝对路径表达式集合 B 的分类处理,即在向量的末尾加标记,0 为含分布结点,1 为无分布结点。Count 是子树路径表达式的计数算法,算法思想为统计满足与子树相符的路径表达式在全部绝对路径表达式向量集合中的个数。

子算法 Preprocess 如下。

算法 8.2　Preprocess(A)（绝对路径表达式的向量的集合的预处理）

输入：绝对路径表达式集合 A；

输出：绝对路径表达式向量集合 B,分类的绝对路径表达式向量 $F1$ 和 $F2$；

begin

(1) for $i=1$ to $|A|$ do

　　　for $j=1$ to length($A[i]$) do

　　　　　$B[i,j]:=$node($A[i]$).j;/ * 符号 . 为计算 $A[i]$ 的第 j 个结点 * /

　　/ * $B[i,j]$ 第 i 个绝对路径表达式的结点 j 在向量 $B[i]$ 的第 j 个分量 * /

　　　　　$B[i]:=B[i,2:$length($B[i]$)$]$;/ * 删除根结点 * /

　　　　　$F1:=\varnothing$；

　　　　　$F2:=\varnothing$；

(2) for $i=1$ to $|B|$ do

　　　for $j=1$ to length($B[i]$) do

　　　　　if　$B(i)(j)=dist$ then

　　　　　　　$B[i]:=B[i,1:j-1,j+1:last]$; / * 删除了所有的分布结点 * /

　　　　　　　$B[i,$length($B[i]$)$+1]:=1$；

　　　　　　　$F1:=F1\cup B[i]$；

　　　　　　　　　　　　 / * 分布路径表达式向量 * /

　　　　　else

　　　　　　　$B[i,$length($B[i]$)$+1]:=0$；

　　　　　　　$F2:=F2\cup B[i]$；}}}/ * 分布路径表达式向量 * /

　　　$B:=F1\cup F2$；

　　return($F1,F2,B$)；

end.

子算法 Count 如下。

算法 8.3　Count(C,s)（计算绝对路径表达式向量集合 C 中子树的向量 s 的个数）

输入：绝对路径表达式向量集合 C,子树的扩展路径表达式向量集合 s；

输出：s 在 C 中的个数；

```
begin
(1) for i=1 to |s| do
        num[i]:=0;
(2)    for j=1 to |C| do
            if C[j]=s[i] then
                num[i]:=num[i]+1;
            m:=min(num[i]);
        return(m);
end.
```

定理 8.1　算法 Pattern_Estimation 是正确的,可终止的,其时间复杂度最好情况下为 $O(d+m^2n)$,最坏情况下 $O(dm+m^2n)$。其中,概率 XML 树的绝对路径表达式的个数为 m,含分布结点的绝对路径表达式的最大长度 d,扩展路径表达式的个数为 n。

证明　(正确性)算法 Pattern_Estimation 执行步骤(1)通过 for 循环调用算法 preprocess 预处理概率 XML 树的绝对路径表达式和子树的绝对路径表达式,执行步骤(2)判断是否为分布路径表达式,并通过调用算法 Count 估计其个数。按照这种过程,分析并处理了每一条绝对路径表达式,因此算法 Pattern_Estimation 是正确的。

(可终止性)算法 Pattern_Estimation 执行步骤(1),预处理概率 XML 树的每一条绝对路径表达式,执行 Preprocess 的步骤(1)和步骤(2)的循环控制变量是有限的,执行步骤(2)通过 for 循环调用算法 Count 估计模式树的个数,执行 Count 的步骤(1)和步骤(2)的循环控制变量是有限的。算法 Pattern_Estimation 是可终止的。

(时间复杂度分析)算法 Pattern_Estimation 由两部分组成,执行步骤(1)调用算法 Preprocess,Preprocess 算法执行步骤(1)由二重循环组成,外循环的控制变量为绝对路径表达式的个数 m,内循环的控制变量为绝对路径表达式的最大长度 d,时间复杂度为 $O(md)$;Preprocess 算法执行步骤(2)由二重循环组成,外循环的控制变量为含分布结点的绝对路径表达式的个数(最小值为 1,最大值为 $m-1$),内循环的控制变量为含分布结点的绝对路径表达式的最大长度 d,时间复杂度为 $O(d)$,时间复杂度为 $O(dm-d)$。算法 Pattern_Estimation 执行步骤(2)通过 for 循环和 if 结构调用算法 Count,循环控制变量终值为该树的绝对路径表达式个数 m,Count 算法由二重循环组成,外循环的控制变量为绝对路径表达式的个数 m,内循环的控制变量为扩展路径表达式的个数 n,时间复杂度为 $O(mn)$。所以最好情况下总的算法的时间复杂度为 $O(d+m^2n)$,最坏情况下 $O(dm+m^2n)$。证毕。

8.2　基于可能世界原理的结点概率查询算法

由概率数据的可能世界原理可知,概率 XML 数据树的可能世界集合为普通子 XML 数据树的集合,其概率之和为 1。基于可能世界原理的概率 XML 数据树结点概率查询算法的基本思想是根据可能世界原理列举出概率 XML 数据树的普通的 XML 数据树集合,并依次查询 XML 数据树。

下面给出分解算法和在分解后的可能世界的实例中查询与计算给定结点的概率的算法。算法思想是根据是否与基本路径表达式等价,对概率 XML 数据树的绝对路径表达式集合分类,求出的等价的绝对路径表达式集合的乘积。

算法符号说明：$PATH$ 表示概率 XML 数据树的基本路径表达式集合,$EPATH$ 表示扩展路径表达式集合,pws 表示概率 XML 数据树的可能世界实例集合。

算法 8.4　Decomposition_Pws（$PATH$，$EPATH$）（概率 XML 数据树分解）

输入：$PATH,EPATH$;

输出：pws;

begin

(1) $set1 := \varnothing$;

　　$cset1 := 0$;

　　$set2 := \varnothing$;

　　$cset2 := 0$;

　　$pws := \varnothing$;

(2) for $i=1$ to $|PATH|$ do

　　　　for $j=1$ to $|EPATH|$　do

　　　　　　if path expression$[i]=EPATH[j]$　then

　　　　　　　　$set1 := set1 \bigcup PATH[i]$;

　　　　　　　　$cset1 := cset+1$;

　　　　　　else

　　　　　　　　$cset2 := cset2+1$;

　　　　　　　　$NEWPATH[cset2] := \varnothing$;

　　　　　　　　for $k=1$ to $|v(EPATH[i].poss)|$ do

　　　　　　　　　　$NEWPATH[cset2][k] := EPATH[i]/Nl(v(EPATH[i].poss)[k])$;

　　　　　　　　　　$set2 := set2 \bigcup NEWPATH[cset2]$;

　　　　　$NEW := \varnothing$;

(3) for $l=1$ to $cset2$ do

　　　　$NEW := NEW \times NEWPATH[l]$;

(4) for m＝1 to $|NEW|$ do

　　　　$pws[m]:=set1 \bigcup pws[m]$;

　　return($pws[m]$);

　end.

定理 8.2　算法 Decomposition_Pws 是正确的,可终止的,其时间复杂度为 $O(m^3d^m)$。其中,m 为基本绝对路径表达式的个数,d 为 $poss$ 结点最多的取值个数。

证明　(正确性)根据绝对路径表达式定义 6.6 和基本路径表达式定义 6.8,算法 Decomposition_Pws 是绝对路径表达式集合的分类,分类原则是是否与基本路径表达式等价。根据扩展路径表达式定义 6.7 和基本路径表达式定义 6.8,算法执行步骤(2)通过 for 循环语句首先判断任意一条扩展路径表达式是否与基本路径表达式相等;根据路径表达式相容定义 6.14、定义 6.6 和定义 6.8,执行步骤(3)通过 for 循环语句分析与基本路径表达式相容的绝对路径表达式;根据定义 6.6 、定义 6.14 和定义 6.7,执行步骤(4)通过 for 循环语句求出相容的绝对路径表达式元素,构成了该扩展路径表达式的相容集合。综上所述,分析并处理了每一条扩展路径表达式和基本路径表达式,故而算法 Decomposition_Pws 是正确的。

(可终止性)因为基本路径表达式和扩展路径表达式的集合均是有限的,每一条扩展路径表达式的相容集合的元素也是有限的,所以算法执行步骤(2)存在的 for 循环语句的循环语句的循环控制变量也是有限量,最外层循环的循环控制变量终值为基本路径表达式的条数 m,次外层循环的循环控制变量终值为 m,最内层循环的循环控制变量终值为相应的绝对路径表达式的 $poss$ 结点也是有限的。算法在循环执行有限次后,会自动终止,即算法是可终止的。

(时间复杂度分析)在算法 Decomposition_Pws 的分解中由四部分组成,算法执行步骤(1)的时间复杂度为 $O(1)$,执行步骤(2)是由三重循环组成,最外层循环的循环控制变量终值为基本路径表达式的条数 m,次外层循环的循环控制变量终值为 m,最内层循环的循环控制变量终值为相应的绝对路径表达式的 $poss$ 结点数 k,且 $k=2,\cdots,d$,则最好情况下总共执行的次数为 $2m^2$,最坏情况下总共执行的次数为 dm^2,所以算法的时间复杂度为 $O(dm^2)$。执行步骤(3)是由一重循环组成,循环控制变量终值为扩展路径表达式的相容的集合元素个数,则最好情况下总共执行的次数为 1,最坏情况下总共执行的次数为 $m-1$,所以算法的时间复杂度为 $O(m-1)$。执行步骤(4)是由一重循环组成,循环控制变量终值为 pws 集合元素个数,最好情况下总共执行的次数为 $2^{(m-1)}$,最坏情况下总共执行的次数为 $d^{(m-1)}$,时间复杂度为 $O(d^m)$。因此,算法总的时间复杂度为 $O(m^3d^m)$。证毕。

算法 Query_Node_Prob 是在算法 Decomposition_Pws 的分解过程中得到的子 XML 树集合中查询与计算结点概率,算法思想是首先判断输入结点集合所在的子 XML 树,然后计算子 XML 树分布概率。其中子算法 Judge($APATH$,

$Node$)是判断结点是否在 XML 树中,子算法 Compute_Subtree_Prob ($APATH$) 是计算 pws 中子 XML 树的概率的算法。

算法 8.5　Query_Node_Prob(pws,$NODE$)（结点概率查询算法）

输入：概率 XML 树的可能集合 pws,$NODE$;

输出：$NODE$ 的概率 P;

begin

(1) $P:=1$;

(2) for $i=1$ to $|NODE|$ do

　　　$P[i]:=1$;

　　　for $j=1$ to $|pws|$ do

　　　　$P[j]:=0$;

　　　　for $k=1$ to $|pws[j]|$ do

　　　　　　call Judge(path($pws[j]$),$node$);

　　　　　if　Judge(path($pws[j]$),$node$)$=$true　then

　　　　　　call Compute_Subtree_Prob($pws[j]$);

　　　　　　$P[j]:=P[j]+prob$;

　　$P[i]:=P[i]\times P[j]$;

　　$P:=P\times P[i]$;

　　return(P);

　end.

算法 8.6　Judge($APATH$,$Node$)（判断结点是否在 XML 树中）

输入：XML 树 T 的绝对路径表达式的集合 $APATH$,结点 $Node$;

输出：如果 $Node \in T$,则返回 true;否则,返回 false;

begin

(1) $l:=\varnothing$;

(2) for $i=1$ to $|APATH|$ do

　　　$l:=l \bigcup last(APATH[i])$;

(3) for $i=1$ to $|APATH|$ do

　　if　$Node=Nl(j)$ then

　　　　return(true);

　　else

　　　　return(false);

　end.

算法 8.7　Compute_Subtree_Prob ($APATH$)（计算 pws 中子 XML 树的概率）

输入：XML 树 T 的绝对路径表达式的集合 $APATH$;

输出：XML 树 T 的概率 $prob$;

begin

(1) $prob_:=1$;

(2) for $i=1$ to $|APATH|$ do

　　　 for $j=1$ to length($APATH[i]$) do

　　　　　 $node_:=$path expression$[i]$. node(j);

　　　　　　 case node:

　　　　　　　 case ind

　　　　　　　　 $prob_:=prob \times v(ind)$;

　　　　　　　 case $poss$

　　　　　　　　 $prob_:=prob \times v(poss)$;

　　　　　　　 otherwise

　　　　　　　　 $prob_:=prob \times 1$;

　　　 return($prob$);

　end.

定理 8.3　算法 Query_Node_Prob 是正确的,可终止的,其时间复杂度为 $O(mnl)$。其中,结点集合的元素个数为 n,可能集合的元素个数为 m,某一可能集合的元素个数为 l。

证明　(正确性)根据定义 6.3,算法 Query_Node_Prob 执行步骤(2)通过 for 循环语句调用算法 Judge 判断输入结点集合所在的子 XML 树集合,并通过调用算法 Compute_Subtree_Prob 计算结点集合概率。其中,算法 Judge 由三个步骤组成,执行算法 Judge 步骤(1)初始化,执行算法 Judge 步骤(2)计算 XML 树 T 的结点集合,执行算法 Judge 步骤(3)判断给定的结点是否在步骤(2)求出的集合中。其中算法 Compute_Subtree_Prob 由二个步骤组成,执行步骤(1)初始化,执行步骤(2)通过二重 for 循环计算子 XML 树的概率。于是,分析并处理了可能集合的每个实例,故而算法 Query_Node_Prob 是正确的。

(可终止性)算法 Query_Node_Prob 执行步骤(2)的 for 循环的循环控制变量均是有限量,最外层循环的循环控制变量终值为给定的结点集合的元素个数 n,次外层循环的循环控制变量终值为可能集合的元素个数 m,最内层循环的循环控制变量终值为某一可能集合的元素个数 l。执行子算法 Judge 的步骤(2)和步骤(3)的循环控制变量也是有限的。执行子算法 Compute_Subtree_Prob 的步骤(2)的外、内循环控制变量均是有限的。因此算法 Query_Node_Prob 在循环执行有限次后,会自动终止,即算法 Query_Node_Prob 是可终止的。

(时间复杂度分析)算法 Query_Node_Prob 的步骤(2)由三重循环组成,最外层循环的循环控制变量终值为结点集合的元素个数 n,次外层循环的循环控制变量终值为可能集合的元素个数 m,最内层循环的循环控制变量终值为某一可能集合的元素个数 l,算法 Judge 的时间复杂度为 $O(l)$,算法 Compute_Subtree_Prob 的时间复杂度为 $O(ld)$,其中 d 为绝对路径表达式的长度,所以总的算法的时间复

杂度为 $O(mnl^3d)$。证毕。

8.3　基于路径表达式划分的结点概率查询算法

分解是查询的前提，基本思想：①划分与扩展路径表达式相容的绝对路径表达式集合；②通过计算绝对路径表达式的概率即结点所在的路径表达式的概率。

算法 Consistent_Path_Set 是绝对路径表达式的分解算法，算法思想：按照是否与扩展路径表达式相容划分绝对路径表达式集合为子集合。

算法符号说明：$EPATH$ 表示概率 XML 树 T 的扩展路径表达式集合，$PATH$ 表示基本路径表达式集合，$APATH$ 表示绝对路径表达式集合。

算法 8.8　Consistent_Path_Set($EPATH$, $PATH$, $APATH$)（计算扩展路径表达式的相容集合）

  输入：$EPATH$, $PATH$, $APATH$；

  输出：子 XML 树集合 TS；

  begin

  (1) $v1 := \varnothing$；

    $c1 := 0$；

    $v2 := \varnothing$；

    $c2 := 0$；

    $TS := \varnothing$；

  (2) for $i=1$ to $|PATH|$ do

    for $j=1$ to $|EPATH|$　do

      if path expression$[i]=EPATH[j]$ then

        $v1 := v1 \bigcup PATH[i]$；

        $c1 := c1+1;\}$

      else

        $c2 := c2+1$；

        conpath$[c2] := \varnothing$；

  (3)   for $k=1$ to $|v(EPATH[i].poss)|$ do

        conpath$[c2][k] := EPATH[i]/Nl(v(EPATH[i].poss)[k])$；

        CALL Simple_Absolutepath(conpath $[c2]$)

  (4) $v2 := v2 \bigcup SPATH[c2]$；

    $TS := v1 \bigcup v2$；

    return(TS)；

  end.

算法 8.9　Simple_Absolutepath($CONPATH$)（化简与基本路径表达式等价的绝对路径表达式集合）

　　输入：相容的绝对路径表达式的集合 $CONPATH$；
　　输出：简化的绝对路径表达式的集合 $SPATH$；
begin
(1) for $i=1$ to $|CONPATH|$ do
　　　　$prob[i]:=1$；
(2)　　　for $j=1$ to length($CONPATH[i]$) do
　　　　　　$node:=CONPATH[i].[j]$；
　　　　　　case node：
　　　　　　　case *dist*
　　　　　　　　　　$CONPATH[i]:=$delete($CONPATH[i].dist$)
　　　　　　　case　*ind*
　　　　　　　　　$prob[i]:=prob[i]\times$v(ind)；
　　　　　　　　　$CONPATH[i]:=$delete($CONPATH[i].ind$)
　　　　　　　case *poss*
　　　　　　　　　$prob[i]:=prob[i]\times v(poss)$；
　　　　　　　otherwise
　　　　　　　　　$prob[i]$ unchanged；
　　　　$SPATH[i]:=CONPATH[i]$；
　　　　$SPATH[i].value(poss):=prob[i]$；
　　　　return($SPATH[i]$)；
　　end.

定理 8.4　算法 Consistent_Path_Set 是正确的，可终止的，其时间复杂度为 $O(dm^2)$。其中，m 为基本绝对路径表达式的个数，$k(k=2,\cdots,d)$ 为绝对路径表达式的 *poss* 结点数。

证明　（正确性）根据定义 6.6、定义 6.7 和定义 6.8 可知，算法 Consistent_Path_Set 根据是否与扩展路径表达式相容分类。算法执行步骤(2)调用转换函数 apath2epath 计算扩展路径表达式，判断绝对路径表达式是否与扩展路径表达式相容，建立扩展的路径表达式相容的绝对路径表达式的集合 $v1$ 和不相容的绝对路径表达式的集合 $v2$。执行步骤(3)对通过 for 循环语句求出相容的绝对路径表达式元素，调用算法 Simple_absolutepath 化简该绝对路径表达式，执行步骤(4)构成该扩展路径表达式的相容集合。按照这种过程，分析并处理了 $APATH$ 中的每一条绝对路径表达式，故而算法 consistent_path_set 是正确的。

（可终止性）算法 Consistent_Path_Set 执行步骤(1)初始化，执行步骤(2)分为三个层次：最外层、次外层循环和最内层循环的控制变量均是有限的；执行步骤(2)调用转换函数 apath2epath 计算扩展路径表达式，判断绝对路径表达式是否与扩展路径表达式相容；执行步骤(3)调用 Simple_absolutepath 化简绝对路径表达式；执行步骤(4)是子概率 XML 树的绝对路径表达式集合变量的赋值。算法 consistent_path_set 在循环执行有限次后,会自动终止,算法 consistent_path_set 是可终止的。

（时间复杂度分析）算法 Consistent_Path_Set 由三重循环组成,最外层循环的循环控制变量终值为绝对路径表达式的条数 m,次外层循环的循环控制变量终值为 n,最内层循环的循环控制变量终值为扩展路径表达式的 poss 结点数 $k(k=2,\cdots,d)$,则最好情况下总共执行的次数为 $2m^2n$,最坏情况下总共执行的次数为 dm^2n。所以算法的时间复杂度为 $O(dm^2n)$。证毕。

由于基于基本路径表达式的概率 XML 文件树分解后的个数较少,计算较大的概率 XML 文件树的结点及结点集合的概率是可行的方法。

算法思想:

（1）按照基本绝对路径表达式划分原理结点的概率查询与计算过程,判断输入结点集合所在的子 XML 树或子 XML 树的集合。

（2）查询相应的 poss 结点的值,并计算结点集合的概率。

算法 8.10　Comput_Enode_Prob(TS, $NODE$)（基本路径表达式划分结点的概率查询与计算）

　　　　输入：XML 树的集合 TS,$NODE$；
　　　　输出：$NODE$ 的概率 PR；
　　　　begin
　　　　　　$PR:=0$；
　　　（1）　for $i=1$ to $|NODE|$ do
　　　　　　　　$P[i]:=1$；
　　　（2）　　　for $j=1$ to $|TS|$ do
　　　　　　　　　　$P[j]:=1$；
　　　（3）　　　　　for $k=1$ to $|TS[j]|$ do
　　　　　　　　　　　　call Judge($TS[j]$)；
　　　（4）　　　　　　if　true　then
　　　　　　　　　　　　call compute_path_prob($TS[j]$)
　　　　　　　　　　　　　　$P[j]:=P[j]\times prob$；
　　　（5）　　　　　　$P[i]:=P[i]\times P[j]$；
　　　　　　　　$PR:=PR+P[i]$；
　　　　return(PR)；
　　　end.

算法 8.11　Comput_Epath_Prob($APATH$)（计算子概率 XML 树的绝对路径表达式的概率）

　　　　输入：XML 树 T 的绝对路径表达式的集合 $APATH$；
　　　　输出：绝对路径表达式 $APATH$ 的概率集合 $prob$；
　　　　begin

(1) for $i=1$ to $|APATH|$ do

　　$prob[i]:=1$;

(2)　　　for $j=1$ to length($APATH[i]$) do

　　　　　$node:=APATH[i].node(j)$;

　　　　　if $node=poss$ then

　　　　　　　$prob[i]:=prob[i]\times v(poss)$;

　　return($prob[i]$);

　　end.

定理 8.5　算法 Comput_Enode_Prob 是正确的,可终止的,其时间复杂度为 $O(mnl)$。其中,所求结点集合的元素个数为 n,相容路径表达式的构建的子概率 XML 文件树集合的元素个数为 m,该树的绝对路径表达式的个数为 l。

证明　(正确性)算法 Comput_Enode_Prob 执行步骤(1)、(2)初始化子概率 XML 的概率为 1,执行步骤(3)调用函数 Judge 逐一判断结点所在的子概率 XML 树,执行步骤 4 调用算法 computepathprob 计算概率,执行步骤(5)结果变量的赋值。按照这种过程,分析并处理了所求结点集合的每个结点,故而算法 Comput_Enode_Prob 是正确的。

(可终止性)算法 Comput_Enode_Prob,执行步骤(1)、(2)是初始化,执行步骤(2)、(3)、(4)的循环控制变量均是有限量,分别为第一重循环的循环控制变量是结点集合的个数,第二重循环的循环控制变量是结点集合所在的子概率 XML 树的个数,第三重循环的循环控制变量是结点集合所在的子概率 XML 树的绝对路径表达式的个数。执行步骤(5)结果概率的赋值。子算法 Comput_Epath_Prob 由二个步骤组成,执行步骤(1)和执行步骤(2)的循环控制变量均是有限值。算法 Comput_Epath_Prob 在循环执行有限次后,会自动终止,即算法 computenodeprob 是可终止的。

(时间复杂度分析)算法 Comput_Enode_Prob 由三重循环组成,最外层循环的循环控制变量终值为结点集合的个数 n,次外层循环的循环控制变量终值为相容路径表达式的构建的子概率 XML 文件树集合的 m,最内层循环的循环控制变量终值为该树的路径表达式个数 l,所以总的算法的时间复杂度为 $O(mnl)$。证毕。

例 8.1　概率 XML 查询表达式的实现。

(1) 在 T.xml 中查询 $n0=0001$ 时,查询 $rank$ 取值为 ass 的概率。扩展的 XQuery 语句如下:

　　FOR $\$a$ IN document("T.xml")//T/$rank$

　　$\$b$ IN $\$a$/$n0$

　　WHERE $\$a$/$rank$ ="ass" and $\$b$ /$n0$=0001 RETURN

　　$<rank>$($\$a$,$prob$)$</rank>$

基本运算表达式为：$\prod_{PDTD}(pt)$

ass 所在的路径表达式结点序列为：

$$T/\text{teacher}/dist/ind[0.8]/dist/mux/poss[0.6]/'ass'$$
$$T/\text{teacher}/dist/ind[0.9]/dist/mux/poss[0.3]/'ass'$$

概率的计算公式如下：

$$P(rank,rank=ass)_1 = P(node_1) \times P(node_2) \times \cdots \times P(node_k) = 0.8 \times 0.6 = 0.48$$
$$P(rank,rank=ass)_2 = P(node_1) \times P(node_2) \times \cdots \times P(node_k) = 0.9 \times 0.3 = 0.27$$

可得运算结果为：$\prod_{PDTD}(pt \mid rank=ass) = \{0.48, 0.27\}$

（2）在 T. xml 中查询 $n0=0001$ 时，查询 $rank$ 取值为 ass 且 $dept$ 取值为 $d1$ 或 $d2$ 的概率。

扩展的 XQuery 语句如下：

FOR $\$a$ IN document("T. xml")//T/$rank$ and $dept$
$\$b$ IN $\$a/n0$
WHERE $\$a/rank =$"ass" and $\$b /n0=0001$ and 　$\$c/dept =$"$d1$"
　　　or $\$c/dept =$"$d2$" RETURN
$<rank>$($\$a$, $\$c$, $prob$)$</rank>$

基本运算表达式为：$\prod_{PDTD}(pt_1 \bigcup pt_2) = \prod_{PDTD1}(pt_1) \bigcup \prod_{PDTD2}(pt_2)$

本例中先计算 $\prod_{PDTD1}(pt_1)$，计算过程同 1）。

同理，计算结果如下：

$$\prod_{PDTD2}(pt_2) = \prod_{PDTD2}(dept \mid dept=d1) = 0.7 \times 0.4 = 0.28$$
$$\prod_{PDTD2}(pt_2) = \prod_{PDTD2}(dept \mid dept=d2) = 0.7 \times 0.6 = 0.42$$

则，对于 $rank$ 的取值为 ass 和 $dept$ 分别为 $d1$ 和 $d2$ 的查询结果如下：

$$P(no=0001,rank=ass,dept=d2)_1 = 0.13$$
$$P(no=0001,rank=ass,dept=d1)_2 = 0.11$$

（3）化简概率 XML 文件 T. xml。

化简概率 XML 文件 T. xml 即计算概率 XML 数据树的可能世界集合的元素。

扩展的 XQuery 语句如下：

FOR $\$a$ IN document("T. xml")//T
WHERE $\$b/n0$ and $\$a/rank$ and $\$c/dept$ RETURN
$<prob>p</prob>$
$<no> \$a </n0>$
$<rank> \$b </rank>$
$<deptk> \$c </dept>$

基本运算表达式为：

$$pws_{rank} = \{<rank_i, p_i> \mid 0 \leqslant p_i \leqslant 1\}$$

$$pws_{dept} = \{<dept_i, p_i> | 0 \leqslant p_i \leqslant 1\}$$
$$t = pws_{rank} \times pws_t(rank \times dept)$$

　　由此可得到,各概率 XML 数据树的可能世界集合。T 的可能世界集合如图 8.3 所示,$dept$ 的可能世界集合如图 8.4 所示。

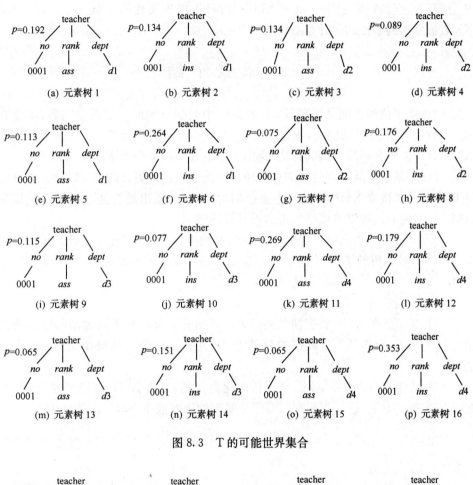

图 8.3　T 的可能世界集合

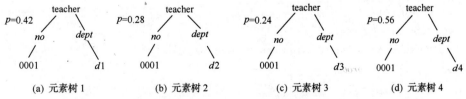

图 8.4　$dept$ 的可能世界集合

　　在图 8.3 中(a)～(m)、(o)和(p)是 T 的可能世界集合的普通 XML 数据树元素,相应的概率为普通 XML 数据树的对应的 p 值。在图 8.4 中(a)、(b)、(c)和

(d)是 *dept* 的可能世界集合的普通 XML 数据树元素,相应的概率为普通 XML 数据树的对应的 p 值,即有四个元素树,概率分别为 $p_{et1}=0.42$,$p_{et2}=0.28$,$p_{et3}=0.24$ 和 $p_{et4}=0.56$。

可见,属性值的个数决定着普通 XML 数据树元素的多少,因此,本章提出的先分解后查询的策略适用于概率 XML 数据树,即当属性的个数大于 3 时,概率 XML 数据树的子树的估计是必要的。

8.4　本章小结

结点概率值的查询是概率 XML 数据树中数据查询的一个重要内容,本章在建立的概率 XML 树基础上,提出了不同大小的子树的估计算法,提出了把概率 XML 数据树先分解后查询的算法,给出了结点及结点集合概率的查询算法。

提出了基于可能原理的查询算法和基于路径表达式集合的查询算法。元素结点概率查询是概率 XML 数据的主要查询内容之一,提出的算法适用于解决概率 XML 数据树的元素结点概率的查询和计算问题。

实现了一种以查询结点概率为主要内容的查询代数,扩充了 XQuery 语言的概率 XML 数据树的不同类型的函数,提高了结点概率的查询能力,对于实现概率 XML 数据库的数据查询能力具有重要意义。

进一步应该进行的工作是:

(1) 基于概率 XML 数据树的路径表达式的分类分析和不同类型的路径表达式之间的转换,分析 XML 数据的存储方法,进一步研究存储概率 XML 数据的方法。

(2) 结合本书的概率 XML 数据树的化简问题,分析 XML 编码作为 XML 数据压缩数据的方法,进一步研究以编码为基础的压缩概率 XML 数据的方法。

参 考 文 献

[1] 郝忠孝. 空值环境下数据库导论. 北京:机械工业出版社,1996

[2] 郝忠孝,胡春海. 空值环境下数据库查询处理方法. 计算机学报,1994,17(3):218—222

[3] 郝忠孝,马宗民. 空值环境下数据库查询处理方法的更新 I:扩展关系模型及基本算法. 计算机学报,1994,17(7):481—492

[4] 郝忠孝,马宗民. 空值环境下数据库查询处理方法的更新 II:插入、删除和修改操作. 计算机学报,1994,17(7):493—504

[5] 郝忠孝. 空值环境下函数依赖公理系统的完备性. 计算机研究与发展,1991,28(8):7—9

[6] 郝忠孝. 空值环境下关系模式分解问题的研究. 计算机研究与发展,1991,28(8):16—23

[7] 郝忠孝. 空值环境下 NFD-NMVD 混合强保持逻辑蕴涵问题. 计算机研究与发展,1994,31(3):12—14

[8] 郝忠孝. 含有空值的多值依赖强保持条件的进一步研究. 计算机研究与发展,1994,31(6):1—5

[9] 郝忠孝. 基于空值环境下扩展关系模型的查询处理研究. 计算机研究与发展,1994,31(10):11—14

[10] 殷丽凤,郝忠孝. 不完全信息环境下存在 XML 强多值依赖的 XML 文档规范化研究. 计算机研究与发展,2009,46(7):1226—1233

[11] 殷丽凤,郝忠孝. 不完全信息环境下存在 XML 强多值依赖的 XML 文档规范化研究. 计算机研究与发展,2009,46(7):1226—1233

[12] 殷丽凤,郝忠孝. XML 强闭包依赖范式的研究. 哈尔滨工程大学学报,2010,31(4):496—502

[13] 殷丽凤,郝忠孝. XML 强函数依赖的推理规则. 计算机科学,2008,35(9):165—167

[14] 殷丽凤,郝忠孝. XML 强闭包依赖的研究. 计算机科学,2008,35(11):195—198

[15] 殷丽凤,郝忠孝. 不完全信息环境 XML Schema 规范化研究. 计算机科学,2009,36(10):183—188

[16] 殷丽凤,郝忠孝. 基于 XML Schema 的 XML 强多值依赖的推理规则集. 计算机工程与应用,2010,46(20):152—156

[17] 殷丽凤,郝忠孝. 存在 XML 强多值依赖的 XMLSchema 规范化研究. 计算机科学,2010,37(1):192—196

[18] Wang J W, Hao Z X. A method of decomposing and query XML document under the circumstances of uncertain data. Proceedings 2010 3rd IEEE International Conference on Computer Science and Information Technology,2010,7:561—564

[19] Wang J W. Hao Z X. An algorithm of estimation pattern tree number in probabilistic XML data tree. Proceedings 2010 International Conference on Electronics and Information Engi-

neering,2010:V1507—V1510

[20] Wang J W,Hao Z X. Research on querying node probability method in probabilistic XML data based on possible world. International Journal of Digital Content Technology and its Applications,2010,4(8):222—231

[21] 王建卫,郝忠孝. 一种概率 XML 数据树的化简算法. 计算机应用研究,2010,27(12):4541—4543

[22] 张广玲,郝忠孝. 不完全信息下 XML 数的函数依赖强保持条件. 哈尔滨理工大学学报,2007,12(4):41—44

[23] 张翔,郝忠孝. 基于 Schema 标准的 XML 函数依赖及推理规则. 哈尔滨理工大学学报,2007,12(3):40—43

[24] 宋广玲,郝忠孝. 一种基于 CART 的决策树改进算法. 哈尔滨理工大学学报,2009,14(2):17—20

[25] 宋广玲,郝忠孝.改进的多关系决策树算法.计算机应用研究,2009,26(12):4502—4505

[26] 赵威,郝忠孝. 基于 XML 代数的查询优化研究. 哈尔滨理工大学学报,2008,13(4):43—46

[27] 王仕福,郝忠孝. 基于区间编码的有效 XML 结构连接. 哈尔滨理工大学学报,2008,13(2):53—56

[28] Lu S,Sun Y,Atay M, et al. A sufficient and necessary condition for the consistency of XML DTDs. ER'03, 2003:250—260

[29] Lee D, Mani M, Chu W W. Schema conversion methods between XML and relational models. Knowledge Transformation for the Semantic Web,2003:1—17

[30] Hung E, Getoor L, Subrahmanian V S. PXML:A probabilistic semistructured data model and algebra. Proceedings of the 19th International Confernce on Data Engineering(ICDE'03), Bangalore, India,2003: 467—478

[31] Cavallo R, Pittarelli M. The theory of probabilistic databases. Proceedings of the 13th International Conference on Very Large Data Bases VLDB'87. Morgan Kaufmann:San Francisco,1987: 71—81

[32] Nierman A,Jagadish H V. ProTDB:Probabilistic data in XML. Proceedings of the 28th VLDB Conference, Hong Kong, China, San Fran-cisco: Morgan Kaufmann, 2002:446—457

[33] Chen J,Yi K. Dynamic structures for top-k queries on uncertain data. Proceedings of the 18th International Symposium on Algorithms and Computation. Berlin:Springer-Verlag,2007:427—438

[34] Abiteboul S,Senellart P. Querying and updating probabilistic information in XML. 10th International Conference on Extending Database Technology, Munich, Germany, March 26-31, 2006,3896:1059—1068

[35] Zhao W Z, Dekhtyar A, Goldsmith J. A Framework for Manage-ment of Semistructured Probabilistic Data. Journal of Intelligent Informa-tion Systems,2005,25(3): 293—332

[36] Suciu D. Distributed query evaluation on semistructured data. ACM Transactions on Database Systems (TODS), 2002,27 (1):1—59

[37] Cheng R,Xia Y N,Prabhakar S,et al. Efficient join processing over uncertain data. CIKM' 06 Proceedings of the 15th ACM international conference on Information and knowledge management. New York:ACM Press, 2006:738—747

[38] Edward H. Managing uncertainty and ontologies in databases. College Park:University of Maryland at College Park ,2005:68—94

[39] Nierman A,Jagadish H V. ProTDB:Probabilistic data in XML. Proceedings of the 28th VLDB Conference, Hong Kong, China, San Fran-cisco: Morgan Kaufmann, 2002:446—457

[40] Li T,Shao Q H,Chen Y. PEPX:A query-friendly probabilistic XML database. Proceedings of the 15th ACM International Conference on Information and Knowledge Management. Arlington,VA,USA,November 2006. New York:ACM Press, 2006:848—849

[41] Keijzer A D. IMPrECISE: Good-is-good-enough data integration. Proceedings of the 2008 IEEE 24th International Conference on Data Engineering (ICDE2008). Cancun, Mexico, 7-12 Apr,2008. Washington:IEEE Computer Society Press,2008: 1548—1551

[42] Charu C A,P S Y. A Survey of uncertain data algorithms and applications. IEEE Transactions on Knowledge and Data Engineering (TKDE)2009, 21(5):609—623

[43] Wuwongse V,Akama K,Anutariya C,et al. A data model for XML databases. Journal of Intelligent Information Systems—Special issue on web intelligence, 2001,2198:237—246

[44] Lv T, Yan P, Huang Q X. Relational to XML schema conversion with constraints. Proceedings of ASIAN'2005,Berlin:Springer, 2005,38—18: 278—279

[45] Pat C. Enhancing XML search with XQuery 1. 0 and XPath 2. 0 full-text. IBM Systems Journal, 2006, 45(2):353—360